陈长腰 著

西海

中国出版集团
中译出版社

献给所有在黑暗中独行的人，请你相信，世界有光。

目　录

第 一 章　两位张小姐　　　　　　　　　　　　　　/ 1

第 二 章　审讯　　　　　　　　　　　　　　　　　/ 13

第 三 章　一场葬礼，一场婚礼　　　　　　　　　　/ 32

第 四 章　巴别塔　　　　　　　　　　　　　　　　/ 47

第 五 章　新生命　　　　　　　　　　　　　　　　/ 55

第 六 章　自首　　　　　　　　　　　　　　　　　/ 66

第 七 章　王二和张艳阳　　　　　　　　　　　　　/ 76

第 八 章　日暮客栈　　　　　　　　　　　　　　　/ 85

第 九 章　时间折叠　　　　　　　　　　　　　　　/ 100

第 十 章　你好呀，赵先生　　　　　　　　　　　　/ 113

第十一章　莫比乌斯　　　　　　　　　　　/ 124

第十二章　烟花　　　　　　　　　　　　　/ 139

第十三章　西方不可久留　　　　　　　　　/ 148

第十四章　对数螺旋　　　　　　　　　　　/ 161

第十五章　上海往事（一）　　　　　　　　/ 174

第十六章　上海往事（二）　　　　　　　　/ 190

第十七章　亡羊补牢　　　　　　　　　　　/ 202

第十八章　在没有黑暗的地方再相见　　　　/ 213

第十九章　梦醒了　　　　　　　　　　　　/ 228

第二十章　最后的真相　　　　　　　　　　/ 242

第二十一章　杀人者死　　　　　　　　　　/ 259

第二十二章　小满　　　　　　　　　　　　/ 271

第一章　两位张小姐

1

两千零二十年旧历腊月二十七,年尽岁除,一元复始。赵先生用三小时喝了七两白酒,然后壮着怂人胆对张小姐说:"我想写一部小说,小说的名字就叫《狠心的张小姐》。"

张小姐的眼睛眯成一条缝:"我哪里就狠心了?"

"你误会了,我不是要写你,写你应该叫《狠心的张大姐》,或者叫《狠心的张阿姨》。"

"滚!"张小姐瞪圆双眼,露出大块眼白。

于是赵先生心甘情愿地滚回自己的房间去了。

赵先生的房间离张小姐不过三米之远,五年前,他们有了个孩子,我们姑且叫他小赵先生。小赵先生挡在两屋中间,把三米的距离变成了十万八千里,两个房间,两个世界。在赵先生这一侧的世界里,有窗外凌晨四点钟的北京,有春节期间五环外昼夜不熄的绚烂烟花,有因为运行《荒野大镖客》这类大型游戏,电脑显卡不堪重负发出的幽鸣,也有手机上张小姐朋友圈里的其乐融融、皆大欢喜。

关于这些,两人向来心照不宣。但有一件事张小姐不知道,在赵先生的心里,还住着另外一位张小姐。

赵先生把身边正捧着手机,沉浸在《我的世界》游戏直播的小赵先生搂在怀里,叮嘱道:"儿子,好好吃饭,多喝奶,多锻炼,长高点。"

小赵先生暂停了直播,回过头眨巴着小眼睛,说了句:"又抽烟又喝酒的,就没资格教训别人。"

赵先生还想再申辩什么,转头已经看不见张小姐。他又回到自己那巴掌大的房间,打开电脑登上微信,点开另一位张小姐的头像,写道:"又想我了?"

"你怎么知道?"

"距我上次和你的聊天记录显示,已经过去了24小时又37分钟,我想是时候向你展示一下这种惶惶不可终日的样子了。"

"看来,你的数学和语文学得都不怎么样。"

"为什么?"

"又这个字在数学表达中,后面跟着的不应该是具体数字,而是分数,比如你想表达24小时加上37分钟,应该说24又60分之37小时,不能说24小时又37分钟,这不规范。惶惶不可终日,在现在汉语中的意思是急躁、慌乱、心神不定的样子,'人心惶惶,不可终日也',所以你应当说,是时候展示一下这种惶惶不可终日了,后面接上'样子',意思就成了'是时候展示一下这种急躁慌乱、心神不定的样子的样子了',一前一后,两个'样子',语意重复。"

赵先生苦笑:"亏我还自诩是个作家。"

"不过我喜欢你这样的重复表达呀。"

"语意是重复的,感情是双倍的,对吗?"

"对!"

"我这点小聪明都发挥在和你打情骂俏上了。"

"我不相信。你可能只有几分之一发挥在我身上了,谁知道你心里还装着多少个王小姐、李小姐和钱小姐。"

赵先生本来想回复"天地良心",可是回头看看另一位张小姐的房间，把写完的话又删了。他起身关上门，点上一支云烟，那支烟进了他的口，穿过他的喉，把尼古丁过滤到他的肺里之后，又原路返回，绵长的烟雾氤氲扩散，像极了一个无法描述的复杂故事的开头。

他调整坐姿，接着对张小姐说："其实，我是想跟你聊一聊她。"

"你说吧。"

"也可能是我自己的问题。"

"嗯。反正你每次要怪别人，都先怪自己。"

"你记得我之前跟你说过，我一直想去的151景区吗？"

"记得，青海湖。"

"就是那里，我上大学的时候，爱听许巍的歌，有一首叫《礼物》，里面唱，'头顶的蓝天，沉默高远，有你在身边，让我感到安详'，就像这张图里展示的那样。"

他从相册里随手挑了一张图发过去。

"天苍苍，野茫茫，风吹草低见牛羊。"张小姐道。

赵先生感叹："那时候我想，青海湖大概就是这样，头顶蓝天，沉默高远，只不过那时候幻想的那个在身边的人，不是你。"

"你这么说，我有点吃醋了。"

"十八岁时，我自己去过一次。我记得我之前跟你说过。"

"说过，你还让我看过照片。那时候你像个文艺青年，留着长发，拿口香糖跟人家换糌粑吃，吃多了塞牙、反酸，又回头跟人家讨口香糖吃。"

"你就只记得这个啊。"

张小姐立刻回复："不能。你说的所有事，我都像跟你一起经历过似的。你说了看守景区的三个汉人和四个藏人，汉人是老潘、柴林、高峰，藏人有索巴大叔和他的老婆卓玛、儿子娘先加还有女儿尕吉玛，尕吉玛一口大白牙，没完没了地唱，没完没了地笑。"

"二十八岁，我又带着她去过一次。那时候我俩刚结婚，不严格地说，那趟也算是蜜月旅行了。"

"蜜月就蜜月，还分严格不严格？"

"就是那种……你本来没有要旅行的意思，但结婚了，就必须完成个仪式，不得不做的那种感觉，你明白吧？"

"不明白，你不会那时候就已经预感到我会出现了吧。"

"如果真是那样，我就不结婚了。"

"这就是命呀。"

"十年后再去，一切都变了。"

"展开说说。"

"老潘和柴林被景区的老板调到西宁，去看守马步芳公馆了。高峰成了个流浪歌手，听说先去了大理，后来又回了兰州。索巴大叔的老婆卓玛去世了，女儿尕吉玛嫁到海北州的刚察县，天天开着吉普车放羊，她的弟弟娘先加倒是还在，在151景区给人开游艇。我们去了趟索巴大叔家，这次他没有杀牦牛招待我们，反而倒了三碗奶茶，然后随手拎出一袋子凤梨酥给我们吃。我们边吃边聊，才知道家里的牦牛都租给景区供游客拍照去了，现在他不缺钱也没事做，心头想的最多的，就是什么时候能给娘先加找个老婆，然后再给他找个阿妈。"

张小姐不由感叹："变化可真大呀。"

"可悲的是，我们还停留在原地呢。"

"再忍忍，再等五年你就能遇到我了。"

"那是一趟失败的旅行。不管我们走到哪里、做了什么，桩桩件件都极其影响心情。"

"嗯，有同感。"

"吃个饭，尖椒肉丝八十八块。住个店，半夜床板子塌了，床下面有好多不同颜色的安全套，都风干了。"

"确实倒霉。"

"对，经历了前几天的不顺心，我们想，去黑马河看看日出吧。想着红日壮美，朝气蓬勃，能一扫阴霾也说不定。"

"这种情况下，希望越大，往往失望更大。"

赵先生无奈："你说对了。日出我们看了，清晨五点的黑马河，刺骨的寒风迎面吹来。因为紫外线太强，我俩的脸前几天已经掉皮了，此时，看的是红日壮美，却脸如刀割，不对，是心如刀割。然而这种心如刀割，外化到我们两个人的身上，就是一丝无法言说的尴尬。

"我们去的时候是租自行车，骑了近一个小时。我在前面骑着，不说话，她在后面沉默地跟着，路上有吉普车、羊群。然而这一切根本激发不起我们任何兴趣。我骑得越来越快，她离我越来越远，等我意识到这一点，回过头时，她已经变成了一个小黑点。以我当时的视力，我能清晰地看到她停在那里不动了，于是我叹了口气，又意兴阑珊地返回去。

"我见她一只手扶着自行车，一只手捂着肚子，站在那里一动不动，就问，你咋啦？她说好像来事儿了，肚子疼。我愣住了，不知道怎么办。她骑不了车，只能走路。我正想说什么，忽然身边两辆摩托车呼啸而过，这摩托车想必是在骑行这条不归路上很久了，每一辆走过去，都冒着浓浓的黑烟，像是阅尽山河，发出一阵哀鸣。"

"这描述，倒是像个作家。"

"这队摩托车过去，我们俩瞬间被漫漫黄沙包裹。我心想，这不行啊，按照这种方式走下去，别说解决不了突如其来的种种问题，单是这一路的尴尬，也够难受的了。我说这样吧，你骑在自行车上，

5

跟我并排,你一手扶着车把,一手拽着我的胳膊,我骑起来,你不用动,不也能跟着走了?她迟疑了几秒说,也行。"

"这能行吗?"

"能。就这样一路走着,一路尴尬着,还好我的骑车技术不是很好,把注意力都集中在照料两辆车的平衡上。我以为可以就这样撑住,一直回到酒店,可现实却在几分钟后给了我更大的打击。一只羊,对,就是一只羊,它的身上打了红色、绿色的抹子,'抹子'你知道吗?就那种花花绿绿的油彩,涂在羊的身上,防止它走失。"

"我没养过羊,第一次听说。"张小姐回答道。

"重要的是我看见那些花花绿绿的油彩,就觉得体内产生了癌变,癌细胞拼尽全力冲撞着每一条神经。一开始是一只羊,进而是一群羊;一个癌细胞,瞬间分裂成一片癌细胞,扩散开来,从头至颈,从前到后。紧接着,我们俩就倒在了羊群中间。

"她身下开始流血。我们看着彼此,躺在沉默高远的蓝天下,裹挟在腥臊冲撞的羊群中,不知如何是好。我想,如果按照电视剧的套路,此刻我应该把她抱起来,飞奔去医院吧。于是我挣扎着,费尽吃奶的力气去抱她。你知道我,又瘦又弱,一百斤的我抱着一百二十斤的她,感觉像吃了千斤坠,我努力走出羊群,她的屁股、胯骨撞在我身上。我不自觉地环顾四周,找寻茅厕的踪迹。"

"你睡着了?"赵先生停下来。

"没有。后来呢?她说什么了没有?"

赵先生继续说着:"她说,你把我放下吧,放在路边,你回酒店去给我拿衣服、买卫生巾,我在路边等你。我心想,你怎么不早说呢?于是赶紧把她放在路边,又折回去骑自行车,一溜烟朝镇子里冲。踩着自行车,我感觉车胎都离了地,颇有点武侠小说里'轻功水上漂'的意思。骑了半小时,终于看见一家商店,我二话不说冲进去。商店的老板娘倒是有经验，她看我着急挑选卫生巾，顺手从身后货架抽出条毯子，把卫生巾包起来一同塞进我怀里。我顾不上道谢，丢了一百块钱，又急匆匆往回赶。等我气喘吁吁赶回去后，发现她像个没事人似的，正推着自行车缓缓往前走。她的身上围着一块花色毯子，头发也散下来，太阳已经升起来，星星点点的金色坠在她的发梢上。

"我诧异地问她，好了？她说，路上来了个游客，看见她这样，就借了她卫生巾和毯子。

"我问她在哪换的？她指了指远处放羊的妇女说，那位大姐把袍子披在她身上，让我蹲在地上换的，啥都看不见。"

赵先生回忆到这里，开始大口喘气，仿佛这件事不是发生在五年前，而是在昨天。

"你知道我听完这句话是什么感受吗？"他接着说，"我该怎么打比方，就拿我写东西来说吧，比如经过长久的颓废以后，终于下定决心要动笔了。我把书架收拾得整整齐齐，电脑屏幕擦拭得一尘不染，沏一壶上好的龙井摆在旁边，水要滚、茶要新，连台灯照射的角度，都调整到我喜欢的右上方六十五度。我喝口茶，深吸一口气，心里说，茅盾文学奖、鲁迅文学奖、诺贝尔文学奖，我来啦！然后下一秒，停电了！"

"你又睡着了？"赵先生见张小姐那边久久没有回应，忍不住又问了一句。

张小姐这次没有回应。

赵先生自顾自地继续："不行，反正说到这儿了，你得听我说完。我说到哪了？对，说到我看着她跟没事儿似的，扶着自行车，虽然她没笑，但我觉得她就像在看一个傻子似的看着我。我脸一瞬间变得滚烫，呼吸也有些急促。我愤怒地取下身上的毯子和卫生巾，一股脑儿地扔在地上，骑上自行车走了。再看她呢？她居然不慌不忙地蹲下身来，把那毯子和卫生巾捡起来，又把毯子的四角挽起来，打成一个结结实实的包袱背在身上，不慌不忙，一手挎着包袱，一手推着自行车跟在我后面，边走还边说，你等等我。我没理她。她又说，你等等我，你那么着急干吗？我头也不回地说，拉屎！"

讲到这里时，那一端的张小姐还是没有任何回应。

"你真的睡着了？"张先生问道，"我想你了，我想见你。"

过了一会儿，张小姐回复消息："来吧。"

2

赵先生看了看表，已经过了午夜零点。他站起身穿好衣服，走进家里这位张小姐的房间，看了一眼小赵先生，他已经睡着了，手里的手机屏幕还没熄灭。再看看身旁的张小姐，被子裹得严严实实，躺在旁边，仿佛没有一丝呼吸。赵先生叹了口气，把小赵先生手里的手机拿出来放在一边，拉低帽檐，放轻脚步走了出去。

北五环的夜，可真糟糕。一过了午夜，这片拥有着中国最大的两个居民社区的地方就像一座地狱。除了路灯，所有的灯都熄灭了；除了游魂，所有的人都回家了。

赵先生走在街上，从一个社区穿行到另一个社区，他是这漫无边际的黑夜里，寂寞无助的游魂之一。听起来惨兮兮，但他反倒是喜欢这样，很早以前就喜欢。他心情不好的时候会一个人出来暴走，心情好的时候，就拉着张小姐一起暴走，两个人常常一走就是五六公里，把张小姐累得气喘吁吁。她越气喘吁吁，赵先生反而越得意，于是开始跑，看着张小姐离自己越来越远，他心里就生发出一种变态的快感。不过时过境迁，这些过往都变得模糊，赵先生现在义无反顾奔赴的，反而是另一位张小姐。

大概走了一个小时左右，赵先生终于来到张小姐楼下，他觉得有点饿，但环顾四周，除了小区底商几个写着"足底保健"字样的店面还亮着粉紫色的灯光外，并无其他。赵先生再翻翻自己的衣兜，好像也找不出几张大面值的钞票，于是只能下意识地在自己的肚子上摸了一把，心有戚戚地上楼了。

张小姐打开门，赵先生没注意她刚刚吹洗过的蓬松柔软的头发，也没注意到她身上性感的蕾丝边睡衣，反而是被屋子里一股扑鼻而来的味道所吸引。他寻着那味道望去，看见屋子的一角插着一个电磁炉，炉子上的锅冒着热气，面饼和鸡蛋在上面漂浮着。

"你怎么知道我饿了？"赵先生问。

"我不知道呀，是我饿了，跟你聊天的时候我就饿了，然后一不小心睡着了。"

"怪不得你半天没理我。"

张小姐从旁边的柜子里拿出两只碗，利索地盛好面，又用筷子夹在鸡蛋上，想把它分成两半。

两个人边吃着面边互相打量着。

"你笑啥呢？"

"看不出来，你厨艺还这么好呢。"

"那是，我可会煮面了。"张小姐提醒道，"你慢点吃。"说着伸手把赵先生碗里的鸡蛋翻出来，"蛋正好吃，先吃。"

赵先生环顾四周，见这间不过五平方米的房子里，除了墙角的电磁炉，余下的仅有一张宽一米二，长一米五的小床，床上的席梦思床垫年久失修，中间陷下去一个屁股大小的坑。旁边一床薄被叠得整整齐齐，紧贴着床的，是半米见方的简陋电脑桌，桌上的漆面已经斑驳，上面盖着一块玻璃才能勉强让电脑放上去，那台电脑也老旧得不成样子，牌子居然还是十几年前就已经停产了的捷威（Gateway）。电脑后面插着的鼠标线来回缠绕着，一团乱麻。桌子旁边，立了一把红黑相间的吉他，牌子是红棉，弦纽还是那种老式的、类似于古典吉他的开放式。琴弦倒是绕得整齐，没有乱七八糟地往外冒。按理说，这类陈设应该是至少是十年前的风格，出现在2020年的今天，倒显得有几分虚幻。不过谁晓得呢，佛说：凡所有相，皆是虚妄，见诸相非相，才能见如来。对赵先生而言，此时此刻坐在自己眼前的张小姐，才是最真实的。

"想听不？想听我就给你扒拉扒拉。"张小姐问

赵先生点点头。张小姐拿起吉他调了调音准，娓娓道来。

"I once had a girl, or should I say she once had me……"

那是英伦乐队"The Beatles"的一首经典歌曲，名字叫《Norwegian Wood》，歌里描述的正是男女之间深夜暧昧的场景。赵先生听着，本来就有点沉醉，再加上歌里有一句"It's time for bed."不停重复，更让他觉得上头。

张小姐见状，放下吉他："It's time for bed?"然后也不等他回答，便把温热的唇凑上去。

说不清是为什么，赵先生忽然觉得自己从一个世界瞬间穿越到另一个世界，这世界的景色和他一直保持多年的一个梦境极其相似，那里是一个穹庐，高高的天空望不到边，炽烈的阳光像刀子一样插在眉心。赵先生身体失重、双脚离地，在这穹庐里飘飘荡荡。他好像一直在寻找什么，又一直找不到，他一面飘荡着，一面像念咒般重复着一些不知道从哪里听来的话。他的游魂在梦中世界努力飞翔，飞过草原、大漠，飞过宽广无垠的大海，又飞过郁郁葱葱的森林，飞到嫩黄色的油菜花田上。花田里蒸腾出香气，香气像是从九天之外腾云而来，香也诱人，行也敏捷。他不舍得让这抹香气溜走，心

中越发难过，便挣扎着疲惫的身体卖力追赶、大口呼气。

张小姐把赵先生搂在怀里说："睡会儿吧。"

赵先生转头望了望窗外，漆黑的夜、漆黑的心，似乎一时的快感还不足以让他这颗做作的灵魂物尽其用，他说："我觉得有点冷。"

张小姐主动靠过来，赵先生背对着她，在深夜两点钟感觉到两股锥心的热从背后袭来，渐渐觉得满足了。他觉得自己又活了过来，才捡起适才在微信中没进行完的话题对张小姐说："我刚才和你聊了一半，你睡着了。"

"嗯，你接着说。"

"我开始就说，其实问题在我。你记得我说到我们去青海湖，她来例假后我去给她买卫生巾的事儿，当时我不是还买了条毯子嘛，后来我气得把那毯子扔在地上，她又给捡了回来。"

"嗯。"

"那条毯子，她一直放到现在。"

"是个恋旧的人呢。"

"婚后五年，我们又搬了几次家，那条毯子一直在，说来也巧，不论我们搬几次家，那毯子的尺寸，铺在床上总是特别合适。她喜欢把床铺得厚厚的，她说她小时候受过冷，铺得厚才有安全感。她这么说，我也就这么信了，虽然我很讨厌这样。"

"后来呢？"

"那晚孩子在地上玩儿，趴在冰凉的地板上滚来滚去，我心想，这样下去，孩子别着凉了吧。就去床底找那块毯子，可我发现，不知道什么时候，那毯子居然不见了。"

"这不是正合你意吗？你都那么讨厌回忆过去的事。"

"话是这么说，可它为什么就不见了呢？什么时候没的？怎么没的？倘若是她处理的，怎么不提前跟我说一声呢？"

"你又来了,你太自恋了。"

"我知道,但有时候也确实忍不住。我问她毯子去哪里了,她也不回答,只是沉默。毯子没了也就罢了,但这沉默是对我最大的侮辱。我们恋爱五年,结婚七年。我现在闭上眼睛,脑海里全是和她结婚以后的争执、冷战,有时候甚至过分到拿孩子撒气,结婚前的五年,我居然一点都想不起来了。"

3

凌晨五点多钟,天还没亮,街灯都熄灭了。

赵先生拖着虚弱的身体回到家。进楼道时,他有意放轻脚步。这些年他有很多次这个时间回家的经历,虽然不都是和张小姐见面,确切地说应该都不是和张小姐见面,也没有张小姐口里说的王小姐、李小姐、钱小姐。有时是和别人喝酒,有时是纯粹的暴走,但每次到家的动作几乎都是一样的——放轻脚步、掏出钥匙,轻轻开门、关门,就像一只永远对世界心存怀疑的猫。

赵先生躺到床上,突然感觉头痛欲裂,他从被窝里伸出手,举起手机,打开记事本写道:"我们终究会在没有黑暗的地方相见!所以我们中间,必须得有一个人赶快死。"

第二章　审讯

1

审讯室内,大刘和另外一位警察小刘面无表情,坐在赵先生的对面。

大刘看赵先生有些哆嗦,上前握了握他的手说:"别紧张。"

"不紧张。"

他已经不是第一次跟警察打交道了,没办法,身边住着这么个当警察的邻居,而且这位大刘跟他家交集还不少。比如大刘的远房大姨曾是赵先生家的月嫂;大刘老婆闫姐跟张小姐曾是同事,她和张小姐同一年怀孕,两个孩子还是同一所幼儿园不同的班级。赵先生和大刘,虽然是因为两个女人认识的,又分属不同的行业,但聊起天竟然还有点惺惺相惜的感觉,尤其是喝多了的时候。

和大刘一起参与审讯的警察小刘,看起来年纪不大,一米八的个子、标致的警服、棱角分明的脸,但浑身却透着一股莫名的警觉。要命的是那双眼。他的眼睛,眼型狭长,眼尾微微上翘,内眼角朝下,外眼角朝上,和丹凤眼相似,但比丹凤眼更长一些,是标准的狐狸眼。赵先生不寒而栗。

小刘直截了当:"2020年1月27日晚上,也就是昨晚,你在做什么?"

赵先生沉默了几秒,故作镇定:"和平常一样,喝酒、打游戏、工作。你们知道我是个作家,虽然是业余的。我正在写一部小说,叫《狠心的张小姐》,每天晚上十点孩子准备上床睡觉,到次日的早晨七点孩子起床前,是我的工作时间。"

"十点时,孩子已经准时睡了?"

"没有,春节假期嘛,孩子睡得晚。我家的那位做商务的,她们公司一到年关反而是各种没完没了的复盘会、动员会,所以那天下午她不在家,晚上才回来,大概九点半的样子。"

"孩子十点的时候还没睡。"

"对,我儿子很懂事,不管哪天,他哪怕洗漱好了,也要等妈妈回来。"

"之后呢?张小姐回来以后。"

"回来以后,我们发生了些口角。"

"什么原因?"

"因为一块毯子。当时孩子一边等她,一边坐在地板上玩手机,我怕孩子着凉了,就想找到那块毯子给孩子铺上。可是翻箱倒柜地找了一晚上,没找到。那块毯子对我们两人,有一些特殊的意义。"

"什么特殊意义?"

赵先生简要复述了他们在青海的经历。复述完又补充道:"真不是我较真儿,也不是我对那块毯子有多么在意。我只是受不了她的沉默。"他强调,"我受够了!"

"接着说。"

"等她回来的时候,我问她,毯子去哪了?她沉默以对。"赵先生望了大刘一眼,"大刘知道,她就是那样的性子,要么一句话不说,要么像个神经病似的喋喋不休,还有暴力倾向。"

大刘点点头。

赵先生接着说:"她一沉默,我就无名火起,一起火,我就摔东西。"

"你也有暴力倾向。"小刘说。

"我不知道，我只记得当时拿起手边的东西就摔，她赶紧把孩子领到里屋关上门。我之前喝了点酒，可能话有点多，所以一直在门口骂骂咧咧的，孩子就在我的骂声中睡着了。等我骂不动了，就又躺在门口哭了起来，哭着哭着，也就睡着了。再醒来时，事情就成现在这样了。"

小刘："所以你就在地板上，睡了一夜？"

赵先生停顿了几秒，又说："是的。"

大刘和小刘对视了一下，留下一包烟，一个打火机，心照不宣地出去了。

他们从审讯室的玻璃里望去，只见赵先生手里端着烟，任它独自燃烧，自己却像一挂座钟似的稳稳坐在那里，一动不动。他面部僵硬，眼神深邃，眉头紧锁，似是在努力回忆当晚发生的事。

小刘问大刘："老大，以你对他的了解，你觉得他能杀人吗？"

"你要问我的主观认知，我说不能。"

"为什么？"

"这么跟你说吧，我认识的他，就像个长不大的孩子一样，打游戏，他能带着他儿子从晚上八点玩儿到深夜。跟他老婆吵完架，他从不问我有没有休息，有没有公务在身，经常在半夜两点砸开我的房门，拉我出去喝酒，然后跟我掏心掏肺。还有他们家的老太太得了老年痴呆，一直住在西郊的养老院里，虽然老太太是他妻子那边的亲戚，但他去看望老太太的次数，比他妻子要多得多。你说，这么一个贪玩、任性、善良的人，怎么可能杀人？"

"如果那些性格都是他故意扮演出来的呢？他不是作家吗？一人分饰多角，是他擅长的吧。何况他刚才明明撒了谎，我们掌握的电梯监控，明明显示1月27日凌晨1点他是出了门的，直到5点才回来。不管是不是他杀了张小姐，但这个异常举动，一定证明这事跟他脱不了干系。"

"不排除这种可能。"

大刘回过头又看了一眼赵先生，却忽然发现，审讯室的门居然没有关，两人刚才的话，毫无保留地进了赵先生的耳朵里，顿时惊出一头的冷汗。再抬头看赵先生，他已经掐了烟，脱了外衣扔在桌上，一直望着窗外，貌似已经休息好，做好了跟二人对质的准备。

小刘坐下来，舒了一口气，缓缓说："我们来说说另外一个人吧。"

说完就不紧不慢地在电脑屏幕上戳了几下，然后把电脑转过来，屏幕冲着赵先生。

上面是一份微信聊天记录。

又想我了？

你怎么知道？

距我上次删除和你的聊天记录显示，已经过去了24小时又37分钟，我想，我是时候向你展示一下这种惶惶不可终日的样子了……

赵先生直冒冷汗，关于张小姐的死，其实还没被请到警局时，他就已经心生疑虑了，而且他的第一直觉，嫌疑人就是自己出轨的那位张小姐，只是那一晚他从她的住处回来后，两人就再也没了联系。赵先生发信息、打电话，折腾了一早晨，直到窗外艳阳高照，大刘敲门进来，都没得到回复。

来到警局以后，他最怕两件事，一是问到活着的这位张小姐，另外一件就是给死去的张小姐做尸检。在询问的过程中，他顾左右而言他，提到孩子，提到那块其实没有什么特殊意义的毯子，但独独不说这两个重点。

　　但他的表演实在太蹩脚了，而且存在很多漏洞。所以当赵先生从门缝里听到大刘和小刘的对话时，就知道事情没有按着自己想的节奏来，于是抽了半包烟，拉开架势，准备再用他并不发达的脑子，编上一二，可是没想到，小刘的第一句话，就是问起了这位活着的张小姐。

　　"这位张小姐，应该不是你死去的爱人张小姐吧？"

　　"不是。"

　　"她是谁？"

　　"算是我的贵人，感到寒冷时给我抱薪，徘徊旷野时为我指路，陷入泥沼时向我伸手，迷失黑暗时给我光亮。"

　　"知道你是作家。简洁地说，你们是什么时候认识的？"小刘有些不耐烦。

　　"记不清了，好像是刚认识不久，又好像认识了很多年。"

　　"能回忆起第一次见面的场景吗？"

　　"能。"赵先生说，"我记得是在一个小破酒馆里的一场小型音乐会上，歌者的名字我忘记了，可能他到现在也不太出名，长头发牛仔帽，抱着一把木吉他，唱着一些从现代诗改编来的民谣，感情够饱满，但旋律不动听。"赵先生停下来问："这跟办案有关系吗，一定要回忆？"

　　"说来听听吧。"

　　"那段时间我很迷茫，其实，我很长一段时间内都很迷茫。我去酒吧，不是因为喜欢民谣歌手，而是因为那里一过晚上11点，就不要门票了。那里灯光昏暗，没人打扰，基本上买半打啤酒就能坐上半夜，又能不定时听各种不出名的歌手演唱，所以常去。

　　"遇见她那晚，也是一个冬天。应该是一月底，不过那年北京的冬天不像个冬天,整冬几乎没下一场像样的雪。反倒是南方下起了暴雪,我记得当时天气预报上还说,上海的什么地方,因为雪下得太大,积雪压断树枝,出了事故,所以印象比较深。酒馆里的人不多,那歌手先是唱了几首,接着可能是觉得现场的气氛太冷淡,就又兀自吟诵起一些蹩脚的现代诗来,他这么做,我就有点厌烦,厌烦他居然随意地、在这种场合里带领这么少的人,搞这么严肃的东西。这玩意儿性质可大可小。小了,就跟在相声会馆里讲几句荤段子差不多;大了,定个非法集会的罪名也不是不可以。"

"你们是警察,比我懂法,我理解的没错吧?"赵先生开着玩笑,试着缓解自己的紧张。

大刘和小刘都没有回答,等待他继续讲。

"我酒喝得越多,就越觉得没啥意思,于是起身准备上个厕所,然后回家。可就是撒泡尿的工夫,我从厕所再出来,外面的光景就变了。之前那个读现代诗的民谣男,不知道什么时候下去了,取而代之的,是位姑娘。她就像电影《阿甘正传》里抱着吉他吟唱的珍妮,眼神迷离、歌声婉转,唱的也是那首"Blowing in the Wind"。她的歌声,让充满冷漠的北方冬季,变得温暖和煦。台下的观众本来就不多,而且后半夜了,大部分也都烂醉如泥,可能就只有我是清醒的,并且从她的眼神中,我能感受到她也是在看着我的。

"等她唱完走向后台时,我脚下生风,追随她的身影,跟着去了后台。这个后台确切地说也称不上是后台,只是一条走廊,两间厕所而已。等我走进去,走廊里昏暗的灯光下,她就那么靠在墙壁上。那是我第一次清楚看见她的脸,她不是那种标准的美女,她有些许婴儿肥。或许是光线暗的原因,眼睛虽然大,但看起来却没那么有神,而是朦朦胧胧地,像覆盖着一层雾气,只是有一点。她肤色很白,是一种趋于病态和健康的中间值的、惨烈的白。"

赵先生讲到这里，抬起头，闭上眼睛停顿了几秒，似是在回味当时的场景。

"一夜情？"小刘插话道。

"我当时怂了，"赵先生接着说，"我看着张小姐，有点尴尬，倒是她先开了口。她问，有什么事吗？我支支吾吾，憋了半天，请问厕所是在这吗？她点了点头。我也低下头，从她身边掠过，我们彼此呼吸交错的那一刻，我闻到她身上有一股独特的味道，那味道就像我儿时在乡间摘下的一枝青色麦穗，淡淡的草香，虽然孤幽清冽，却不失生机。我走进厕所，这不到五米的距离却比刚才要漫长得多。我太紧张了，站在小便池前，尿道里忽然像长了结石，自己胀得脸红脖子粗。再出来的时候，她已经不见了。"

"后来呢？"小刘问。

"后来我就天天去那个酒吧，以前是没事做的时候去，然后变成了有没有事都要去，再后来，变成了有事先放在一边，先去。这期间我们又在走廊里相遇过几次，但几次都因为我怂，没能继续下去。那时我想，这事儿也就这么过去了吧，人生客旅，岁月行云，过一阵，说不定就过去了，直到那天。"

"那天其实也没什么特别的。"赵先生接着说，"还是像往常一样，她在台上唱，我在台下喝着酒听。往常她唱完，都会转身去后面的走廊里。可这次她唱完，却没往后走，而是径直走到顾客席坐下来，那座位跟我常坐的地方，正好是斜对角，大约七八米的距离，座位旁边，放着一只巨大的行李箱。她开了一瓶啤酒，就那么一只手搭在行李箱上，另一只手举着酒瓶，喝起来，每喝一口，就远远地看着我。

"那一刻我终于能够确信，第一次在台上看见她时，她确实也在看我，这给了我莫大的勇气，心开始怦怦地跳。我深呼吸了三次，端起酒杯，朝她走去，但她却拉着行李箱出去了。我只好放胆追了出去。

"这座酒馆开在一个废弃的工厂院子里，院子大而空，除了几家还在创业阶段的互联网公司还亮着灯外，其他地方都是一片漆黑，路边长满了蒿草。她在前，我在后，我俩的脚步声被行李箱轱辘划过地面的隆隆声掩盖。我渴望她转过头来跟我说话，又特别害怕她转过头来，心跳又开始加速。

"就这样一直出了院子，走到门口，看见阔别已久的通明灯火后，我才松了口气，恰巧这时，她突然转过头来。你知道男人在深夜看见美女，哪怕是个女鬼，只要她是美丽的，就算是什么仙人跳、杀猪盘，也立刻就会抛到九霄云外。一个小时后，我们走进另一家酒馆，一直聊到了天亮。"

小刘问道："天亮以后呢，各自回家了，还是？"

"我们聊了凡·高、卡夫卡、金基德和兰陵笑笑生。天亮离开酒馆时，已经分辨不出对方宿醉后的脸，到底是妖艳还是粗糙。她问我去哪？我说去哪都行，就是不想回家。然后我们就去了她家。"

"还是一夜情。"

"这不算吧。"

大刘咳嗽了下，意在告诉小刘，定义不定义为一夜情，对案子没有什么实质性的影响。小刘停止了追问，又打开电脑上一个视频，那是一个电梯的监控视频，虽然视频像素不高，但依然可以辨别出，是张小姐死去那晚，赵先生半夜出门的记录。另一个视频里显示，是赵先生回到家又乘坐电梯的场景。

"1月27日凌晨1点到5点，四个小时，你是不是去找张小姐了？"小刘追问。

"是的。"

"她住在哪？"

"漼闻路小区 20 栋 2 单元 0124 房间。"

2

从自己家到漼闻路小区 20 栋 2 单元 0124 房间这段路程，赵先生走了无数次，大部分是在深夜。有时候是暴走，用时一个半钟头，有时是骑车，用时 39 分钟，有时是打车，不堵车的话 22 分钟，坐着警车来，还是头一次。

在白天，尤其是坐在警车里，看到的窗外景色与赵先生一贯的印象有点不大一样，甚至可以说是两个世界。晚上去找张小姐，他印象最深的地标性建筑是一株用水泥做成的景观树，有二十几米高，直插云霄，而这次来，那株景观树不见了，取而代之的是一幢大楼，看上去像是对上海东方明珠的拙劣模仿，楼顶圆圆的大红球，粗糙的瓷砖，上面灰色的水泥勾缝清晰可辨。以及赵先生平常会路过一座红色栏杆的过街天桥，遇上清明、中元二节时，还能遇到烧纸的行人。今天他才发现，那座桥不是红色，而是斑斓的彩色。

三人下了车，在破破烂烂的小区里穿行，和想象中不太一样的是，这小区的人行道上，遍地都是肉眼可见的狗屎。赵先生心想，以前入夜来时，不知道自己踩了多少次。到了门口，他们发现房间门半开着，一块军绿色的门帘挂在上面，还没走到近前，就听到里面传出一连串的声音，有男有女。

大刘皱了皱眉，推门进去，见三人脸上贴纸条、脖子上画叉叉、眉毛上涂口红，形态各异，他们见两个穿警服的人进来，顿时吓傻了。

小刘抬手捂着鼻子，试图抵御房间里怪异的味道，问："就你们三个？"

"是啊，我们在这里合租。有事吗？"

女对另一男小声说："不会是来抓赌的吧？"

小刘继续询问："这里有没有住着一位姓张的小姐？"

女的战战兢兢站起来，哆嗦着说："我，我姓张，我是一个小姐。"

小刘回过头问赵先生："是她吗？"

赵先生皱着眉，摇摇头："不是。"

"确定是这里？"大刘问。

"确定。"

"哪个房间？"

赵先生指了指张小姐的房间。

大刘向屋里那位姓张的小姐使了个眼色，她就乖乖地站起来把门打开。

赵先生往屋里打量着，这屋子和他记忆中张小姐的屋子不太一样。不见了之前那张摇摇欲坠的书桌，不见了书桌旁的红棉牌吉他，也不见了墙角处的电磁炉，只有那张床还在，床垫也还是原本的那张，床上的被子也没叠，而是团起来堆成一个小山包。

赵先生觉得自己又犯病了。不过此时他心里反倒踏实了，只要张小姐不在，他就还能应付。

既然没有收获，大刘和小刘就又把赵先生带回了警局。这一次大刘没有客气，一到审讯室就开门见山地说："老赵，于情，死的是你的妻子，我们是邻居又是朋友，这事我得管；于法，你妻子死时，你没有不在场证据，同时我们在你手机里发现两条线索，一是你和另外一位张小姐的聊天记录，另一个是……"大刘打开电脑里赵先生的记事本备份，上面赫然写着"我们终究会在没有黑暗的地方相见，所以我们中间，必须得有一个人赶快死"。

"所以目前看来,"大刘接着说,"你的作案嫌疑是最大的。"

小刘说:"你不要觉得带我们随意去了一个从没去过的地方,我们就找不到这位张小姐了。"

赵先生说不出一句话来。没错,来到警局这半天,从审讯过程到去现场找人,嫌疑人的指向都很明显,如果换成自己写小说,他也会这么写。可他奇怪的是为什么前一夜张小姐还在和他你侬我侬,过了仅仅不到三天时间,她就人间蒸发了。他皱着眉头思来想去,还是想不通。

"如果不是你的话",小刘接着说,"只有一个可能,你家里的那位张小姐,是消失的这位张小姐杀的!"

张小姐,杀了张小姐?此言一出,赵先生眉头一紧,心就跟着跳起来,汗水也顺着额头往下淌。

大刘见他紧张,递给他一张纸巾说:"别着急。"可小刘却咄咄逼人,紧接着说:"看来想要搞清事情的真相,只能对张小姐进行尸检了。"

大刘和赵先生同时转过头来望着小刘。

"死亡的具体时间,怎么死的,你一个人说了不算,何况你也没说清楚。"

果然,还是提到了尸检的事,刚才大刘和小刘出去窃窃私语,赵先生就想到了这一层。只是张小姐的尸检流程处理起来,是比较麻烦的。一是警方发现时,她已经死亡超过 48 小时,错过了最佳的解剖时机;二是张小姐的死状安详,从外表看不出任何出于意外的死因,所以警方如果想先尸检的话,必须得经过张小姐生前的直系亲属,即赵先生的同意,但倘若警方想越过赵先生,把他当作嫌疑人,以刑事案件来申请尸检的话,就必须掌握大量证据并且有十足的把握,否则一旦给亲属造成心理伤害,难以弥补。

如果小刘没有拿出他和另外一位张小姐出轨的证据,凭着对以上这些的理解,赵先生是不怕尸检的。可现在的情况是,另一位张小姐,失踪了,并且已经成功引起了警方的怀疑。虽然刚才他故意把重点往自己的身上引,废话说了一大堆,但这对撇清她,毫无用处可言。那么如果是后一个张小姐杀了前一个张小姐,接下来按正常流程,尸检、寻人、求证,以大刘多年的办案经验和效率,易如反掌,所以尸检,不能做。起码在找到活着的这位张小姐之前,不能做。

小刘见赵先生不说话,又接着说:"我这就准备材料。"说这话时,他那双狐狸眼冒着寒光,像两只匕首一样。

没想到赵先生却摆摆手:"不用去了,不用去了。"

小刘转过头。

赵先生擦了擦嘴角:"我说。"

小刘听闻,迅速打开电脑,在屏幕上一面敲击,一面等赵先生开口。

"我能歇一下吗?"赵先生摸起桌子上的烟。

大刘和小刘又走出去,这次,小刘走到门口,还特意把门关得严严实实,不放心,又仔细检查了一遍门锁才离开。

赵先生隐隐约约看见窗外大刘和小刘小声说着话,他猜想两人一定和自己一样,在分析张小姐失踪的原因。大刘办案多年,又跟赵先生是邻居和朋友,从认知上来说,他是不相信赵先生杀人的,虽然作为警察,这看起来不是那么的专业。可一想到他家的情况和小赵先生一脸天真的模样,他心里的天平就忍不住地倾斜,铁面无私也罢,铁汉柔情也好,还是尽快破解真相最为重要。当然这些都是赵先生以自己对大刘的了解,对他的猜测,现在他自己能做的,反而是尽可能把线索往自己身上引,不管真相怎样,自己一定要先警察一步找到张小姐，这才是他想要的。

他抬头看了看墙上的表，距早晨被传唤到这里，已经过去了十个小时。窗外的大刘和小刘窃窃私语一个小时，赵先生就在审讯室等了一个小时，抽了半包烟，等他们俩再进去时，屋子里的烟味呛得他们直咳嗽。

小刘和大刘刚进来，还没来得及准备。赵先生就提高嗓门，大喊起来了。他似乎有些气愤："他妈的！"

大刘和小刘诧异地看了他一眼。

"他妈的！"赵先生接着说："她用死来威胁我！她不是想谈谈吗，谈谈而已，为什么又要用死来威胁我？"

"别激动，慢慢说。"

"孩子睡着了，我还趴在门口哭，她就打开门说要跟我谈谈。谈就谈吧，老子奉陪。她这次表现得很温和，她说亲爱的，你是不是又犯病了？我说没有。她说那你怎么又控制不住自己了。我说不是我控制不住自己，是你表现得反常。那块毯子对你来说，不是一直都很珍贵吗？怎么会把它搞丢了呢？她沉默了一会儿说，你知道吗，人一旦心死了，其他一切就都变得不那么重要了。我说，你又来了，我很讨厌你总是把死字挂在嘴边。"

赵先生讲到这里的时候，不自觉加快了速度，嘴角也开始堆积起白沫。他接着讲："我说，你别再来这一套了，又是死！她说对，我就是想死。她说到这里，我就哭了，不是为了她的死而感到惋惜，我想表达，为什么她要用这个'死'字，威胁我这么长时间？每次几乎都会这样，但每次她都没死成。她就用这个字折磨着我，从过去直到现在，还有望不到边的未来。

"有时候我在想，就让她死了算了，可是每当我这么想，我的头就开始疼。我睁开眼，就能看见她面部扭曲，喋喋不休地说着这个死字,她说的次数越来越多,频率越来越快,令人窒息。我闭上眼,看见无数写满了死字的符咒化成疾雨从天而降,一股脑儿向我砸来……"

赵先生的语速越来越快,脸上青筋暴起,似乎达到了崩溃的边缘。

"我崩溃了,我说,好,你去死!然后她就真的去死了,仿佛死对她来说,是一种假惺惺的解脱。她轻盈地飞了起来,飘飘荡荡,飞向十二楼的窗外。窗外,一弯新月闪着寒光,把夜空戳出一个镰刀般的洞。直到这时我才反应过来。等我冲上前去一把抓住她时,她的半个身子已经探了出去。"

"你放手了?"小刘问。

赵先生很激动:"我没有。"

"放了没有?"

"放了。不,没放,我记不住了。"

"张小姐是你推下去的?!"

"不是我。我不知道!"

他的脸色惨白,大颗的汗珠从两鬓冒出来,缓慢向下滑动,嘴唇也忍不住地开始哆嗦。

小刘追问:"到底是什么情况,说!"

赵先生经不住小刘的拷问,用手抓着自己的大腿,试图安静下来,可是他抓得越紧,那种紧张感就来的越强烈,终于压制不住,大声干呕起来,一摊秽物喷在了审讯室的地板上。

大刘伸手从旁边拿起赵先生的外衣帮他披在身上,把衣服收紧,抓住他的肩膀说:"没事,别害怕。"

一旁的小刘却面若寒霜,冷冷地说:"你又在撒谎。"

"我没有。"

小刘抬手看了看表,下午 5 点 50 分,距赵先生被传唤至警局,已经过去了 11 个小时 50 分钟,按我国刑法规定,除非案件重大复杂、并且很明显能断定被害者属于他杀的情况,一般性拘传的时间不能超过 12 个小时。

小刘气得青筋暴起:"你确定没有?"

赵先生反而平静下来,他又看了一眼墙上的表:"我保证,我说的一切都是真的,如果有半句假话,请你们追究我的法律责任。"

"你从一开始就在误导我们,抽烟、休息,又带我们去完全没有任何线索的地方,就是为了拖延时间,不给死者尸检,对吗?"

赵先生沉默着,墙上时钟的秒针,一秒一秒地划过去。

"你说话,你以为这样就可以逃得过法律的制裁吗?你以为你不同意尸检,我们就没办法进行尸检吗?你以为……"

赵先生打断小刘:"我,该走了。"

3

从警局出来,赵先生问了大刘两句话,一句是:"我手机呢,可以还给我了吗?"另一句是:"我儿子呢,今天上幼儿园没有?"

大刘掏出手机还给赵先生,又点了支烟递给他:"我说你可真够分裂的,刚才还差点疯了,现在又瞬间恢复了。"

"你说这话,我就怀疑半夜常常跟我喝酒的那个人,到底是不是你。这么说,你也怀疑孩子他妈的死,跟我,或者另一位张小姐有关?"

大刘叹了口气,吐出一个烟圈说:"我暂时没有证据。"

赵先生沉默了许久:"不管怎么说,还是谢谢你。"

"孩子在幼儿园,今天有延时课,比往常晚一个半钟,六点二十接。"

赵先生打开手机，见上面显示的时间刚好六点。好在幼儿园离警局并不远，他也就不着急，溜达着往前走。手机开机的那一刻，本来赵先生是满怀期待等着张小姐发来信息的，可现实是，聊天框里依旧空空如也。他又发了一条：你是不是以为我死了？接着锁屏等了二十分钟，手机就真的又黑屏了二十分钟，直到走到幼儿园的门口还是没动静时，他就有点忍不住了。他坐下来，把自己埋进一堆等着接孩子的花甲老人中间，找到张小姐的头像，又问，你告诉我，我老婆是不是你杀的？写完了，发出去，犹豫了一分多钟，觉得不妥又撤回来重新写：想我了吗？然后就怔怔地看着屏幕，等了五分钟，没等到张小姐，却等来了小赵先生。

小赵先生拍了拍赵先生的肩膀："爸爸，今天是星期二，达美乐打折。"

"今天不吃比萨了。你想奶奶吗？爸爸带你去看奶奶。"

"每次不是周末才去看奶奶吗？"

"爸爸今天想奶奶了。"

"那要不我们先去买了比萨，打包了路上吃，买个大的，我给奶奶多留点。"

"好。"

在小赵先生的怂恿之下，又附加了炸鸡可乐等一应配套，然后赵先生打了车，奔西郊的一所养老院去了。一路上，小赵先生边吃东西边好奇地问东问西。五岁的孩子，问题多得好像天上的星星，他一会儿说，为什么咱们北京看不到星星呢？一会儿又问，喋喋不休是什么意思？赵先生一直惦记着张小姐的回信，孩子的问题全然没听进去，只是嗯嗯啊啊应付一通，度过了难挨的四十分钟车程。可到了养老院的门口，小赵先生却不走了。

"怎么了？"

小赵先生眼里含着泪:"妈妈没来。"

"咱们之前不是说好了吗?妈妈要出差,以前又不是没出过差,有啥不适应的。"

"你这借口比妈妈变成天上的星星还低级,我又不是小班的小孩子了,骗不了我。"

"那我该怎么说?"

"妈妈是死掉了吗?"

"你觉得呢?"

小赵先生:"我觉得是,可是我不难过。因为妈妈说,人总是要死的呀,死也没什么大不了,她叫我不要难过,所以我不难过。"

"你能明白这点,真棒。"

小赵先生乖巧地点了点头,却又说:"难过,也只难过一点点。"

4

眼前的老太太满头银丝梳得齐齐整整,花衬衫、小西裤、黑色尖头皮鞋。虽然旧了,但都洗擦得一尘不染,是个精致的老太太,看不出半点老年痴呆的样子。

她看见父子俩,尤其是小赵先生,脸上就开出了一朵花。

"奶奶,你的大孙子来啦!"

老太太笑着说:"来了好,来了好,我孙女呢?"

"我妈妈出差了,说是要走好久好久。"

赵先生跟着解释:"对,这次去的有点远。"

"你们忙你们的,没什么事儿,不要老往我这跑。"

"听这意思,您最近恢复得还可以呀。"

老太太摸了摸小赵先生红扑扑的小脸蛋:"反正能认得我孙子。"

小赵先生把比萨拿出来，一个劲儿地往老太太嘴里塞。老太太边吃边说："够了够了，每次我孙子来，奶奶的肚子就变成小皮球了。"

小赵先生摸着奶奶的肚子唱起来："小呀小皮球，圆圆的肚子光着头，一脚踢到百货大楼……"

老太太抚摸着小赵先生的脸，笑盈盈地说："这小孩儿，长得可真俊呀。"又忽然转过头对赵先生说："这是你的儿子？过继给我当孙子吧，你说好不好？"

赵先生知道她又犯病了，回答道："好好好，你孙子的名字叫小皮球。"

他心想，看来老太太又陷入认孙子还是认儿子的逻辑怪圈了。严格意义上来讲，老太太不是小赵先生的奶奶，也不是赵先生的奶奶，而是张小姐的奶奶。张小姐父母早死，张家老太太白发人送了黑发人，先几年是心情不好，再过几年，就老年痴呆了。得了病后，她常说的一句话是，要是给我留个孙子就好了，怎么留了个孙女？所以有了小赵先生后，她就一眼认定，这就是我的孙子！

赵先生一个人躺在沙发上拿起手机。等不来张小姐的信息，他就点开她的头像，放大了仔细观看。那是荷兰画家凡·高的一幅画作，叫作《高更的椅子》，画中是凡·高的好朋友高更的手扶椅，椅子造型素朴，蓝色椅架蓝得发紫，绿色椅垫，后面的墙壁更绿，显得单调冷漠。椅子上放着两本厚厚的、让人没有勇气翻阅的书，还有一个烛台。目测下来，蜡烛的长度像是刚刚点燃，但是不知为什么，那烛火恍恍惚惚，却总给人一种将要燃尽的感觉。历史上，凡·高画完这幅画没多久，就和高更结束了六十二天的短暂友情。分手前，他还用剃刀割下了自己的耳朵，送给了一个妓女。

而赵先生自己的头像，恰恰就是凡·高和高更决裂后不久画的那幅《缠绷带的自画像》，他和现在的张小姐，也是通过这两幅画才熟悉起来的。不过这种陈年回忆对赵先生来说，是个顶累的事儿。再者，因为张小姐一直没出现，他的气也还没消，他心想，女人就是这样，不管这个姓张的还是那个姓张的，他不愿意仔细回忆，就努力闭上眼睛睡着了。等他醒来的时候，窗外已经漆黑一片，窗帘没拉上，老太太已经开始打呼了，旁边的小赵先生正拿着手机打游戏。

赵先生的手机突然亮了。

"我在。"是张小姐的回复。

"我还以为你死了。"

"我爸爸死了。"

第三章　一场葬礼，一场婚礼

1

从北京到张小姐的家乡——即墨区田横岛，高铁四小时，途经山地、平原，直至黄海。赵先生风尘仆仆赶到时，张小姐正站在码头上等他，要不是她远远挥手，他差点没认出来。眼前的张小姐披麻戴孝，丧服宽大无比，显得身体更加瘦弱，两颊深陷下去，眼睛红肿。看着张小姐这副模样，赵先生就把自己来这里的初衷忘掉了，他实在是不忍心在这种环境下，去质疑一件还没那么肯定的事。

赵先生左右看了看，见四下无人，就心疼地把张小姐抱在怀里，握着她冰凉的手说："你等我多久啦？"

"两个小时。"

"你怎么不早点跟我说啊？"

"我说了不让你来，你还来。"

"我梦见你爸了，他跟我说，我必须得来。"

张小姐指了指村口不远处说："他就在那，你自己去问吧。"

赵先生顺着张小姐指着的方向望去，但见村口处一二十人，每个人都穿着一样的丧服，他们正把几个穿便服的人围在一起，熙熙攘攘、推推搡搡，叽叽喳喳。走近了看，这群人的旁边，是一座简易的灵棚，棚外零零散散放着几个花圈，棚内一张灵床上，张小姐的父亲四肢僵直，平放在上面。灵棚内一丝风都没有，张爸爸的身上盖了黄布，从胸口一直遮到脚踝，平静而淡然，他的脸被一折黄表纸覆盖着，以此来告诉旁人他的死状非比寻常，生人勿近。

赵先生站在那里一声不吭，甚至觉得连呼吸都是对死者的打扰，可没过几秒，这份静默就被旁边的吵闹声淹没了。

"你妈的，凭啥不让进村？"一个血气方刚的山东汉子，抓住另一个人的衣领嚷道。张小姐在一旁说，这人是她表哥。

那人说："你先松开。"然后整了整领子，又把帽子扶正。看他的做派，应该是村长。

张家表哥："你说不让进村就不让进村，人直挺挺地倒在这里，回不了家，你给个说法。"

"真不是我不让你回家，是乡亲们不让。"

"啥年代了，还讲求这个？"说着表哥又一手抓起村长的衣领，一手提起拳头。

旁边另一穿便服的人，戴着金丝眼镜，见势赶紧拦住张家表哥说："论理归论理，别动手啊。"可能是因为护主心切，这一挡过去，不光嗓门大，还侧身撞了张家表哥一下。

"动你妈！"张家表哥顿时火起，不由分说地挥舞起拳头，一拳砸在那人的脸上，眼镜应声而碎。

这一拳果然成了祸端，一瞬间，两边的人互相推搡起来，手边的东西也都派上了用场，烧火棍、洗脸盆、千斤顶、烂菜叶、生鸡蛋，一股脑地在空中飞舞。

赵先生向前一步，想去帮忙，却被张小姐拉住悄声说，"你别管，让他们闹，闹不了多久，没用的。"又说，"我带你去见个人。"说完也不管眼前的喧闹，拉着赵先生径直往村里走去。

进了村子七拐八拐终于到了，坐在二人对面的，是一位精神矍铄的老太太，老太的头发盘在脑后，梳得一丝不苟，上身穿着胶东一带上了年纪的老人常穿的蓝布对襟褂子，下身则是黑色裹腿裤，以老太太的年纪，应是没被旧时裹脚的陋习毒害过，但上一辈的某些影响还是传承下来，她用袜子裹着裤腿，整整齐齐，一双暗纹绣花鞋套在脚上，显得精致。

张小姐跪下来给奶奶磕了个头："奶，这就是我跟你提过的小赵。"

赵先生被吓了一跳，小声问张小姐："我要跪吗？"

老太太笑了："你不用，她也不用。"说着把张小姐扶起来，又拉住赵先生的手，凑近了，端详着赵先生。

赵先生还没经历过这样的场面，有些不知所措，就那么任由老太太看着。"天庭饱满福气大，地阁方圆有造化，是个好面相。"

张小姐听老太太这么说，一直皱着的眉头终于舒展开来，才起身去帮他倒水。

三人坐在一起，张小姐这才讲起整件事情的原委，这也是他第一次跟赵先生提及家里的情况。

张小姐五岁以前，张爸和张妈在县城卖早点，起早贪黑好多年，张爸攒了钱，想把生意做大，此时，张爸的发小适时出现了。一年之后，张小姐五岁，张爸的发小消失，他自己则成了个躲债人。再过一年，张妈受不了债主的追杀，把张小姐扔给奶奶，独自出走。又十几年，张爸突然回来，摇身变成村里的首富，首富三年，败光家产，重回躲债生活。

那年张小姐十九岁，她忽然理解了妈妈，便学着她的老路，一人去了上海。上海一年多，张小姐能吃的苦全吃了，该享的福也享过，只是对这座魔都，无论如何都爱不起来，于是动身去了北京。和赵先生在酒馆相遇的那晚，正是张小姐到北京的第一天，那之后张小姐一直住在酒吧，直到那次他拉着皮箱坐在赵先生的对面时，才第一次在北京有了个所谓的"家"——漼闻路小区，20栋2单元

0124房间。

这之后不久,张小姐忽然接到张爸发来的信息,短短一行字:"我没尽到当父亲的责任,对不起,如果愿意的话,你回来,咱们见一面。"等她回来以后,张爸已经在村外废弃的小屋中,用一段绳子魂归九天了,只是他走得潇洒,倒忘了村子里有个旧俗,即在外枉死的人,如果膝下无男,尸身不能进村。实际上这规矩早就废止了,近几年不知道为什么,人们又开始讲究起来,于是出现了刚才那番争吵。

赵先生边听边问:"那么就在外面火化了,再盛殓了骨灰进来,不行吗?"

"不行,这跟火化还是土葬也没有太大的关系,重要的就是那两点,一、你是枉死;二、你膝下没有男丁。"

赵先生正待回话,却见外面张家表哥三步并作两步,急匆匆跑进来。

看来这位表哥在刚才的争斗中没少费力,虽然没挂彩,但一副气喘吁吁的模样,边喘边说:"姥,有办法了。"

老太太拿起手边的水瓢递给表哥:"把气喘匀,慢慢说。"

"说是可以找个我们的表兄弟,随便找一个过继给大舅,以儿子的身份送大舅回家,就行了。"

总算是有个周全的办法,赵先生听了,心下也跟着舒了口气。

可老太太却定在那里,迟疑了半晌。

"奶,咋了?"

老太太面露愁容:"过继两个字,说得好听,过继谁?"

表哥直接说道:"那我上呗?我爸瘫着,大舅有钱那几年没少照顾我们家,他走了我送他,这不是应该的吗?"

"你先回去问问你爸,再让你爸问问你爷,能同意不?"

35

"我愿意就行,不用问。"

老太太厉声:"去问!"

老太太见惯了世态炎凉,是最懂人心的。果然表哥出去问他爸,他爸又去问他爷,问了一下午,天都擦黑了还没回来。老太太在屋里待得烦闷,就对张小姐和赵先生说:"走吧,咱们去看看你那不争气的爹。"

三人来到村口搭建灵棚的地方,见刚才熙熙攘攘的人群已经散去,张小姐的表哥、舅舅以及照拂了老太太的面子前来奔丧的亲属们,本来就没多少人,如今也都三三五五地聚在一起,抽烟、喝酒、吹牛。他们远远看见张家老太太步履蹒跚地来了,又站的站,跪的跪,开始悲悲切切起来。有的赶忙上前去迎,可老太太却摆摆手示意他们坐下,一个人孤零零地走进张爸的灵棚。

老太太拉了一把椅子,在张爸的面前坐下。眼前是她的儿子,虽然近五十年来,这儿子只有一半的时间是与自己朝夕相处的,但是老太太对他身体的各个部位,依旧熟悉得很。她坐了一会儿,站起身来摸了摸他的右脚,张爸的右脚在小时候崴过,虽然后来治好了,但他的踝关节比一般人要显得突出;老太太又摸了摸他的左肋,被追债的那几年,张爸跟债主打架,左肋的肋骨断过;等老太太的手触到他的脖子时,就不敢再往上了,虽然张爸死了之后,家人请人为他化过妆,但脖子上的那道勒痕却依旧遮掩不掉。老太太又坐下来抓着他的手,一面轻轻抚摸着,一面小声地说:"你呀,倒了就倒了吧,活着也是受罪。"说话间两行热泪簌簌地落下来。

张小姐见老太太落了泪,便在奶奶的身后跪了下来,一众亲戚见了,都放下手头的事,围过来跪下。赵先生本来是个外人,可是看到此情此景,也入乡随俗,跟着跪了下来。

正是三月时节,海边的小村落受了海风的侵蚀,一日似一日的冷，赵先生穿着单衣，这一跪下去，瞬间觉得膝盖裂了缝，有成千上万的蚂蚁往缝隙里钻。咸湿的海风刮起来，又不是惯常的切面而来，而是在灵棚前聚拢成一团，不停地打着旋儿，把地上燃烧过的纸钱灰烬、垃圾杂物等一并团拢起来，形成的一个小型的龙卷风，所到之处，无不尘扬土播。众人正定定看着那龙卷风肆虐，但见它势头一转，直奔张爸的面门而去。紧接着，他脸上覆盖着的那张黄表纸就被卷起来，露出一张惨白的脸。这令赵先生想起他第一次近距离观察张小姐的那个夜晚，脸色也是这样的惨白，只不过彼时灯光昏暗，张小姐的惨白中还带着些许的生气，而眼前的张父，是那种毫无血色的死人白，令他不敢直视。他转移了视线，又望向那张黄表纸，黄表纸像一面旗帜，又像在异乡漂泊了数年的张爸的游魂，摇摇曳曳地在空中转了三个圈，终于停下来落在了赵先生的跟前。众人这才发现了这个外人，不约而同转过头盯着他，让他觉得刚钻进骨头缝里的蚂蚁，又都爬上了脸，不自在了老半天。

因着客人的身份，赵先生被张小姐安置在张家北屋。这一晚，是他习以为常失眠的一晚，不同的是他以前的失眠都是为自己，而这一晚，却因为一个与自己远隔千里的死人。一想到死人，就想起白天尴尬的那一幕，又想到远在北京，尸骨未寒的另一位张小姐。赵先生像根擀面杖似的，在床上来回翻滚，他在心里骂自己："我真不是个东西啊，妻子尸骨未寒，儿子无家可归，我却跑到八百里外来替别人的父亲奔丧。我算个什么玩意儿？"

隔壁那屋，张家子孙们的议论，他也听得真真切切，和他想的一样，果然也是在议论白天那所谓的"异象"，无非是村里族老那一套死人显灵，要赵先生送他回家的鬼神说辞。赵先生侧耳听着，张小姐站在全家人的对立面，一直在反驳，死活不同意这么做。

听到这些，他又把北京的张小姐忘了，他想，眼前的张小姐又有什么错呢？放在十几年前，她不过是和死去的张小姐一样，孤苦伶仃的人而已。倘若自己没有遇见她，说不定此时她还在凄冷孤绝的城市边缘飘荡，如今他的父亲去了，我却千里迢迢跑来，想要质问她是不是杀人犯，我算个什么东西？反正无论怎么想，最终的结论都是，自己不是个东西。

赵先生确实不是东西，他只是一个再普通不过的人，那种表面看起来大义凛然的英雄气概，一旦被激发，基本上脑子里再也装不下别的了。因此在张小姐一家人在隔壁争论到偃旗息鼓时，他终于鼓起勇气把她喊出来说："不然我就试试吧，反正都是假的。"

这行为说来荒诞，但又好像大家在无奈时总说的那句话："人生就是这样。"

在这座海边的村落里，一场葬礼中间却夹杂着一场婚礼。为了给全村的人，尤其是那些食古不化的老人一个交代，张家把能叫到的人都叫了。张小姐脱了丧服，穿上喜服，再透过纱织的红盖头看看眼前自己要嫁的人，反倒暂时忘了还在村口躺着的父亲。赵先生也把脑袋清空，他记得他跟北京的那位张小姐求婚的时候，也没举办过什么像样的仪式，两个人只是把家里为数不多的积蓄拿出来，吃了顿好的，一过就是五年。如今穿上喜服，虽然本能地知道这是应景，倒好像弥补了他多年的遗憾，他甚至觉得，滚滚红尘中，渺小如一粒尘埃的自己，这次终于有了实用的价值。他昂首挺胸，穿梭在一群参加完婚礼马上就要去奔丧的人中间，他们越是急躁和冷漠，赵先生就越是坦然。

有了赵先生的"献身"，张家的事变得顺利起来，张爸终于回了家，只是谁也没想到，接他回家的，竟然是个忽然闯进来的外姓人。可事实上，这个外姓人除了发挥把张爸"接回家"的作用，其他要出席的细节场合还挺多，什么招魂、报庙、守灵、摔瓦盆、打魂幡……倏忽间过去五日。五日来张家大宴宾客,张家人对赵先生,也从冷漠到客套,再从客套到熟络,终于在出殡的前夜,张家哥趁着喝多了和赵先生勾肩搭背起来,并且竖起大拇指说:"妹夫,你行,你真行!"

2

丧事办完以后,赵先生和张小姐告别了张家奶奶,又在即墨周边盘桓了两天。距离他们村七八公里的地方,有个公园,叫作马山地质公园。张小姐说,从小长在海边,看海看腻了,她最喜欢去的,反而是这种巨石林立的山野奇观。事实也是这样,抛开各种传说不讲,马山石林,当真算得上是大自然的鬼斧神工。山脉绵延数公里,形似马鞍,全是由亿万年前的岩浆涌出地表,凝结而成。山体上灰褐色的柱石棱角分明,排列紧密,就像某个远古部落的巨人战士一样,笔直挺拔地站立在身后,给人一种前所未有的压迫感。更有趣的是,来这里之前,张小姐还告诉赵先生,离马山不远的地方,有一座庙宇,叫作狐仙居,供奉的是狐狸大仙。据说这一代关于狐仙的传说不胜枚举,有一则传说称:"有只白狐遭到狩猎官兵追击,被一樵夫救下,次年春瘟疫流行,樵夫身染重病,奄奄一息,狐仙为报恩,化身村姑用仙丹救了樵夫,并做了他的妻子。"

赵先生问:"后来呢?从此幸福地生活在一起?"

张小姐:"我也是瞎听来的,后来还发生了什么,都记不住了。"

赵先生没再追问,关于这类传说,自诩为作家的他自然可以求助于书籍或网络,他现在最关心的,还是憋在心里很久的那个疑问,于是把话题拉回到现实,问道:"你遇到这么棘手的事,怎么没马上告诉我?"

"我怕打扰到你。你不是个作家嘛，谁知道你是不是又灵感突发，躲到哪个犄角旮旯搞文学去了。"

"搞文学一般都是为了搞姑娘，我已有姑娘，就顾不上文学了。"

"谁同意让你搞了。"

"没同意吗？咱俩可是刚刚拜过堂的呀！"

张小姐叹了口气，回避掉这个话题，转而问："来之前你在干吗？"

"我被警察抓去警局，关了十二个小时。"

"他们怀疑你杀人了？"

"怎么你也这么认为？"

"我是怕。"

"那有什么好怕的。"

"可能你自己都不知道自己做了些什么。"

"你不信我，还能不相信警察吗？"

"警察都说了什么？"

赵先生本来想把警察已经开始怀疑她的事说出来，可是他看着身边的张小姐对自己一脸关切的样子，心就软下来。

张小姐追问："说了什么？"

"也没什么特别的，就是刑事案件中例行的问题。比如她死之前我们是不是有争吵、她死的时间段我在做什么、她死了之后我为什么不第一时间报警之类的。哦，对，警察还问我除了她之外，有没有别的女朋友，他们大概是想排除情杀的可能性吧。"

"你怎么说的？"

"我就说没有喽。第一，我确实是没杀人，这点我问心无愧。第二，咱们俩每次的聊天记录，我都及时删除了，他们也掌握不到什么证据。"

"警察信吗？"

"不信怎么办,留我在刑警队帮他们办案吗?写小说瞎编些案情推理、悬疑故事我在行,可那都是想象出来的,真破案,还是得靠他们自己。"

"好吧。"张小姐说着把一罐啤酒干了,两人陷入沉默。

赵先生又喝了一罐,忽然问张小姐:"她死了,你不高兴吗?"

"你把我看成什么人了,孩子还好吧。"

"不能说好,也不能说不好,他挺坚强,但我也挺担心的。"

"没妈的孩子最可怜,他现在跟着谁?"

"大刘媳妇儿闫姐,我出门前让他们常常去看看奶奶,孩子在养老院待着,比在家里自在,睡得熟。"

"奶奶?她还好吧?"

"还是老样子,只能跟她聊吃喝,不敢跟她谈生死。"

"奶奶那么大的年纪,这样已经够不错的了。"

"如果不是她的缘故,奶奶可能活得比现在更好。可能你也会奇怪,我对她的死为什么表现得那么冷漠,包括大刘也这么认为。"

"肯定是有故事的,你不说,我就不问。"

"我就喜欢你这份超脱,不像她,五年来,我的大事小情,都会刨根问底、喋喋不休,天天教我怎么做人。"

"那如果有一天,我也变成了她那样,你怎么办?"

"你要变最好尽快变,或者现在就变,那样在我离开你的时候,能少一点痛苦。"

张小姐笑起来,只是天色渐晚,太阳隐没,那笑容看起来并没有白日那么真切。她接着说:"你继续给我讲讲奶奶吧。"

于是赵先生回归了正题:"本来奶奶是生活在老家的。虽然有轻微的老年痴呆,但是不至于生活无法自理。后来她不是生孩子嘛,因为她本身体质也不是很好,奶奶在老家也孤苦无依的,我就跟她商量，要不要把奶奶接到北京来。一来，从生活上她们两个人在家能有个照应，她怀孕的时候我就让她把工作辞了，在家安心养胎。另一方面，我上班也踏实一点，虽然奶奶没来时，她也没什么事天天找我，但多个人照顾，我心里总是放心些吧。"

"所以其实是你更需要奶奶，对吗？"

"这不重要，重要的是我跟她商量的时候，她死活不同意。她说奶奶没有严重到生活不能自理的地步，暂时不需要我们的照顾。其次，她自己能把孩子照顾得很好，完全不需要别的人帮忙，奶奶来了，反而是个累赘。以及……"

"什么？"

"不知道，当时她没说出口，我也没想听下去。没等她说完，我就摔门出去了，我在外面流浪了一天两夜，等我第三天早晨回到家的时候，奶奶已经高兴得开始认孙子了。"

"你太任性了。"

"还真的不是我任性，我以为，不管隔着几辈，做晚辈的，总得对长辈有孝心，不是吗？你想想，她爸死得早，从小跟着奶奶长大，虽然后来她长大能自立了，可奶奶对她的恩情，她能就这样忘了吗？换了你，你做不出来吧？"

"我也没爸妈，我也跟奶奶长大，可是后面的事儿我还没经历过，所以我不知道。"

"我跟你说，这还不是最过分的，过分的还在后面。奶奶伺候她，一直到出月子，可就在出月子的第二天，她就把奶奶赶走了，取而代之的，居然是个月嫂。更神奇的是，这月嫂还不是别人，正是大刘的远房亲戚。"

"我怎么感觉你在编故事？"

"我对天发誓，这故事是真的。不过那时候我们只认识这个月嫂，不认识大刘，也还没住到大刘的隔壁。"

"你接着说。"

"那天我正上着班，这之前，我一直在一个项目里忙得不可开交，连她生孩子都没去医院陪着，关于这点我当时还挺愧疚的。之后好不容易熬到项目结束了，我想该休休陪产假了吧。可还没等我提交请假申请，忽然被两级领导抓去开会，说马上要来一个为期一年的大项目，他们思来想去，觉得最适合牵头的人就是我。美其名曰我带过的大项目多，相对来说经验最丰富。而且我是个男人，铁打一样的身子，比组内大部分女生更能吃苦，能挺住，而且我的直属领导还装模作样，暗戳戳地许诺我，知道我家里一个人上班压力大，年终考核和奖金，他们肯定优先考虑我。"

"你信了？"

"我信他个鬼。要不是我生平最烦职场里的钩心斗角，没准儿我现在还在打工呢。他们一跟我说这个，我心里的火腾得一下就烧着了。我只说了三个字——干不了！"

"情商堪忧。"

"跟情商没关系，不说职场里那些所谓'狼性文化，吃亏是福'，一碗接一碗的毒鸡汤了，只说当下。当时我明确表示必须休假，不接新项目了，他们瞬间就变了脸，说什么要把公司整体利益和个人发展轨迹紧密关联，又说什么现在的市场人口红利旺盛，我这岁数已经步入末位淘汰的边缘，很可能面临中年失业风险啥的。"

"我当时才二十九岁啊，"赵先生接着说，"二十九岁他们就说我中年危机？这谁受得了。于是我果断拍桌子，谁爱干谁干，爷不伺候了。"

"你有这份决绝，是我认识的你，哈哈。"

"说来也巧，就在我拍完桌子转身出去的那一刻，她的电话忽然打过来了。我接起电话问,咋啦?她那边一边哭一边嚷,你快回来,家里着火了。我二话没说,挂了电话打了个车迅速往回赶。一路上我就在想,我怎么这么倒霉啊,职场放火,家里失火,还有比我更背的吗?我给她打电话问她报警没,她说已经报了,消防车正在路上,还没到。我问他们安全不,她说她已经抱着孩子从安全通道跑出来了,孩子没事,奶奶返回去给孩子拿奶瓶,被塌了的油烟机砸到胳膊,所幸只是皮外伤,问题不大,只是家里火势大,一直在烧。"

张小姐问:"财产损失严重吗?"

"算是吧,而且损失的不光是我一家,我们单元一梯四户,多多少少都有波及,中间的那两户态度还好,令人头疼的反而是离我们最远的、受到波及最小的那户。一个五十多岁的老妇女,丈夫先死,给他在北京留了四处房产,她的生活来源主要靠租金,但其实火势只是蔓延到她家的门口,把她家的门熏黑了。"

"看来是个坏女人。"

赵先生应和道:"可不是嘛,自从发生了这件事,她是公园也不逛了,聚会也不参加了,连广场舞都停了,每天堵在我家门口跟我们讨要说法。你知道我那时是租的房子,跟房东签合同的时候,因为便宜,就在合同中约定好了,发生什么意外情况的话自行处理,所以这事儿我也没理由找房东。"

"那孩子和老太太呢?"

"火灾那天出来得急,孩子发烧了。恰好家里也没法待着,我们就让孩子住院了。老太太倒是没事,只在医院把胳膊上的伤口包扎好后,就待在医院守着他们俩。而且老太太可能是受到刺激了,她的老年痴呆变得更加严重。"

张小姐叹息一声:"那时候真难啊。"

"不过我倒是没在意,一开始我还跟对门那个五十多岁的老女人斗法呢,她来我就躲,火灾之后,我没修别的,先把自家的门换了,结结实实地锁上,为的就是防着这女人。可是没斗几个回合,我就败下阵来。"

"对,因为咱耗不起,结果呢?"

"结果就是我们除了要修自家的房子,又给了她一万块钱的经济补偿。"

"门被熏黑了,一块抹布三块五,一瓶84消毒液五块,总共八块五,她倒赚你九千九百九十一块五,还不用交税。"

"这还不是最让我头疼的。我的终极头疼,永远不在别人身上,而是在她身上。"

"张小姐?"

"嗯。等我们把邻居都安抚好,孩子也好得差不多了,那边有护士照应着,她就回来和我一起商量自家的房子怎么修的问题。说真的,那些焦头烂额的事儿,不管怎么棘手,我终究还是处理完了,这也值得庆贺是不是?按照我原本的打算,我们是先好好吃个饭,然后再一起规划规划,接下来该怎么办。吃饭的时候,她却眉头紧锁,说想把奶奶送到养老院。我一听就炸毛了,且不论我们赔偿邻居的损失和修葺自己的房子,已经花了大半积蓄,单论在这根节儿上,往外轰人,轰的还是自己的亲奶奶,你说这还有点人性没?她解释说失火是因为奶奶,奶奶热牛奶忘了关火,才着起来的。我问她这是秋后算账吗?她说不要说得那么难听,她没有办法同时照顾孩子和七十多岁的奶奶,而且攻击我有病,情绪不稳定。"

张小姐连忙问了一句:"你的抑郁症,那时候就很严重了?"

"我没觉得啊,是她非要拉着我去找心理医生的。我觉得,世界上所有的心理医生都像神棍一样,仗着比别人多读了几本心理学的书，然后结合你的背景资料，嘴里冒泡似的说一些很唬人的术语。"

"我不这么觉得。"

"这不重要。我也记不清是从什么时候开始，我跟她的对话，好像占理的总是她，最后也总是会按照着她的意愿去做，可这次我并不打算妥协。我问她，我说这样，咱们来算一笔账，咱们这些年，一共就存了不到五万块钱，现在赔钱给对门和给另外两家修东西，已经赔出去了一半了，接下来自己修修补补，再省钱，怎么也得一万多，你把奶奶送到养老院，又是一笔开销，这点钱几乎就没了。接下来的生活怎么办？她说，我可以去上班呀。我说那孩子谁管？

"其实我也不知道我那天为什么忽然发那么大的火。我这么说完，她就不说话，然后悄悄地哭起来，眼泪啪嗒啪嗒地往下掉，幸亏没电，只点着两根蜡烛，要不然那泪眼婆婆的劲儿，又得让我肝肠寸断几个来回。"

"然后呢？她又为自己申辩什么没有？"

"她只是淡淡地说了句孩子该吃奶了，出门去了医院，留我一个人在屋子里。"

赵先生这么说着，又加上夜幕深沉，冷风袭来，仿佛又回到那天晚上，颇有些"灭烛怜光满，披衣觉露滋"的意味，不由得叹了口气。

张小姐伸出手摸了摸他的脸："不难过，有我呢。"

"我现在，只剩下你了。"

第四章　巴别塔

1

一回到北京就被请到警察局,是赵先生意料之中的事。

在回来的路上,他一直在想两个问题,一是他该怎么合理地跟大刘解释自己这几天的行踪。二是如果一不小心把这几天的行踪暴露,他怎么能更好地把张小姐神不知鬼不觉地隐藏起来。赵先生用他自诩为作家的脑袋编了一路,死而复生、穿越时空的桥段都幻想出来了,还是没想好,可一见到大刘,才知道这些想法是多余了。

大刘把一纸医学死亡证明递给赵先生:"看看吧,别太难过。"

赵先生接过来,别的没注意,只注意到了张小姐的死因,上面描述的是:"窒息死亡。"

大刘又给他详细解释了一下,说是因饮酒过度,导致呕吐物堵塞在呼吸道中,进而堵塞呼吸道,窒息而死。这话说得很医学很晦涩,更直白的说法,应该就是——噎死的,或者醉死的。

这个死法,确实是让人有点难以接受。

要论喝酒,赵先生喝得要比张小姐多得多,这么多年,他几乎是每日必喝。先是喝啤酒,一开始是每天两三瓶,后来觉得啤酒不过瘾,又改成喝白酒,从每顿二两到三两、半斤,从一日一喝变成了一日三喝。

酒喝多了,各种病也接踵而来,先是偶尔中风,后来又得了银屑病，胳膊肘上、膝盖上，瓶盖大的两块白斑，奇痒难耐、流血不止。张小姐活着的时候，常常一边给他擦药一边埋怨他，我真是不明白那酒有什么好喝的，我也有心情不好的时候，可是连出去应酬我都滴酒不沾。

赵先生只说："你不懂，有些事，你只有做过了才懂。"然而，懂了又有什么用呢？张小姐倒是喝了这一回，懂了，然后这一懂，人没了。

以往我们看的大部分小说描述人的死亡，基本可以用四个字来概括——人死灯灭——人一死，什么都没有了。可现实中不是这样，人一死，死的那位痛快了，留下来的人，却有没完没了的事务要处理。你得带着死亡证明去殡仪馆办火化证，然后拿着死亡证明、火化证、居民户口本以及身份证去派出所注销户口，所有和死者生前关联的社保卡、银行卡、工资卡、公交卡等一系列能证明其社会从属关系的卡证，一一注销。对于赵先生这种连自己的袜子和内裤的去处，都要依赖张小姐导航的废人来说，处理这些烦琐手续真是难上加难。好在有大刘这个警察朋友帮忙，折腾了许多天，终于熬到了张小姐火化的日子。

这天赵先生特意为小赵先生请了假，想带着他，跟妈妈做最后的告别。

小赵先生只有五岁，却早慧。出门的时候，他特意穿上了张小姐生前最喜欢给他穿的那件牛仔上衣，衣服上别的装饰没有，只在背后绣着一只大大的蝉，一双蝉翼色泽透亮、脉络分明，似一副精心编制的铠甲，紧紧包裹了全身。

火葬场的味道，能让赵先生记一辈子，等他强忍着不安到了张小姐的火化间时，工作人员早就准备停当，只等签字了。他拿起笔，看着火化通知书上张小姐的名字，手就哆嗦起来。这一次，张小姐当真是要化作飞灰了。

小赵先生伸出小手捅了捅他的衣襟,小声说道:"爸爸,不是要告别吗?怎么看不见妈妈了呢?"

赵先生把火化通知书递给工作人员,拉他走到等候室,找了个靠窗的位置坐下来对他说:"妈妈没给你讲过吗?"

"没有。"

赵先生沉思了片刻:"这该怎么跟你解释呢,妈妈之前跟你说过人死了会变成星星的传说吗?"

"说过,但我认为那是假的,我在幼儿园也跟同学讨论过,大家都说那是假的。"

赵先生指了指窗外:"看见那个烟囱了吗?"

小赵先生抬头,见窗外不远处有一间红砖房子,房子侧面一个高高的烟囱,就像他在自己最喜欢的游戏《我的世界》里垒起来的岩浆塔一样,赤红的身体,冒着滚滚的白烟,高耸入云,在游戏里,他给那座塔取名为巴别塔。

他说:"像我的巴别塔。"

"对。妈妈来到这里,就像我们坐地铁换乘一样,只是一个中转站。中转过后,她会留下自己的一部分陪着我们,另外一部分,就通过像你的巴别塔一样的烟囱飘出去,然后向上升,一直升到外太空,和妈妈一样在这里中转的人,他们一起升到外太空,就会聚集成闪闪亮亮的星星。这样的话,你告别的时候,对着你的巴别塔,对着天空、对着风、对着宇宙和星星,和对着你妈妈,是一样的。"

"所以我妈妈的那颗星星,也可能是别人的妈妈,或者别人的爸爸、奶奶什么的?"

"可以这么说。"

"那我知道了。他们一定是一个人住在一颗星星上太孤单了,大家聚集在一起，热闹。"

话虽这么说，但此时的赵先生却更后悔带着小赵先生来了，他就是这样的脾气，常常做一些开始坚定，后来犹豫，到最后又极其后悔的事。他想，今日火葬场的气味、等待室的桌椅、烟囱里滚滚的浓烟，以及他跟小赵先生说的这番话，一定会深深扎在这个五岁孩子的心里，未来某一天，这些细节，也极有可能忽然出现在他的睡梦中。

果然，第二天的太阳还没升起来，小赵先生就生病了。刚满月那年，小赵先生发高烧，一度烧到40度，以至于惊厥，因为这事儿，后来幼儿园差点没上成。现在的小赵先生五岁，重现了当年的情景。

赵先生急得额头直冒汗，小赵先生五年前的那次惊厥，他正因为家里着火的事情焦头烂额，是张小姐一力承担了家庭中其他琐事。如今赵先生目睹了孩子的抽搐，心里就泛起一丝难过。过去的张小姐和现在的张小姐，到底哪一个才是眼前的真实，他也开始摸不着头脑。

好在他有个好邻居，大刘又及时出现了。

大刘和他的妻子闫姐帮着在医院跑前跑后，等小赵先生终于从高热危机中解脱出来后，赵先生终于舒了口气。他和大刘到医院附近的苍蝇馆子点了一扎啤酒。

赵先生对大刘说："我想跟你客气客气。"

"得了吧，你再喝多了，我还得把你送回去。"

"看把你吓得，你忘了我出差的时候，你跑我们家太殷勤，被你老婆挠成大花脸的样子了？"

"不敢忘，一个堂堂的人民警察，被怀疑生活作风有问题，还给老婆写了检查。"

"还是我给你润色的。"

"你读书多嘛，这叫近水楼台。"

赵先生心想，当年若不是因为有大刘，小赵先生现在还不知道身在何处。他记得他和张小姐从青海回来，张小姐就怀孕了。赵先生还吐槽过在青海住小旅馆时，看到床下散落着的安全套。当时的实际情况是，他前一秒还在吐槽，后一秒就把张小姐放倒在了床上。最后还用力过猛，床板子塌了。

然而，赵先生不想要这孩子。这世界上，敢于承担的男人往往会把遇到的所有烦心事都当作考验。不负责任的男人，通常每走半步都要找一些莫名其妙的借口。赵先生的借口是俩人还年轻、事业不稳定、不能给孩子更好的条件等。

以及，他自己有病。关于这个病，他在和另外一位张小姐之前的聊天中说起过，他说张小姐因为他的情绪一直不稳定，怀疑他得了抑郁症，非要拉着他去看心理医生，可是他认为所有的心理医生都像神棍一样，仗着自己比别人多读了几本书，就胡诌些术语吓唬人。那次去看病之后，医生给赵先生开了一大堆的药物，药品的名字就像化学元素周期表，什么氟、汀、酞、酮，花花绿绿的瓶子一大堆，赵先生却从来没碰过。可是遇到张小姐怀孕的事儿，他反倒把这病当借口了，他说："你知道我有那个病，我连我自己都照顾不好，怎么能再加一个孕妇和一个小孩呢？我不相信自己有这个能力。"

"这个病又不遗传，我都不怕，你怕什么？"

"不是遗传不遗传的问题。这里面有很多现实问题。首先你怀孕了，班是不能上了吧，吃饭得有人帮你做饭，出门得有人陪着，还要定期去医院做检查，这都需要时间和精力，我分不开身。"

"我不用你照顾，我自己可以照顾自己。"

赵先生还想反驳，张小姐却说："反正现在才五周，想做改变，一切也都还来得及，咱们再看看好么？"说这话时，她的眼睛水汪汪的，眼神里充满了哀求。

赵先生无话可说，下楼躲在小区的广场舞大妈中间，喝了五罐啤酒，抽了一晚上的烟。

这之后整整十个月的时间，一直到小赵先生出生，除了提议让张小姐的奶奶来北京照顾她，他再没主动提起有关孩子的话题，也没有陪张小姐去做过一次产检。直到忽然有一天，正在单位加班的赵先生，在处理完繁杂棘手的工作后，才看到张小姐发来的消息说："肚子疼得厉害，这小家伙怕是要出来了！"

赵先生看了看消息发送的时间，距离这条信息送达已经过去了四个小时。等他赶到医院时，张小姐已经进了产房，张奶奶和大刘在外面等了差不多五个钟头。一见面，大刘一拳头杵在赵先生的肩膀上责备他："当爹都不着急，是你丫亲生的吗？"

赵先生当着张奶奶的面没敢造次，只是像个僵尸一样瘫在椅子上，盯着产房外的屏幕发呆。屏幕上循环滚动着正在产房里待产的众多妇女的名字，张小姐也在其中，生孩子对于她来说，再煎熬不过。

时间慢慢走过，手术室的门突然打开，护士一脸焦急地走到大刘面前问："脐带脱垂，谁是家属？需要签字。"

赵先生连忙说道："在这儿！"

等医生拿了签字单进去，三个人都慌了。

赵先生焦急地问大刘："脐带脱垂是啥？危不危险？会不会大出血？"

"我也不知道啊，我也是第一次，我老婆还有一个月才生。"

赵先生问张奶奶："奶奶您懂，您说，怎么办？"

张奶奶也是茫然不解。

见两个人没辙，赵先生又飞奔到产房外的护士台旁边，一把抓住护士的手就问:"你告诉我,脐带脱垂是啥?"

护士挣脱他的手:"你先别急。"

"危险不危险,会不会大出血?"

"就是孩子还没出来,脐带先出来了。"

"噢。"

"这种情况很危险。"

"啊?"

"脐带脱垂可能导致脐带受压、胎儿血供障碍,致使胎儿窒息,甚至危及胎儿生命。"

"啥意思?"

"就是俗话说的,胎死腹中。"

此言一出,赵先生的脑袋轰的一声炸成了碎片。

2

"喝呀。"大刘举起酒杯,碰在赵先生的酒杯上。

赵先生擦了擦头上的汗,又拿起酒杯喝了一大口,才从刚才痛苦的回忆中解脱出来。

赵先生问:"你还记得我儿子出生那天的事吗?"

"那么吓人的事,我早忘了。"

"要不是你稳得住,估计我那天得死。"

"这五年,你活着,也活得不怎么样。"

赵先生苦笑:"你说我心肠硬,其实我就是一直想不明白,本来我们那么相爱,到最后怎么就走到了现在的境况?"

"都是你太作了,爱情这东西,哪有你想的那么生生世世、一成不变的?你还能记得你每次喝醉了,最爱跟我说什么吗?"

"我喝醉了说的话多了,哪能记得住。"

"我给你学学。"

赵先生不说话,靠在椅背上看着大刘表演。

手机忽然响了一声,赵先生一看,上面是张小姐发来的信息:"我好像,怀孕了。"

第五章　新生命

1

洤闻路小区20栋2单元0124房间，就像一个黑洞。赵先生去找的时候，它踪迹全无，张小姐出现的时候，它却完完整整。这次赵先生没有步行，没坐警车，看到的沿途景色与前两次又不一样。他坐在地铁上，看着窗外疾驰而过的大片荒地与麦田，麦田中有零零星星飞过的麻雀，荒地上有三三两两放风筝的孩子，这都是离收获特别遥远的景致，五月天是艳阳天，没有收获，只有数不清的梦刚刚开始做，也有扯不断的思绪在空中飘。

进门之前，赵先生的第一疑问其实不是怀孕，而是想质疑张小姐，为什么上次他和大刘、小刘来的时候，无论怎么找，都找不到她。可当他推开门看到憔悴的张小姐，还在原先的那个房间，还坐在那张塌陷的床上独自等待，他就心软了。

"怎么忽然就怀孕了呢？啥时候的事儿？"

"我也不知道。"

"我们每次不都是把安全措施做足吗？"

"你还记得从即墨回来吗？"

"你是说火车上？不可能，那次不是没弄成吗？"

"我也不知道，好像是成了，好像又没成。"

从即墨回来的那段记忆，是赵先生最不愿意面对的。

上火车的前一天晚上,两人在马山地质公园的悬崖峭壁下窝了一晚上,那晚张小姐睡着,赵先生却喝着酒胡思乱想,恍惚中好像还看到了张小姐说的狐大仙,一夜之间醒醒睡睡,备受折磨。等上车后把行李摆在过道,他就开始犯困。

张小姐从行李箱里抽出一块毯子,把两个行李箱并排放在过道一侧,又娴熟地把那毯子铺在上面,对赵先生说:"你睡会儿吧。"

"我不困。"

"说瞎话,连眼都眨不动了,还说不困?来吧。"

赵先生挪到行李箱前,有点尴尬:"这……也没个枕头。"

张小姐在一个箱子上坐下来,把腿伸直拍了拍说:"躺这里。"

赵先生抿了一下嘴,虽然心里有一万个不情愿,但还是没好意思拂掉张小姐的面子。他按照她的指示枕在她的腿上,又侧过来蜷缩着身子,把双脚搭在另一只箱子上,就像一只大虾。其实赵先生倒不是嫌条件恶劣,自己吃不了苦,而是受不了在这种绿皮火车上,被众目睽睽地审视的感觉,所以他像那只大虾,又像是在锅里被烧红的大虾,除了蜷缩着,脸上、身上都烫得发红,睡意反倒减轻了些。

张小姐看出赵先生的不安,让他把身子背过去朝着门,一只手在他的头上来回摩挲着,像母亲对孩子一样,爱意从指间流淌出来,赵先生的情绪也跟着逐渐好起来。

张小姐问:"你爱我吗?"

"爱呀,不然千里迢迢来找你呢。"

"那你爱我什么呀。"

"我爱你温柔大方、细腻体贴,偶尔还有点小幽默。"

"不是这些。"

"那我爱你……寒冷时给我抱薪,徘徊时给我指路,陷入泥沼时给我递手,迷失黑暗时给我光亮。"

"说得那么诗意,是真的吗?"

"真的呀。"

"我不信。"

"我有老婆,老婆还死了。我有儿子,儿子在上幼儿园。我是个作家,但是迄今为止我还没出版过任何一本像样的小说。我有病,据说是很严重的抑郁症,这些你都知道吧。"

"知道。"

"你想,一个落魄的、死了老婆的、带着孩子的精神病业余作家,他这一辈子,感受最多的是什么?"

"寒冷、徘徊、陷入泥沼、迷失黑暗。"

"差不多。"

"所以我可以这么理解,其实你爱的不是我,而是你自己,对不?"

"你的意思是,我是'卿不负我,我才不负卿'那种爱情观是吗?"

"是吧。如果有一天你老婆复活了,孩子长大了,你扬名立万了,也不再生病了,那时候你应该就不再需要我了吧。"

"复活?你怎么今天有点不正常呢?"

"我就是在想,我是多么爱你呀。为了你,我都可以不要我的命,然后我所做的这些,会不会都是徒劳?"

"你看你,你这样又何尝不是站在付出和回报的角度上来看爱情,我们都是平常人,不可能做到一点得失都不计较的。"

"我觉得不对。"

"怎么不对了?"

"我们都是平常人,不可能做到一点得失都不计较,这没错。但我觉得关键在于,当你面临得失、生死的时候,最后是怎么选择的,选择之前你肯定也矛盾、也计较,甚至在选择的最后那一刻,你还在犹豫，但是一旦这个事情形成一个既定结局，就已经能证明一切了。"

赵先生打了个哈欠："你说得有点绕，我得好好捋捋。"

"好，睡吧。"

赵先生听着火车在轨道上行驶时节奏感十足的白噪音，闭上了眼睛。

张小姐摸着他的头，两行热泪流下来。

睡梦中，赵先生又开始做起在马山地质公园里那个没做完的梦来，梦里的他不是赵先生，而是穿越回了古代，变成一个叫王二的人，这个叫王二的人貌似深陷在一个巨大的死亡螺旋中不能自拔。恍恍惚惚中，他被一阵嘶鸣惊醒。睁开眼才发现是火车在鸣笛。他这一睡，便睡过去三个小时，火车已经出了胶州。时间是凌晨四点，外面更阑人静，火车却不动了。

他擦了擦脸上的汗水问张小姐："怎么了？"

"刚才广播说，前面有车出了事故。"

"啥事故？"

"说是去青岛的火车和烟台来的火车撞了，死了人。"

赵先生看了看周围，大部分人都下了车，有蹲在铁轨前抽烟的，也有三三两两聚集在一起聊天的，还有拿着手机不停拍照，准备发微博、朋友圈的，当然也有耐不住性子，急匆匆打电话喊朋友来接人的；留在车内的人，要么躺在座位上呼呼大睡，要么一面吃东西一面发呆望窗外，虽然与前面的事故距离不过一二十里，但这一切似乎都与他们无关。

赵先生坐起来，见车内空了好多位置，又没有听到列车员的广播，就估摸着这次的滞留恐怕得有点时间，于是指着不远处对张小姐说："你看那边，卧铺都空了，要不咱俩换个地儿躺会，敢不敢？"

张小姐又笑："那有啥不敢的，走就走。"

两人拖拽着行李来到一个下铺跟前,连铺位上的脚臭味都顾不上排斥,双双往下一倒,总算是舒服了。

张小姐拉起被子盖在二人身上,又帮赵先生掖了掖被角说:"你说这车得停多长时间?"

"管他呢,反正咱俩也不急着回家。"

"那倒是。"

"只是长夜漫漫,无心睡眠呀。"

"你饿吗?"

"有点。"

张小姐起身要去拿吃的,却被赵先生拦了下来,只见他一双眼睛在张小姐身上滴溜溜打转:"不是那种饿。"他一面说着,一只手就在被窝里不安分起来。

张小姐嗔怪:"你怎么大白天的想起搞这个来了?"

赵先生的手伸进张小姐的衣服:"哪里是大白天啊,现在是凌晨五点,天都还没亮呢。"

"不是,我的意思是……哎呀……大庭广众的,你不害臊吗?"

赵先生的手在张小姐衣服里上下摩挲:"这有啥害臊的,我们都拜过堂了,是合法夫妻。"

张小姐把手伸进被窝,抓住赵先生的手:"你放开呀,让人看见。"

"你什么时候胆子变得这么小了,上次咱们在酒吧的厕所不是还……"

"别说了……那次不一样。"

赵先生侧过身子搂着张小姐的后背,大口喘着气:"有啥不一样?"

车厢里为了省电关着灯,两人就这样在胶济铁路的火车上你来我往。突然传来一句:"大半夜的,干吗呢?"

赵先生停在那里,像一只泄了气的皮球。

对面一位列车员披着制服："车票拿出来看一下。"

张小姐把车票递过去，列车员就瞪大了眼睛。

赵先生解释："我们想补个卧铺来着，找不到你们人。"

"那也不讲究先到先得啊。"

赵先生掏出几百块钱塞进列车员的手里，使了个眼色："大哥，通融通融。"

列车员白了他一眼，从他手里抽出两张："补票，两张就够。"

然后用笔在张小姐的票上画了一下，又丢回去说："只能补一张。"说完转身离去，走了三步又回过头，颇有深意地望着赵先生说："没下次了啊。"

赵先生的脸红成了个猴屁股，乖乖地点头，等他抬起头来，却发现原来车厢里不是没人，而是都睡着了。此时因为列车员的出现，这些人不知道什么时候都坐起身来，望着他们。虽然他们很可能早在列车员出现之前就发现了他和张小姐，有人问列车员："火车什么时候开啊，还要等多久？"

列车员头也没回，说了句快了，就扬长而去。

赵先生安顿好张小姐，自己跑下车去抽烟，一直到火车鸣笛出发之前，再也没上车。

2

"我想把这孩子打掉。"张小姐说。

"为什么？"

"我想，我还年轻，事业也不稳定。"

"仓促生下来，不能给孩子更好的条件是吗？"

真是现世报啊，赵先生想。"我现在就可以和你结婚，而且我保证，我没病，没有任何的病。"他说。

"我不是那个意思。"

"那你是什么意思？"

"我们没有机会再做错误的决定了。"

"对呀，人的一生，要做很多次决定，每一个决定，又可能影响到后面的境遇，所以我们不能想都不想，就做错误的决定。"

"我也不是那个意思。"

赵先生急了："是什么意思，你倒是跟我说清楚呀！"

一向干脆利落的张小姐这次却低下头，眼神中充满了犹豫，手里拿着验孕棒，指头摸着那两条红线不知该如何是好。

赵先生不由分说地拉起她的手："走，先去医院。"

虽然已经是五岁孩子的父亲，但是赵先生这次是第一次认真地看B超单，而且他惊喜地发现，B超单这种东西，看起来真美！

"你看它，就像黑暗无边的宇宙中，忽然闪现的一片奇迹银河！"赵先生拿着B超单，兴奋地拿给张小姐看。

张小姐皱着眉头："哪有啊，我怎么看不到。"

"你看就在这里。大大的身体，小小的头，眉眼都能看清楚呢。"赵先生的手在那张B超单上来回指点，"这两个黑点是眼睛，下面这个，大点的黑点肯定是嘴巴。"

张小姐苦笑："你瞎说呢，这才一个月，怎么能看清眉眼呢？"

"慢慢就有了呀，又不是只照这一回B超。"说着他把手伸到张小姐的肚子上，"让我摸摸，你也摸摸。它肯定听见了，我觉得它一定听见了。你觉得它是男孩还是女孩？"

张小姐拿开赵先生的手："我不知道。"

"我觉得它肯定是女孩，长得像你一样好看。"

"女孩一般都长得像爸爸。"张小姐叹了口气，"我担心它不一定健康。"

"为什么?"

"咱俩既没戒烟又没戒酒,又是在火车卧铺那种环境下怀上的……"张小姐低下头,右手摸着自己的肚子若有所思。

赵先生看到她的样子,也不敢再多说什么,只希望时间快快地过,期待一会儿医生能带来好消息。两分钟后,分诊台张小姐的名字亮起,张小姐站起来,赵先生就立刻跟着站起来搀扶着她,看他那小心翼翼的架势,好像张小姐已经怀孕了好几个月。

虽然是第一次陪女人产检,但赵先生就像个常客,他沉稳地坐在等候区,看一众男男女女相互依偎着,像他和张小姐一样,拿着B超单在仔细地研究,他们都在为新生命的到来而兴奋不已。

人这一生,如果一直一成不变就太没劲了,所以他们时时刻刻需要新鲜事物的刺激,才能证明自己活着。比如衣食住行花样翻新,再比如工作恋爱结婚旅行,而这众多的新鲜刺激中,唯有新生命的刺激为自始至终,当你亲眼看着由你自己创造的新生命孕育、诞生、成长,就会觉得自己在这个世界上踏踏实实的存在,没有半点虚假。

这么想着,赵先生忽然想起了小赵先生,在得知张小姐怀孕后他不顾一切地往澶闻路小区赶去,可小赵先生却在医院里高烧刚退,还挂着点滴。以前张小姐活着的时候,他不觉得,现在张小姐死了,他内心的罪恶感就越来越深。

正自责着,张小姐从诊室走了出来。赵先生看她还是阴沉着脸色,赶忙迎上前去问:"情况怎么样?"

张小姐把手中的病历递过来,上面写了一堆难以辨认的字,赵先生皱着眉头研究了半天才搞明白,那上面大概的意思是:"这孩子各种指标都正常,健康得不得了。"于是他眉头舒展:"你看吧,我就说没问题吧。"可他抬头看张小姐,却见她面色沉静,不喜也不悲,一颗躁动的心又跌回到肚子里。

赵先生说:"咱们去吃点东西吧,咱得喝点酒,庆祝一下。"

"怀孕了怎么能喝酒呢?"

赵先生嘻嘻笑着,拍了一下自己的脑门:"这茬我倒给忘了。"

"你儿子不是病了吗?你都出来一下午了,不回去看看他?"

赵先生刚才还在想小赵先生的事儿,此时被张小姐点破,那种愧疚感又生出来。他放下病历沉吟了半晌说:"要不,你也陪我去见见他?反正早晚都要见"

张小姐又叹了口气:"以后再说以后的吧。"

3

此后连着三天,赵先生都没有去找张小姐。关于出轨这件事,赵先生一直觉得爱情这种东西,就应该是干净纯粹的。他认为,出轨了,就是不爱了。不爱了,就分开,这就是一种至高无上的道德。

他不去找张小姐,不是因为他不惦记着她,也不是因为他不惦记着她肚子里的小生命,而是眼前的小赵先生。小赵先生的懂事,让他心里的愧疚感越来越重。可偏生赵先生又是这世界上最耐不住性子的男人,他人生的失败,也多来源于此。三天过后,他终于下定决心,在周末把小赵先生送到养老院给张老太太,自己又在外灌了一打啤酒,径直奔漼闻路小区而去。

这是他第一次独自待在张小姐的住处,他坐下来一边等她,一边拿起那把吉他随意拨了几下,觉得不成曲调,又百无聊赖地放下来。等了差不多一个小时,张小姐还是没回来,赵先生的心里就有些发毛,他掏出手机拨通了张小姐的电话,那边却传来一片忙音,又接连拨了三次,依旧无人应答。他觉得不对劲,站起身来打量着四周，却发现张小姐前一阵从即墨回来带着的两只行李箱，都不见了。

"一定是不辞而别了。"这个念头一有，赵先生的两鬓忽然发紧，紧跟着开始头疼，像孙大圣被施了紧箍咒，从前到后，转着圈儿地疼。他捂着脑袋，疯狂地向外面跑去。

这一次，赵先生终于看清了漶闻路小区的全貌。这个社区绵延近十里，密密麻麻建了五六百幢住宅，人们穿行其间，变得渺小压抑。小区里的狗屎遍布在熙熙攘攘的人群脚下，散发着恶臭；而那座过街天桥，除了桥下的人声鼎沸外，居然真的不是红色，而是彩虹色。只不过在夜晚远远看去，一排排路灯发出的灯光，像激光一样扫射在桥上，淹没了原本的五彩斑斓。

赵先生趴在过街天桥的彩色栏杆上大口喘着气，他确定，张小姐是真的不辞而别了。从张小姐怀孕到现在，赵先生的目光就一直锁定在她的身上，她不似另外一位张小姐，怀孕了难掩兴奋。从见到赵先生，此张小姐的表情是犹豫不安、眉头紧锁，她的话语是，我不想、算了吧、我担心、我害怕。迄今为止，没有任何一个细节证明，她对这件事持乐观态度。

想到这里，赵先生的头又开始疼起来，他举起双手，使劲在自己的额头捏了几把，来缓解疼痛，紧接着，背后一双手臂伸出来，紧紧抱住了他。

赵先生转过身，看着泪眼婆娑的张小姐，自己也差点哭出来："你去哪了？"

"去喝酒了。"

赵先生把手伸向张小姐的肚子："你怀着孕……"

张小姐又正面抱住他："你不知道，这三天我有多想你。"

"孩子怎么样？"

张小姐哭着说:"我每一刻都在想你,我很矛盾。我不知道我做得对还是不对,对不起。"

赵先生双手扶着张小姐的肩膀,直视着她:"你把孩子打掉了?"

张小姐的眼泪像断了线的珠子,一串串落在赵先生的肩膀上。

赵先生晃动着张小姐:"你告诉我,你说呀!"

张小姐咬着嘴唇,还是不说话。

赵先生一把推开张小姐,他瘫坐在地上,神情变得呆滞恍惚。

张小姐蹲下来:"你听我跟你解释好吗?"

赵先生一句话都不说,他的头又开始疼起来,这次不只是头疼,而是从头开始,继而钻进喉咙,转而又一路冲杀进五脏六腑,那疼痛就像一把匕首一样插进他的胃里,在里面胡乱翻搅,刚才喝过的啤酒就随着这搅动风起云涌。

"真的,你听我跟你解释……我真的也不想这样……对不起。"

赵先生还是不说话,他转过身望着桥下,只觉得五脏六腑翻腾地愈发厉害。他点了一支烟,想把这前所未有的难过压一压,可那烟燃着之后,第一口烟雾刚刚入口,就幻化成一只修长的手臂穿过他的喉咙。

赵先生则冷着面孔不说话。

张小姐泪流满面,眼泪像弹珠一般,一字一顿地说:"对不起,张小姐,是我杀的!"

第六章　自首

1

又一次坐在警察大刘和小刘的面前,赵先生没有了上次见面时的不安,他主动坦白,自己就是杀害张小姐的真凶。

"先说说吧,为什么之前不自首,现在又要自首了?"

"大刘,对不起。"

小刘接茬:"不用客气,有什么说什么。"

"1月27号,"赵先生说:"我从1月27号那天早晨说起吧。那天我们找双井那边的一个心理医生看病。"他转向大刘,"你知道,我有那个病,抑郁症。"

大刘点点头。

"我们约的是早上十点,上午两小时,中午休息两小时,吃个饭,再从下午两点一直到晚上五点,等我们去奶奶那接了孩子又回到家,已经是晚上十点了。"

小刘疑惑:"那么久?"

"对,那时候我的病,据说已经很严重了。如果要分级的话,我已经属于重度的。"

小刘打断赵先生:"等等。"

赵先生知道他要说什么,坦然地等着。

"上次的口供显示,你1月27日那天整日在家看孩子,张小姐因为公司有复盘会，开会到晚上十点才回家。"

"对不起，我撒谎了。"

小刘并没有生气："你接着说。"

"其实那天临出门的时候，我就有点不开心了。刚才我也说过，我的抑郁症很严重，是据心理医生说的。而我本人，从来不认为自己有病，所以每次去看心理医生的时候，我跟她，死去的张小姐，都要吵一番架。我记得第一次去的时候，她是哄着我去的，她说她自己要去检查，让我陪她去，结果到了地方之后，她又说，人到而立之年，生理机能下降，心理压力也大，建议我也查查，我拒绝，她就说只查查，没关系。结果是她跟心理医生聊了半个小时，我跟心理医生聊了三个小时。

"也倒不是我热衷于聊天，你知道，我是个作家，和人相遇的时候，我总是会保持极大的好奇心。我当时想，先不管这心理医生是真假吧，聊聊再说，就当为自己的写作积累素材了。我跟那心理医生聊《乌合之众》，聊一行禅师，聊弗洛伊德的精神分析法，其实这些我都是在刚踏入社会迷茫的那几年，纠结'生而为人当为何'的时候瞎读的，略懂皮毛而已，没想到他却跟我聊得很兴奋。前半段，我一边和他扯淡，一边在观察他的举止，对他的印象不坏，但是到了后半段，尤其是聊到弗洛伊德的时候，他居然跟我说，以现在的科技水平，精神分析法里所说的意识、潜意识和无意识，是可以通过某种物理方法来实现的，只是比较复杂，也比较昂贵。我问有多贵？他给我比画了个天价，然后我就知道，他是招摇撞骗的神棍无疑。"

大刘打断他："说回张小姐吧。"

"你看我，还像以前一样婆婆妈妈，说起话来，总是忽略重点。"

小刘掏出一包烟递给赵先生说："你可能需要这个。"

赵先生接过烟，深深吸了一口，接着说："之后每次去找心理医生之前，我都会跟她吵一架，但最终都会跟着去。1月27日那天，这些都与往常一样。与往常不一样的是，我们的张小姐，出门前却花了一个多小时化妆，把自己涂抹得像一只鸡。"

"我坐在地铁上，"赵先生接着说，"问她，我昨晚跟你说的事儿，你怎么想？

"一天前，我跟张小姐坦白了我出轨的事儿。我跟她说，那位张小姐和你不一样，她温柔大方、细致体贴。如今我再问起，张小姐的泪就流下来，她说我知道，我不怪你。我说你不要这样，你可以撒泼打滚、日爹骂娘，这些都是我该承受的。张小姐就不说话了，不知道从什么时候起，她开始喜欢用沉默来应对一切，她越是这样，我就越急躁。

"我说，你记得五年前吗，我们刚刚结婚的时候，那时候多好呀。她不说话。我又说，那时候你也是温柔大方、细致体贴，跟现在的张小姐一样。你知道吗？我喜欢她，很大一部分原因是她很像当年的你。她依然不说话。我说我搞不明白。她的泪又涌出来，还是不说话。我没了耐性。过了一个多小时，我们到双井下车的时候，张小姐却突然开口了。她问，如果这十二年，我们能重新过一次的话，打算怎么过？

"我想了一会儿说，那我可能会反着来吧，把我们过去十年来做的所有决定，都以相反的方式再做一遍，那样的话，我们现在的状态，可能就不会是这样了。"

赵先生叹了口气："那天治疗结束之后，我的精神状态真的好了不少。我们还一起愉快地吃了晚饭，喝了很多酒。酒过三巡，张小姐开始跟我回忆起我们当年在青海湖的过往。"

她双眼迷离地问我:"你还记得我那天来例假的事情吗?"

我说记得。那天我们去黑马河看日出了,天没亮就出发。

她叹了口气,眼神中闪过一丝失望:"那天的太阳,你觉得好看吗?"

我想了一会儿,可能是因为喝多了,记得去买卫生巾,可脑海里始终搜索不到日出的场景。

张小姐眼神里的失望更加凝重:"只有这些?"

"原谅我年纪大了,或者原谅我精神病的药物吃多了,记忆力不太好。"

"没事儿。"

"你还想问什么?"

"关于另外一位张小姐的事儿。"

"问吧。"

"我记得今天上午你跟我说,她跟我有点像,都哪里像了?"

"更确切地说,她长得像我刚认识你的时候,五官都谈不上精致,但赢在有特色。你们的鼻翼都有痣,像是前世留下来的多情;你们的眼睛都朦胧,有现世写在你们身上的故事;嘴唇都丰润,人间冷暖、欲语还休;牙齿都皓白,笑起来像小孩子一样干净纯粹。其次是给人的感觉、散发出来的气场,那时候的你,和现在的她,都是那种心里藏着星辰大海,表面上却波澜不惊的人。"

"你还是老样子,胡乱打比喻,那么她不像我的地方呢?"

"也可以确定地说,她不像现在的你。她不像你一样患得患失,也不像你一样对未来充满恐惧,她是乐观的,不是悲观的;她是自信的,不是自卑的;她是俯视世界的,不是受困其中的。"

张小姐可能是喝多了,她说:"那你想过没有,她也有老去的那一天,如果有一天,她变成了我这样,你还会喜欢她吗?"

我不知道该怎么回答,因为事实已经证明,如果一个人对另一个人的爱有十成，那么眼前的张小姐，我大概有九成已经不爱了。我只能说："我总觉得，咱们两个人之间，还有那么一丝东西在牵绊着，看不见，摸不着，也找不到，却极为牢固和坚实。我曾经试着去找到它，想办法去斩断它，可是我就像是被困在悬崖峭壁的缝隙中间，动弹不得，我爬不上去，跌不下来，身上的水和干粮还能支撑我暂时不会死去，而我只能眼睁睁地等死，这恐怕是我一切痛苦的根源。"

"这个牵绊，是孩子吗？"

我摇摇头："不是。"可是她提到孩子，我的心里又难受起来。我想，我跟张小姐分分合合，是我们两人的事。然而这个难关从无到有，从有到抹平，心里煎熬的过程才是最痛苦的。我这前半生，本身就活出了一份痛苦，却又痛苦地造出一个和我一样要经历痛苦的人……想到这里，我的心就开始疼，也顾不上周围人的眼光，号啕大哭起来。

张小姐也哭了，她拉着我的手说，你喝多了，你真的喝多了。

我们确实是喝多了，等我们出门时，已经是晚上九点多，从五点多到九点多，喝了四个小时。我们互相搀扶着出了饭店，又戳了半天手机终于打到一辆车，用了一个多小时的时间，才接上孩子回了家，到家的时候，已经是十点多。

经过路上的沉默，再加上面对着孩子，我们的醉意稍微减轻了一点。小赵先生虽然也察觉到我们喝了酒，却只是捏了鼻子说，爸爸今天真帅呀，妈妈今天真漂亮。说完以后他很知趣儿的没要手机玩，而是把他所有玩具都拿出来倒在地上，趴在冰凉的地板上摆弄。他摆弄起玩具来，路数也跟玩儿《我的世界》一样，建房子、建城堡，建设笔直的大道，建他心目中的巴别塔，只是现实世界的玩具往往没有虚拟世界的模组那么坚不可摧，他的巴别塔建起来，尽管已经费尽心力地保护，但还是显得摇摇欲坠，紧接着他一撅屁股，甩出一个屁，那巴别塔就轰的一声倒塌了。我看着他，他也看着我，我们就一起笑起来。笑了一分钟，我忽然意识到孩子已经是着凉了，就转身问起张小姐那块毯子的事来。

"后面的事情，"赵先生吞咽了一口唾沫，"我上次已经跟你们说过了。"

"也就是说，张小姐从12楼准备跳楼的时候，你冲上去伸手抓住了她，你最终还是放手了？"

"没有。"赵先生说，"这次她说出这句话的时候，情绪不同于上次那么紧张，而是显得异常平静：尸检报告不是已经出来了吗？她是因为醉酒，导致呕吐物迂回在呼吸道中，进而堵塞呼吸道，在睡梦中窒息而死，医学证据是不会骗人的吧。"

小刘又望向赵先生，示意他接着说。

我记得当时我们俩在12楼的窗口，我抓住她时，她的半个身子已经探出了窗外，可是她的脸上，却看不到一丁点的恐惧。

她让我放手。我说："你真的就那么想去死？你以为你死了，一切就真的结束了？"

"是结束，也是开始。你还记得我们第一次见面的场景吗？"

"不记得了。"

"那天也是在双井附近，午夜12点，我们在一个酒吧相遇。"

"你别说了，我真的不记得了。"

"那天我姨妈痛，肚子像被刀绞一样，躺在酒吧厕所的门口。我抓着你的脚踝求助，你把我抱起来去医院，一切都好像上天安排好的一样，那么的顺理成章。"

我听她这么说，感觉我的脑袋里装着一万只苍蝇。我不知道是因为她察觉了我跟张小姐的偶遇，还是别的，此张小姐把我和彼张小姐之间的秘密摸得一清二楚，此时此刻，她是在质问我还是在取笑我，我都不得而知。

我说："那不是我，那也不是你。"

"那就是我，那就是你。"

我不知道该怎么回应她。我真的不知道该怎么回应她！我把她拉上来，拖拽到床上，我们大口地喘着气。我当时的感觉是，我们两个人，仿佛被关在一个瓶子里，瓶子里面的氧气已经不多，我们越是大口喘气，就越是觉得窒息。我们在只有我们两个人的世界里——相互抱在一起，我闻着她的头发，头发的味道很独特，有她早晨起来化妆时，喷洒在上面的发蜡和香水的味道，有我们刚才一起喝酒时，残留下来的酒精和烟草的味道，甚至还有几分淡淡的草木泥土的香气，我闻着她的头发呼吸着这一切，她抬起手摸着我的头，我像烈日下的一方冰块一样，慢慢融化。

她问我，亲爱的赵先生，你还爱我吗？

我哭着，下意识地说，爱。

她的眼泪流下来，双手捧着我的脸。两片温热的唇就向我靠拢过来，我与她，自从有了小赵先生，五年来从没有靠这么近过。她靠近我，她的唇，就像烈焰一样灼烧着我。

我把她压在床上，迷恋地亲吻着。

她闭上眼睛说："你拿枕头，拿枕头盖住我的脸。"

我拿起枕头，盖住她的脸。她的呼吸变得急促。

"盖紧点。"

我就抓住枕头的两边，使劲地向下压。她的呼吸更加急促……

小刘惊愕："窒息而死？"

大刘镇静："窒息而死。"

赵先生悲凉："窒息而死。"

三个人沉默了好一阵，大刘合上电脑，转身走出审讯室，小刘也追了出去。

大刘在审讯室外点上一支烟，深吸一口，又慢慢地吐出来，室内空气凝结，没有一丝风，烟雾就在小刘的眼前变成一个大大的烟圈，烟圈越来越大，小刘的脸越来越清晰："我记得尸检报告出来的那一天，法医那边说，死者生前发生过性行为，但性行为跟张小姐的死并没有直接关系，所以只是写进了工作记录中，并没有呈现在尸检报告里。"

大刘又吐了个烟圈，没回应，小刘接着说："按照赵先生的说法，和张小姐发生性行为的时候，他在张小姐要求之下用枕头堵住了她的脸，并且中间捂紧了一次，导致张小姐窒息，呕吐物上涌，堵塞在呼吸道中，最终窒息而死，这一点也相吻合，由此可以推断为，过失杀人？"

大刘转过身，隔着审讯室的玻璃看着里面的赵先生，只见他趴在桌子上一动不动，他的两条胳膊伸展在桌子上，拳头紧紧握着。

大刘瞪着双眼，看了足足有两分钟，等赵先生抬起头来与他四目相对时，他吐出最后一个烟圈，缓缓地说："老赵，你对青海湖的事，真的一点都不记得了吗？"

2

张小姐做完流产手术的那个晚上，赵先生在潼闻路小区外的彩虹天桥上呕吐不止，张小姐拉着他的手，抱着他的头，她的眼泪像弹珠一样，一滴一滴，深深砸在赵先生的颈上，然后说："对不起，张小姐，是我杀的！"

她说出这句话的时候，赵先生正仰望着天空，他感觉头顶上的乌云变成一张血盆大口，朝他压了下来，那口里獠牙丛生、馋涎欲滴，离赵先生越来越近，释放出的压抑感也就越来越重，直到把他吞没于无边无际的黑暗之中。

醒来的时候，已经是深夜两点多，路灯渐次熄灭，张小姐消失不见。

赵先生的身侧，烟蒂、碎纸屑和各种呕吐物混合在一起，凌乱不堪，凌乱中间散落着两部手机，两部手机都停在同一个聊天窗口上面，里面是他和张小姐的聊天记录，那些聊天记录密密麻麻，就像不死的虫子一样，爬满了整块屏幕。

大刘坐在赵先生对面，缓缓地说："从来就没有什么第二个张小姐。"

他们中间隔着一张桌子，大刘的眼睛里射出利剑一样的光芒："所有的这一切，都是因为你抑郁症过于严重，吃药吃得太多，又在张小姐意外死亡，自己却束手无策时，凭空臆想出来的。"

赵先生的眼睛里闪出犹疑："不可能，怎么可能？"

"你和张小姐之间的所有聊天记录，都是你拿着两个手机躲在暗无天日的角落里的自问自答。"

赵先生的脸色变得苍白，汗珠从两鬓滚下来。

大刘继续说道："你和所谓的张小姐之间发生的所有事，都不过是你们生孩子之前，你和张小姐五年前的回忆。连溇闻路小区也是假的，那不过是十年前你和张小姐初识时，你们蜗居的地方，那里也不叫溇闻路，溇闻路，溇闻，Heaven——天堂之路。你心里早就知道这些都是假的，可是你从来都不承认，是不敢承认，因为你没有接受现实的勇气,也是不想承认,因为你从头到尾,只想活在自己炮制的花花世界中,做梦。"

赵先生听到这里,眼神中的犹疑转化为绝望,脸色惨白,身体渐渐后移,紧接着脑袋一黑,扑通一声,跌倒在地上。

第七章　王二和张艳阳

1

赵先生醒来时，时间是凌晨五点半，身边一个人都没有。他睁开双眼望向窗外，天色将明未明，街上的路灯已经熄灭，建筑的外面仿佛套上了一层半透明的罩子。赵先生觉得有点恶心，站起身来，看见床头桌上放着一杯清水，清水下面，是几张打印的A4纸。他端起水杯一饮而尽，再看那几张纸，最上面的一张，齐齐整整地写着一行字——《狠心的张小姐》。多年以前，他喝过半斤多白酒以后，壮着怂人的胆对张小姐说："我想写一本小说，名字就叫做《狠心的张小姐》。"

张小姐的眼睛眯成一条缝："我哪里就狠心了？"

"你误会了，我不是要写你，写你应该叫《狠心的张大姐》，或者叫《狠心的张阿姨》。"

张小姐把眼睛睁开，露出大块的眼白："滚！"

于是赵先生就心甘情愿地滚回到自己的房间去了。滚回到自己的房间的他，不是和另外一位张小姐聊天，而是写这部小说，他写的一部分内容，就是关于王二和张艳阳的种种。

大唐开元盛世，河南道老周境内，有一座小县城叫作即墨县，即墨县境内有一座奇山，名作牛脾山。此山生得怪石嶙峋，山体上柱石棱角分明，排列紧密，就像某个远古部落的巨人战士一样笔直挺拔、横竖成林，蔚为奇观。牛脾山巅，有一洞穴，名曰狐仙洞，传说这里面住着一位狐大仙，呼风唤雨无所不能。平日里百姓三灾五病、求医问卜都会偷偷上山，所以狐仙洞的洞口常年香火鼎盛。然而这几年瘟疫闹得厉害，异能之士虽多番上山祈求狐大仙大发慈悲，保佑一方生灵，可是求了许多年，瘟疫还是每每来袭，横死者无数。久而久之，百姓们便对这位狐大仙失去了信任，狐仙洞的香火也就渐渐断了。又过了几年，有人想起狐仙洞的传说，想要再去试试，可上去的人基本有去无回，连狐仙洞的方位也找寻不到。这位狐大仙连同狐仙洞，就像是天外来客一样，消失得无影无踪。

如今出了这桩怪事，人们又想起狐大仙这尊神来，并且纷纷议论说，一定是狐大仙因香火断了记仇，于是用法术来惩罚这一方的百姓。这么传来传去，这传言就进了县令黄大人的耳朵。黄大人心想，一方水土养一方神，看来这还是个顶严重的事，甭管有没有，拜拜去吧。于是二话没说，贴了告示在县衙，广招乡勇，要探一探这狐仙洞。

话说在牛脾山脚下的石楼村，村里有这么一个樵夫，姓王无名，家中行二，人们就叫他王二。说来这王二也倒霉，本来他家有薄田三分，上有老父并一个哥哥，富贵不敢想，但勉强饿不死。可这几年大疫，老父先死了，紧接着哥哥又死，为了葬父葬兄，他把家里的地典了出去，自此光棍一条，只得耍两膀子力气，做个樵夫。砍柴间隙，王二遇到小猎物也偶尔能抓一点，打打牙祭、卖了换酒。可是近两三年，尤其是那狐仙洞的香火断了，方位又不知所踪之后，山上的猎物也像死绝了，砍柴半年，见不得一只。

没有意外收获，王二的生活水平下降了一大截，每天对着四壁饥肠辘辘。这日王二听说了县衙张贴告示的事，心中就活泛起来，想着自己一穷二白，贱命一条，不如去碰碰运气，于是便去县衙揭了告示。

当然，说盛世，那是贵族的盛世，即便繁荣如大唐，十里八乡，与王二情形类似的人也不在少数。县衙的告示贴了十二张，揭去了十一张。县令黄大人给这十一人传了口讯，让他们揭榜以后不要妄动，待大人祭告天地、海神，再请示上官，准备充分、统一行动。然后给十一人每人发了些银钱，打发他们回家等信儿去了。

单说王二，这天回到家自是比往常高兴些，回来之前，他拿县令给的银钱从镇上的醉仙居打了二斤酒，又咬了咬牙，买了二斤牛肉，拿回家里独自吃喝。王二想，狐大仙呀狐大仙，半年多了，你老人家连块荤腥都没让我见着，如今县太老爷让我办你，我王二贱命一条，也只能是对你不住了。王二这么说，一是因为他心中确实这么想，另则，其实他还心怀点侥幸。自王二出生以来，他是只闻狐大仙的名，没见过狐大仙其踪，甚至这大仙是男是女他都不知道。这么说着，尤其说到"我要办你"，就是在自己心中勾勒个意象出来，吹个牛，好让狐大仙没有传说的那么神，给自己壮壮胆。

王二独自在家，一边喝着酒，一边念念有词，喝着念着，就睡着了。恍惚间，他看见眼前松柏掩映、花香草深，夜幕幽闭处，似是有一座庙宇渐渐显现出来，那庙宇红墙灰瓦，灯火辉煌，从山顶到山脚，绵延了七七四十九层，一直延伸到苍松翠柏、花香草深中。借着月光，王二看见林中大大小小一二十个光斑闪烁，就像一二十个赤色的灯笼一样，在草丛中翻飞跳跃。紧接着，这些灯笼的身后，就有一只巨大的黑影渐渐浮现出来。王二壮着胆子揉了揉眼睛，借着月光深一脚浅一脚向前面那只黑影移动，但那黑影就像海市蜃楼。按说王二身为一个职业樵夫，见天儿山上山下来回地跑，脚力比一般人要好很多，可面对着前面的黑影，他直直追了一个时辰，非但不能近前，反而是离那黑影越来越远，气得他坐下来抠着脚丫子，然后啐了口唾沫骂道：你这老狐狸，当爷是傻子吗？没想到那黑影却开了口，别着急，别着急，过了这座山，看山顶上的灯，有灯的地方就有人。王二被吓了一跳，吼道，爷不管什么灯和人，也不管你是什么仙儿和妖。现身出来！那黑影又说，有灯的地方就有人，见了灯，就能见到人。王二还想说什么，那黑影却发出一声长长的嘶鸣，忽然间消失不见了……

2

对照着最近发生的事来看，《狠心的张小姐》里所写到的牛脾山，大概就是赵先生和张小姐在即墨那一场葬礼和一场婚礼结束后，所去的马山地质公园。而那声长长的嘶鸣对应的，应该是二人在回京的火车上，听到的火车鸣笛声。樵夫王二是赵先生，黑影是什么，张艳阳在哪里，都没交代。他耐着性子继续往下看，却发现小说里接下来描述的，却是五年后的事。

时间过去五年，一千八百多个日夜流走，王二依然忘不了西海那个洒满微光的清晨。在那个清晨到来前的一个时辰，他和张艳阳躺在日暮寺的床上，畅快呼吸。他们的头顶，是用二尺见方的石板拼接起来的菱形的屋顶，墙角处一张偌大的蜘蛛网编织起来，王二清楚地记得，那张网在前一天还没有，一夜之间，它就出现了。

张艳阳她站起身来，踩着枕头，伸出手，那蜘蛛恰好爬到她的手上，又沿着她的手爬到胳膊上，他们都没有任何害怕或者戒心，准备交个朋友。可是没想到那蜘蛛在她的手指上爬了一个来回，却突然伸出一双锐利的螯牙，一口咬在了她的指头上。她下意识地甩了一下手，紧跟着眼泪便流出来。

王二见了，赶忙心疼地坐起来，查看了一番，见并无大碍，又愤恨起来："娘的，哪里来的小杂种，谁的手也敢咬？"骂了嫌不解恨，又把那蜘蛛捡起来，捏着它滚圆的肚子，把它的腿一条一条揪下来，揪一条骂一句"小杂种"，揪了七条，骂了七次。

张艳阳说："它也是害怕，你拿它撒什么气呀！"

王二却没回答，又把蜘蛛的最后一条腿揪掉，然后愤愤地扔在地上，一脚剁碎，瞪着眼说"小杂种"。

张艳阳不再坚持，只是坐下来揉着手，若有所思。

王二问她："你想什么呢？"

"也没想什么，就是觉得这次，你有点心不在焉。"

她这么说，王二承认。自从张艳阳在长安逼着王二跟她成了亲，他的心里就一直不对付。一来，王二自觉对不起还在莱州老家等着他回家的大娘子，他王二从一介樵夫混成半个书生，又混进长安，大娘子功不可没。二来，张艳阳逼着王二跟她成亲，用了个极为拙劣的招数，就是让自己怀孕了。此时王二看着张艳阳感春悲秋，心里就更不自在，便忍不住埋怨起来："张艳阳呀张艳阳，为了拴住个百无一用的书生，竟用出这么不入流的招数？况且我只是现在不想和你成亲，我王二不是不喜欢你呀，我只是想带你回我的老家，跟我的原配说说清楚，然后再风风光光地把你娶进门，这不好吗？"

再读下去，小说的内容有些断断续续，像是蒙太奇。

王二和张艳阳漫步在西海边上，张艳阳的肚子已经微微隆起，像口小锅一样。她对王二说，王二，你说咱们该给孩子起个什么名字呀。王二，这年头，说的是盛世，但上面的眼瞎看不见下面的苦，该饿死的还是得饿死，就叫个"饱"字吧。王饱饱，饿肚子的时候喊一喊自己的名字，也就不饿了。张艳阳说，好是好，可是我这心里老是不得劲。王二问怎么了？张艳阳说不知道，慌里慌张，可能是我老做的那个梦闹的。王二说，就是你被关在笼子里的那个梦？张艳阳，嗯，真真切切的，我被关在里面动弹不得，我跟看守笼子的人说，你们放了我吧，我没中邪，我只是生病了，可是他们却瞪大眼睛盯着我，看似温暖的眼睛背后，个个都藏着一把杀人的尖刀……

夜里，王二和张艳阳一人骑着一匹瘦马，在西海边上溜达，风清月白，心旷神怡。

关于成亲后就来到这个不毛之地的原因，张艳阳一直搞不清楚。

她说："你看这里啊，除了一片海，再没有别的什么了，连吃吃喝喝都是很困难的事，为什么一定要来呢？"

王二说："你懂个啥，看这大片的海水和那珍珠一样的月亮，你不开心吗？"

"开心，只要跟你在一起，哪里都开心。"

"说不定成了亲就旅行这做法，以后能成为流行呢，浓情蜜意，吟风弄月，我给它取名叫度蜜月。"

"就这？"

"你知道苏武吗？"王二眉飞色舞地说，"苏武北海牧羊十九载，饮血吞毡，留胡不辱节，我想成为他那样的人。"

张艳阳一笑："那你可要遭罪喽……"

一路跑到西海尽头，王二和张艳阳二人已经累得气喘吁吁。

王二吐了口老痰瘫坐在地上："总算是把他们甩掉了。"

81

张艳阳也坐下来,摸着王二的额头说"你,没事吧。"

"没事吧,应该没什么事了。"

"我说的不是这个。"她又摸了摸王二的额头,"我说的是你,明明是一个黑影子,你为啥非说是一黑一白两个影子呢?"

王二:"你是不是瞎了啊,那么明显两个影子,就像龙吸水似的,追着我俩跑,你看不见?"

"反正我看见的只有一个。"

"两个,一黑一白。"

"一个,黑的……"

两人你一言我一语争论着,浑然不觉气温骤降,雪花飘摇,自上而下覆盖了全身。远远望去,他们真成了白色的雪人,不过张艳阳穿着那个罩袍,袍子质地光滑,她轻轻一抖,便露出大片的黑色来……

王二出了安化门,大步流星往南跑。张艳阳抱着一岁的王饱饱在后面追。

王二停下来:"你还追来做什么?你追也就算了,还要抱着这个野种?"

"你他妈的才是野种,你们全家都是野种!"

"我已经没脸在长安待了,我要回莱州去找我的大娘子。"

"你现在想起找你的大娘子了?日你娘的,在平康坊的床上跟我颠鸾倒凤的时候,怎么不想着你的大娘子?你他娘的,在赌桌上输得精光,捂着个沟子让老娘给你送裤子的时候,怎么不想着你的大娘子?你的大娘子呢?她不是神仙吗?莱州到长安,才有多远?你让她飞过来,我要跟他当面讲讲,她是从哪个坟圈子里刨出你这么个忘恩负义的东西,她自己嫌腌臜气,偏偏要扔到我这里来?"

王二的心冰得像个铁疙瘩,他说:"对呀,既然我这么不堪,你还跟着我干吗?求求你,你扔了我,你放我一条生路呀!"

张艳阳抱紧王饱饱向前一步:"就不放。"

王饱饱抓住王二的衣襟,涎水从口里喷出来:"不放。"

3

小说写到这里,后面的内容就没有了。赵先生把稿纸举起来,迎着晨光反复地瞧,还是没有。他又低下头,仔细回忆当初自己写这个小说时的情形,想了半个钟头,头疼。张小姐死的那晚,他跟另一位张小姐说起在青海湖这一段的境遇时,说的是他们在青海湖看日出。此刻,赵先生把那两部手机放在一起,一个是他的,一个是张小姐的,上面显示的聊天记录,也是这么记录着。可是对比一下这个小说,如果王二是赵先生,张艳阳是张小姐的话,那他们在青海湖边发生的,应该是另一桩事。简单地说,应该是赵先生和张小姐结婚了,两个人去青海湖旅行,旅行途中遇到了劫匪,后来又有了个孩子,那孩子就是——小赵先生?

这么想着,赵先生额头上汗珠渗出来,他把两部手机放在床头,想要厘清所有的线索,可是他的脑子就像一团乱麻,毫无头绪。说心里话,他是愿意相信另一个张小姐的存在的,和张小姐在一起的这段时间里,他找回了五年来从未有过的感觉。可是现在所有的现实,都无一不指向张小姐的不存在,山东即墨,是两个张小姐的老家;两个张小姐,都是父亲早亡;他和两位张小姐初识,确实都是在双井某个昏暗的酒吧里;他跟死去的张小姐,的确一起有过堕胎的经历;他也曾说过,后来的张小姐很像之前的张小姐;就连张小姐奶奶张老太太,无论在山东即墨的那个小渔村还是在北京,都穿着花上衣、黑裤子，头发梳得整整齐齐，一丝不苟。

然后是黑影、蜘蛛，看来所有的答案都指向一个地方——青海湖。赵先生把稿纸放在一旁，闭上眼睛。夜幕黯淡，身处黑暗的他无所遁形，紧接着枕头旁的手机发出一声清绝的声响撕开夜幕，上面写道：我们终究会在没有黑暗的地方相见，青海湖，日暮客栈。

第八章　日暮客栈

1

如果赵先生的记忆还没有完全错乱的话，这是他第三次去青海，他脑海里清晰地映射出一个地点，那是他和张小姐在黑马河看日出时住的地方——日暮酒店。赵先生总觉得，此去不光是要找到张小姐弄清事情的来龙去脉，更像是有什么东西在那里等着他开启。

第二天一早收拾行囊时，他想着此去可能少不了花费，那里又比较偏远，于是把自己银行卡内仅余的几万块现金都取出来，坐上最早的航班一路飞抵西宁。到达曹家堡机场时，不过是西宁这个慵懒而直率的城市里，早点铺子刚刚开张的时间。他出了机场，找了家馆子点了碗羊肠面囫囵吞了，又急匆匆赶往汽车站，登上去151景区的大巴。这么多年过去，这里似乎毫无变化，大巴车上的人很多，汉族藏族各种服饰的人都有，去时一路颠簸，三千多米的海拔，本来就空气稀薄，一颠簸，就更让人喘不上气来。

在警察局被大刘道破真相，自己又看了那几页残缺的小说之后，赵先生心底的一些记忆开始复苏，他想起自己跟张小姐初遇那晚的酒吧，想起回山东即墨老家帮张小姐处理父亲的丧事，又想起张小姐的怀孕……只是这些记忆与最近他和另外一位张小姐的经历，虽然大致框架相同，但记忆的碎片以及产生的最终结果却完全不同。那种感觉，就像是赵先生跟另外的张小姐，生活在另一个平行的时空里,两个时空里,有两个相同的张小姐,她们遇见同样的人,经历同样的事,却因为不同的决定,向着两个不同的方向而去,路程相等,结局却背道而驰。这太扯了,如果是这样,赵先生宁愿相信,这些都真的是自己抗抑郁药物吃得太多,在某个瞬间产生的臆想,也不愿回头再把所有的痛苦再经历一遍。

他下意识地摸了摸自己的眼眶,又伸展臂膀,想更真切地感受这个世界,哪知道胳膊伸出去,太过恣意,却不小心撞到了身边的人。

"干啥呢?"旁边一人皱着眉头瞪圆了双眼,操着浓重的陇西口音,恶狠狠地冲着赵先生嚷道。

赵先生转过头,见这人生的豹头环眼,一捧大胡子扎里扎煞横在胸前,一副凶神恶煞的模样。

那人又说:"干啥呢?"

赵先生看着他,心里先是一惊,进而意识到是自己失态,赶忙赔礼说:"对不起,对不起,刚才失手了。"

那人回说:"我看你是故意的,车上这么小的地方,你伸什么胳膊?"

赵先生双手合十:"真不是故意的,对不住了,对不住。"

没想到那人却一把抓住赵先生的双手说:"不行,你把我撞疼了,你得赔钱!"

赵先生心里觉得不妙,此去青海湖,去的虽然是景区,但一路上却尽是荒僻之处,遇上生人,尤其是遇上这种蛮不讲理的,必须敬而远之。于是赔了笑脸说:"先生,我得下车了。"然后提着自己的包裹转身就走。

没想到那人却不依不饶,赵先生刚站起身来,那人却一把抓住他的书包:"想跑啊,大家来看啊,这人撞了人不赔,还想跑?"

众人都知这人是故意碰瓷,甭说插手帮忙了,连眼睛都不敢往过扫一下。

赵先生回过头瞪着那人，一只手下意识地伸进包里。他的包里放着一柄还未开刃的藏刀，那是多年前他第一次来青海，在城东区的小商品市场买的，其实刀倒是没什么杀伤力，因为还没开刃。但对于当时的赵先生来说，这是个壮胆的东西，掩盖了他心底不少的怯懦。回去以后，那刀就一直放在包里没拿出来过。这次出来他走得急，随便拎了个包就出发了，却没承想那刀就一直原封不动地躺在包里，更神奇的是，机场安检居然也没查出来。

此时此刻，迫不得已，赵先生想："它终于派上用场了？"

那人的目光一点都不犹疑，和赵先生四目相对，提高了嗓门："咋啦，想打架？"

赵先生包里的手紧握了三下刀柄，皱着眉头，最终还是忍了下来，转身要走。没想到那人却不松手，两人拉扯着他的包，推推搡搡一番，只听"滋啦"一声，包就被撕扯开来，里面装着的几万块现金，像雪片似的，纷纷扬扬，散落了一地，赵先生手里的刀子也露出来。

两人面面相觑，谁都不敢近前一步。那人盯着地下的钞票，两眼放光，赵先生手里举着刀，眼睛一片猩红。

二人正僵持不下时，后排座位上一人却站了起来，这人看面相虽然也是北方人，但白面皓齿，长得干干净净，鼻梁上还挂了一副黑框眼镜，显得斯斯文文，眼睛炯炯有神，但眼珠滴溜溜乱转，显得不那么真诚。

他缓缓走过来，拍了拍赵先生的肩膀说："兄弟，千万别冲动啊。"

又转过身背对着赵先生，捏着那人的手说："兄弟，得饶人处且饶人吧。"

然后弯下腰来，开始帮赵先生捡地上的钱。

对面的那粗人见了赵先生手里的刀,本就觉得骑虎难下,经这人一劝,也就收了手,不再作声。赵先生这才放心地把刀收起来,把钱捡起来后又跟这人道了声谢,然后怀里裹着破掉的包,独自找前面靠窗的座位坐了下来。

　　青海有谚语说,五月不愁雨,六月不愁阳。这辆大巴营运了多年,窗户上的锁扣早已损坏,外面倾斜的雨水沿着窗户的缝隙灌进来,出来的时候,赵先生没有带厚衣服,除了一件贴身T恤外,仅有一件薄薄的防晒衣罩在身上,现下这冰冷的雨水在他的身上肆无忌惮地拍打,他就哆嗦起来。回头望去,见刚才与他冲突的那人和那劝架的白面书生居然坐在了一起,两人有说有笑,俨然一副路遇故知的模样,好像刚才什么都没发生过。他又转过头来看了眼手机上面张小姐发来的消息,眼神变得异常坚决。

2

　　雨下了一路,车子走走停停耽搁了时间,赵先生到达日暮客栈时,已是下午三点。他站在酒店门前,有些迟疑,他不敢断定房间门后是死去的那位张小姐还是活着的这位,他的心跳骤然加快。他轻轻地推开门,那位在湮闻路跟他度过无数日夜的张小姐,就全须全尾地站在他面前。

　　赵先生原本以为,自己看到张小姐后会情绪失控,可张小姐身上不知道散发着什么魔力,她平静异常,这种平静感染了赵先生,让他觉得世界依然有序。

　　张小姐帮赵先生褪掉身上的雨披,缓缓地说:"累了吧,吃饭了吗?"

　　"早晨吃了一碗羊肠面。"

　　"先歇一歇。"

"好。"

张小姐见赵先生的头发被雨水打湿，又从卫生间取了毛巾过来帮他擦头发，那双手纤柔修长，在他的头皮上来回摩挲着，他抓住张小姐的手问："亲爱的，你能告诉我，这到底是怎么回事吗？"

张小姐任他握着："我们很多年没来这里了，你能陪我出去走走吗？"

"如果你是孩子的妈妈，这么久了，我怎么认不出你来呢？"

张小姐没答话。

赵先生又问："如果你不是她，可你为什么知道我们那么多事，偏偏选在这里等我？"

张小姐起身披上衣服，嘴角上扬，努力地挤出一抹微笑："你不是一直跟我念叨索巴大叔和老潘他们吗？带我去看看他们呀。"

赵先生不再追问，他也不知道接下来等待他的是什么，只得穿了衣服跟张小姐一道出去。

雨刚刚停了，天却没有放晴。两个人踩着泥泞不堪的道路，凭着记忆搜寻着索巴大叔的家，折返了许多路又问了许多人，七拐八拐，总算找到了。进门以后，索巴大叔抱着赵先生的肩膀辨认了好几个来回，才把他回忆起来，于是赶紧让他们坐下，从热水瓶里斟了两碗奶茶，又从柜子里拿出一袋子凤梨酥打开，热情相让。

赵先生四下看了看，这里还是老样子，连暖水瓶的颜色都与当年无异。

他礼貌性地问候："大叔，这些年还好吧"。

索巴大叔操着蹩脚的汉语答道："好！好！有好几年没回来了吧。"

索巴大叔盯着赵先生："变了，那时候你来，是长头发，冬天你吃不惯糌粑，我们给你宰牦牛。大雪封山，差点没回成。不过现在吃牦牛是吃不上了，索巴大叔的手指着湖水的方向，牦牛都拉到景区，给游客拍照去了。"他伸出一只手，"拍一张，这个数。"

赵先生眉头一皱，索巴大叔说的这些，都是他第一次来这里时发生的事，距今已经过去九年了，他望着他花白的头发心想，这么多年过去，人总归是老了。看样子索巴大叔也没有履行自己的诺言，给儿子再找个妈什么的。不过这世界究竟还是没那么狠心，好在娘先加还在照顾着他。

赵先生问："娘先加呢，结婚了没有？"

"没有，他在景区给人家开游艇呢。"说着又举起手，前后翻了一下，"开一趟，这个数。"

赵先生竖起大拇指："不错不错。"

索巴大叔把奶茶和凤梨酥往前推了推说："你们吃，多吃。"

索巴大叔喃喃自语着，都变啦，还有小潘、柴林、高峰，都变啦，小潘和柴林去西宁了，看马公馆。高峰在兰州，回来过几次，抱着扎年唱歌。

赵先生又问："尕吉玛常回来看您吗？"

"出嫁了，海北州，刚察，开吉普车，放羊。"

赵先生附和着："那是变化挺大的。"

"现在也不缺钱，没事做。"

赵先生知道，索巴接下来就要跟他说给儿子娘先加找老婆和阿妈的事了，于是赶紧收了口，又一口饮完了奶茶，拉着张小姐出去。临走的时候，他从身上掏出些钱塞给索巴大叔，却被他硬给塞回来，手里塞着，口里说着："不缺钱，常常回来就好，回来看看好，回来啦，就什么都有啦。"

赵先生拉着张小姐走在街上，脑袋有些疼。

他回过头对张小姐说："你不觉得奇怪吗？"

"怎么了？"

"这索巴大叔，明明我们六年前见过，但他的记忆好像还停留在九年前，也就是2011年我们第一次来的时候，什么尕吉玛嫁人、娘先加开游艇，说得头头是道。这都是我们上次来他家的时候，他说的事情啊。"

"他是想念你呢，恨不得把所有的事都告诉你。"

"你说是他老糊涂了，还是我错乱了？或者说……"他又望向张小姐。

张小姐把赵先生的手抬起来，放到自己的脸颊上说："你记住，亲爱的，你没有任何错乱，你已经经历过的和现在正在经历的，都是真真切切的，包括我在内。"

雨又淅淅沥沥下起来，再加上夜幕降临，两人觉得浑身发冷，于是就近找了一家饭店走了进去。景区的饭店，一如赵先生先前的印象一样，酒比水多，菜比肉贵，两人拿着菜单研究了半天，点了一份青椒牛肉，又点了两碗羊肉汤，青椒牛肉八十八块，羊肉汤一碗三十，馒头随便吃。半碗肉汤一个馒头下肚，两人方才暖和起来，赵先生感慨道："你说这地方，以前多少文艺青年梦想着来，谁能想到，来了是这么个模样？"

"你觉得不好吗？"

"景色是美的，只是……"他还没说完，忽然觉得后背一热，紧接着一双手搭在了他的肩上。他回过头，见这人正是上午在大巴上仗义相助的人。

"是你呀！"赵先生有些惊讶。

那人笑着："可不是，我还说下了车怎么找不到你了呢，又在这里碰上，也算是缘分到了。"

赵先生正要让这人坐下，想把他介绍给张小姐认识，再给她讲讲路上发生的事，没想到张小姐脸色却忽然变得煞白，颤颤巍巍地说："我有点不舒服，咱们回吧。"

赵先生有些尴尬地望向那人，那人却挥挥手毫不在意："没事没事，你们回，我有人陪。"

赵先生这才注意到邻桌，一人五大三粗、黑面豹头环眼，正是在大巴上与他起争执的人。他诧异地问："你们？"

白面人说："嗨，这不算啥，不打不相识嘛。"

黑面人冲着赵先生举起酒杯，附和道："不打不相识，说完将杯中酒一饮而尽。"

张小姐的冷汗已经顺着额头滴下来："走吧。"

没办法，赵先生只得先跟黑白二人说了声抱歉，带着张小姐，匆匆出了饭店。雨下得越来越大，两个人共撑着一把伞，刚才喝下的半碗羊汤瞬间流失了，张小姐的身体哆嗦得厉害。赵先生把外衣脱下来披在她的身上问："严重吗？咱们去药店买药。"

张小姐紧紧挽着赵先生的胳膊："不用，可能就是有一点点失温，回去喝些热水就好了。"

赵先生一手撑着伞，一手把张小姐抱紧，两人迅速往日暮酒店赶回去。进了酒店，他给她把被子盖得严严实实，又灌了半碗热水下去，摸摸身体，觉得还是凉，就索性也脱了衣服钻进被窝，从后面紧紧地抱住她，如此折腾了一个多小时，张小姐总算恢复了。

赵先生这才问道："刚才是怎么回事？我看你忽然发作，不像是身体不好，倒像是被那对黑白无常给吓得。"

张小姐一听黑白无常这称呼，又忍不住哆嗦了一下，沉默了好久才说："没事。"

"你可不要吓唬我，你一说没事，就准是会有事。"

"真的没事，亲爱的，你还记得，我在漄闻路小区门口的桥上，跟你说过的话吗？"

赵先生把她抱得更紧了些："我记得。"

"记得哪句?"

"你说,是你杀了张小姐。"

"嗯。"

"可是这怎么可能,明明不是你。我清楚记得是晚上十点,孩子睡了,窗外有一弯新月,你想要跳楼,不,是她想要跳楼,我把她拉回来,然后我们……她明明是我误杀的。"

张小姐的眼泪顺着脸颊流下来:"亲爱的,你想要我吗?"

"想,可是我不能。"

"为什么?"

"你生着病,心里又装着事。"

张小姐在被窝里轻轻地把衣服褪掉:"没事,你来吧,我想。"

"真的?"

"真的。"

赵先生也轻柔地把衣服脱掉,待他们两人的身体融为一体的那刻,他和张小姐融为一体,他和张小姐与窗外的景色、与落雨、与清风、与大地、渐渐融为一体的时候,整个世界都安静了。

两人躺在日暮客栈的床上,他们的头顶,是菱形的石膏板拼接而成的天花板,墙角处,则是一张巨大的蜘蛛网。一切都在按着赵先生那本小说里描写的往前推进,除了时代的不同,并无其他区别。如果按照里面的描述继续发展下去,接下来,应该是二人在青海湖被追杀了吧,但是追杀到什么程度,因为什么,最终什么结果,小说里却没写,他也不敢往下想。不过,小说里倒是描述了张艳阳以怀孕来逼迫王二跟他成亲的事儿,于是他问:"你告诉我,你怀孕的事,是不是假的?"

张小姐迟疑了几秒,答道:"不是。"

赵先生还想说什么,张小姐却拿起手机调了个闹钟说:"再睡会儿吧,一会儿我们去看日出。"然后像只小猫一样蜷缩在赵先生的怀里,皱着眉头睡着了。

赵先生站起身,拉开窗帘,见外面已经雨停,又是一弯新月,他想,如果地球和月球是一对情侣的话,它们之于对方,一定是寂寞的吧,因为它们一个月中,仅有一次机会能一窥对方的全貌,而这仅有的一回,往往又被人们的矫揉造作和下作狂欢给淹没了。果不其然,这么想着,一朵阴云就飘飘然过来,遮住了月亮,令这海拔三千多米的高原,蒙上了一层黑暗,黑暗之中似有一黑一白两条狭长的影子,在歧路里徘徊。

他转身从包里把那几万块现金拿出来,放进衣服内侧的口袋里,又从包里摸出那把没开刃的藏刀,单手掂了掂,也揣进口袋里,然后爬上床,不安地躺下了。

3

凌晨四点,黑马河边,日暮客栈。

闹钟刚响了不到五秒,张小姐就醒了。她见赵先生还在睡着,就没忍心打扰,独自去洗漱了,又返回来坐在床边望着他。

赵先生辗转半宿,此时才刚刚睡熟,他眉头紧皱,嘴微张,张小姐看着他,又捧起他的脸,喃喃自语:"亲爱的,离我们重逢的日子,不远了。"

重逢,本来是世间最美好的词,可是从张小姐口里说出来,语气却甚为悲凉,因这悲凉,她的眼泪又落下来,那泪水如鲛珠一般,一滴滴撞在赵先生的脸上,他终于醒过来。

"你怎么了?"

张小姐擦干眼泪:"没什么,该起床了。"

赵先生有些歉意地，一骨碌从床上爬起来，边穿衣服边说："我睡得太沉了，怎么连闹钟都没听见。"

张小姐则一件一件帮他递着衣服说："不打紧，反正是梦，早晚要醒的。"

赵先生也没深究，穿戴洗漱好了，临出门前又摸了摸自己衣兜里的钱和藏刀，带着张小姐下了楼。

日暮客栈为了方便游客看日出，早早准备了山地自行车，就停在楼下的车棚里，只需在前台出示房卡就可自取，一张房卡换一辆自行车。可两人下了楼走至大堂，却发现只带了一张房卡，另一张锁在了房间里，于是赵先生让张小姐在大堂等着，自己独自上去取。

走在楼道里，六年前的那些场景就浮现出来。那天也是这样一个凌晨，赵先生和彼时的张小姐也是骑着自行车去黑马河看日出，只是在看完日出回来的路上，张小姐来了例假，当时的赵先生手足无措，揣着一沓钱到处去找卫生巾，那场景别提有多尴尬，但是现在这种尴尬却没有了，按照赵先生的那本小说里写的，这里已经发生，或者即将发生的，又是另一桩事。

赵先生想得深切，浑然不觉迎面有人，一个趔趄跟来人撞了个满怀。他抬头一看，又是昨晚遇上的那一对"黑白无常"。

那黑面人见了赵先生，脸色越发地黑，似是有些紧张。

倒是赵先生对之前的事释怀了，先开口问道："去看日出？"

那黑面人刚想回答，白面人却抢先答道："对对对，这个时间，这个地点，不看日出还能干啥？"

赵先生笑了："也是。"

"你又折返回来干吗？"

"少拿了一张房卡，要不你们等等我，咱们同行？"

白面人的眼珠子转了下："我看还是别了，看你女朋友那样子，好像是不怎么欢迎我们呢，以后有缘再约。"

赵先生苦笑："那也行。"

等他拿了房卡，转身又看见床上扔着一块毯子，想着张小姐怕冷，就把那毯子卷起来夹在了腋下，匆匆走出去，又下来时，早已不见了那二人的踪影，想问一嘴张小姐，又想起昨晚她脸色惨白的模样，也终究没有开口。开了自行车，由于山地车没有后座，赵先生又费力地把刚才拿的那毯子绑在了车梁上，两人方才启行。

夜色正浓，天似穹庐，赵先生和张小姐骑着自行车走在崎岖不平的路上，俯视下来，他们俩就是两个小黑点，缓缓地移动着，就像两只倔强的蚂蚁爬行在一张沟壑纵深的脸上，而他们的身后，一黑一白两人正在百米外尾随着。

张小姐回头看见那黑白二人，额头开始冒出冷汗。她说："亲爱的，你看后面，那一黑一白两团，是什么？"

赵先生停下来转过头，见那黑白无常疾行而来，他们的自行车像是上了发条，像子弹一般往前弹射，子弹的目标正是赵先生二人。

他定了定神帮张小姐擦了汗，又伸手摸了摸自己衣兜里的刀，强作镇定说："不打紧，我刚才在酒店电梯里还遇到他们了，也是要去看日出的。"

张小姐顿了顿，欲言又止。

离他们大约三公里的湖面背后，黑马河的太阳正在酝酿着光辉，从水面以下努力地爬升，清冷的夜阻挡不了它的努力，天空开始渐渐发白，赵先生回过头，后面的黑白无常也看得越来越真切。路上开始有了行人，有时候看见一辆吉普车疾驰而过，车轮扬起的尘土在这个死静的清晨显得格外耀眼；接着有羊群出来，几百只羊如潮水一样涌动，它们的身上都打了红色的抹子，远远望去，像一片红色的海洋。就像他的小说里面描述的那样。

他和张小姐下了车，推着自行车，被羊群裹挟着向前走，后面的黑白无常离他们越来越近，终于在羊群过去的几分钟之后，打了照面。

几乎在同一时间，天空中乌云密布，雨又下了起来，这次的雨，不同于白日时淅淅沥沥的景象，而是如瓢泼一般，从天空中倾泻而来，惊雷势欲拔三山，急雨声如倒百川，哗啦哗啦，淹没了其余所有的声音。

须臾间，赵先生觉得自己的魂魄出了窍，就像是在小赵先生的游戏里那种第三人称的视角，忽然飘向空中，注视着眼前的一切。

在他的俯视中，地面上的四个人就像在演一部默片。

默片里的黑面一个箭步冲上前，抓住了赵先生的胳膊，而那白面则快行几步，把张小姐挡在了路中。

赵先生蜷缩着软成了一团，打起哆嗦来。他强作镇定，想说些什么，可他的喉咙沙哑，声音被雨声淹没。

黑面人的眼睛瞪得比牛眼还大，还在一旁骂骂咧咧。赵先生从兜里掏出那一厚沓钱丢在黑面人眼前。

黑面人看了一眼白面人，白面人走了过来捡起钱揣进兜里。

白面人一巴掌打在赵先生的脸上。这一巴掌下去，赵先生就感觉腮帮子里长了一万只蠕虫，它们不顾一切地蠕动，让他的脸在顷刻间肿了一圈，脑袋也跟着嗡嗡作响。

赵先生深吸了一口气，抬起手擦了擦眼角和嘴角的血渍。他正要上前，却被黑面人迎面又一脚踹来，他倒退了几步，踉踉跄跄跌倒在地。

张小姐见状想跑过来扶他，可她的双手却被那白面人死死地钳住，动弹不得。

赵先生双手撑着地面，挣扎着爬起来，往张小姐那边看了一眼，然后忽然从裤兜里抽出刀来，疾跑几步，直奔那黑面人的心脏而去。

黑面人愣了几秒，反应过来，赶忙侧身一躲，刀子扎偏，插进了他的左侧腋下。刀子并未开刃，插进去容易，拔出来难。

赵先生死死抓着刀柄不松手，疼得黑面人大吼。他左手按着自己的伤口，伸出右手一把掐住了赵先生的脖子。赵先生双手抓着刀柄，眼睛血红。

黑面人用力掐他，抬起脚踹他。赵先生死死攥着刀柄，就像挂在了黑面人身上。

二人相互间都在用力，刀柄在黑面人的伤口中动来动去。黑面人终于支撑不住，倒在地上。白面人见状，放开张小姐，冲过来帮忙。

赵先生冲着张小姐大喊了一声，似乎在说：快跑！

与此同时，赵先生迅速松开手里的刀，转过身一头撞向白面人的肚子。他本就瘦弱，经赵先生一撞，居然整个人飞起来，扑通一声，滚进了湖水当中。

赵先生顾不得多看，转身扶起一辆自行车，把张小姐扶在后座上，奋力地往刚才路过的羊群处骑去。黑面见势也抄起一辆车，在后面拼命地追。

雨越下越大，两辆车相距不到三米的时候，身后的白面忽然跳下车来，抡起自行车，朝着赵先生的后脑哐啷一声砸去。

这一下，赵先生倒地昏厥，一切都安静下来。

黑面人不知道哪里来的力气，他抓着赵先生的衣领，就像拖一具尸体一样，拉着他在泥沼里穿行。张小姐发了疯似的拽住赵先生的双脚，试图阻挡。

黑面人转过身来，他的黑框眼镜上缀满了雨水，却依旧挡不住镜片背后那双寒光奕奕的双眼。

张小姐死死抓着他。白面人飞起一脚，朝她的头上踹去……张小姐满脸是血,腮骨碎裂、牙齿掉落,眼神里却充满哀求。

他放开赵先生,转身走向张小姐,以同样的方法拽住张小姐的衣领,一路拖行,把她拽到了大石头后面。

半空中,赵先生的灵魂飘飘荡荡,俯视着这一切,心急如焚。他像失重的太空人,在稀薄的空气中拼命游动。他还趴在地上,与泥泞为伍。

经过漫长的游动,他终于游荡到自己的身体旁边,钻了进去。

一声长长的惨叫划破晨光。

张小姐被拖走的那块大石,距离赵先生不过五米远,却是他有生以来爬过的最长、最艰难的路。

他的双腿已经僵硬,唯有双手还能动,他把双手插在泥淖里,两条胳膊缓慢用力,身体就被拖行出几十公分,接着如此反复,每一次双手都插进泥淖。

血水与雨水交融,身体在绝望中移动。

一米处就是倒掉的自行车,他爬到自行车旁,双手抓住车轮里的辐条拼命地摇晃,雨水冲刷着不安,每摇晃一下,空中电闪雷鸣,石头后面的张小姐惨叫一声,赵先生的心里就像针刺一般疼痛,这样疼了不知道多少下,那自行车的辐条终于被他拽下来。

他嘴里叼着辐条,又把双手插进泥淖,向着张小姐的方向爬行。

他是夜幕下一只奋力求生的蝼蚁,是渔网里一尾逃命的鱼,是虎口中一只垂死挣扎的绵羊,是凌晨的青海湖畔,为了爱人而奋不顾身的一头困兽。

这头困兽用尽了全身的力气,终于爬到那块石头跟前,扶着石头,颤颤巍巍地站起来。

他举起手中自行车的辐条,对准闪电中那黑色恶魔的太阳穴,一声怒吼,深深地刺了下去……

99

第九章　时间折叠

1

博尔赫斯说："时间是组成我的物质，是一条载着我向前的河流，可我就是这条河流。时间是一头吞噬我的老虎，可我就是这只老虎。时间是一团把我烧成灰烬的火焰，可我就是这团火焰。"他又说："在某一些里，你存在，而我不存在；在另一些里，我存在，而你不存在；在再一些里，你我都存在。时间是永远交叉着的，直到无可数计的将来，在其中的一个交叉里，我是你的敌人。"

这是最近一段时间，一直萦绕在赵先生的心中挥之不去的噩梦。日常里，他陪着张小姐去产检，他们一起看B超单，一起听小赵先生的胎动，一起给孩子起名字，一起猜张小姐肚子里，到底是个男孩还是女孩。这些日常填满了他们的二人世界，让张小姐觉得幸福无比，好像之前的一切都没发生过。可是每每独处的时候，他的脑袋就疼得厉害，疼到忍受不了，他就去问张小姐："亲爱的，你还记得湮闻路小区20栋2单元0124这个地方吗？"

张小姐脸上泛起两片红晕："怎么能不记得，那是咱俩第一次的地方。"

"那你还记得你死过一次吗？"

"不能吧。"

"你真的不记得了？你是有一天喝醉了，导致呕吐物迂回在呼吸道中，把自己给憋死了。你死的那天晚上，我们还……"

张小姐心疼地帮他擦着眼泪："你又犯病了。"

"你不信？"

张小姐沉默了，她不知道该怎么回答，但是脸上的表情却完全是在看病人的状态。

赵先生摸着张小姐的肚子说："我敢跟你打包票，我们将来要生一个男孩，我们还会一起买个小房子，我们还得把你奶奶接过来帮我们看孩子……"

张小姐更心疼了，她抱着赵先生的头："亲爱的，咱们别想了，听我的，该去给你找个心理医生看看了。"

赵先生的眼神里充满绝望："你还是不信？"

张小姐犹豫着："奶奶，已经去世五年了。"

这句话犹如五雷轰顶，让赵先生的脑袋嗡地响了一声。

2

转眼到了寒冬，天气日复一日地变阴冷，北京这几年的冬天，即便是晴天，也不似过去一样艳阳高照，反而是日日被雾霾笼罩。无论白天还是夜晚，大块大块的霾聚集起来，遮挡在楼宇与楼宇之间、人与人之间、楼宇与人之间，满目皆是数不尽的疮痍与怀疑。

张小姐想起赵先生写的小说里女主角的名字来，她的名字叫张艳阳。据赵先生解释说，之所以这么叫，是因为她出生的那天，正是个艳阳天，繁红嫩翠艳阳景，最是明艳绝丽了。

张小姐早晨五六点起来，给赵先生做好了一天的饭菜，又骑着笨重的老式电动车把小赵先生送去幼儿园，再坐地铁去上班，一天下来回到家收拾完毕，瘫在床上一动不动。回头再看看赵先生，正独自站在三米之外的屋子里，怔怔地望着窗外，独享着自己的世界。

张小姐躺在床上，点起一支烟，烟雾进了她的口，穿过她的喉，把尼古丁过滤到她的肺里之后，又从原路返回，绵长丝密的烟雾氤氲扩散，像极了一个无法描述的复杂故事的开头。紧接着，她的手机就闪烁起来，那一头的赵先生说："其实，我是想跟你聊一聊她。"

张小姐眼角涌出两滴热泪，拿起手机，发了个渴望的表情："你说吧。"

3

次日一早，张小姐从湮闻路小区 20 栋 2 单元 0124 房间醒来时，天光大亮。张小姐本以为，如今天这样一个艳阳天会让她久未舒展的内心稍稍好受些，可是一回忆起凌晨时分赵先生在楼下东张西望，像出轨的渣男般的忐忑模样，再想起小赵先生身边那只代替自己陪了孩子睡觉无数次，甚至已经发臭的毛绒玩具时，心上反倒好似被新开封的注射器抽了一下，变得更紧了。这些年来，她已经习惯性地忽略了化妆穿衣这件事，于是稍做洗漱，披上一身运动服，戴上一顶棒球帽，匆匆出了门。

"还是不奏效？"大刘坐在张小姐的对面，习惯性地问道。

张小姐点了点头。

"三年了，你该放弃了，抑郁症这事，最好还是靠药物治疗。"

"我知道。"她从大刘的桌子上拿起一包烟，抽出一支点了，吞云吐雾一个来回，又说道："这三年给你和老闫添麻烦了。可是，我还是不甘心。"

大刘叹了口气："倒不是说你给我添了多少麻烦，以我和老赵的关系，以你和老闫的交情，这些都不存在的。我只是担心，要是这次还不行，该怎么办？这件事要持续多久，你想过吗？"

"没想过，也不想想。"

"这次跟上次比，怎么样？"

"从青海回来以后他的表现，是比前两次有进步的，前两次他甚至都想不到去寻找真相，这一次，我们在青海，把一切又按照他的小说完完整整经历了一次，回来以后，他一直在说什么穿越、平行宇宙之类的话题，还非说我怀孕了。幸好产检区域男士勿进，不然当着那么多孕妇的面，再唱一出假孕，更够我喝一壶的了。"

"然后呢？"

"然后我以为可以照着这个时间线继续进行下去，还一直在担心到了生孩子的时候怎么办，可是就在昨晚，好像是一瞬间，一切就又回到原点了。"张小姐这么描述着，双手不由得抬起来，捂着半张脸，两根食指在搭在下眼角揉了揉，一副疲惫的样子。

"别太失望吧，实在不行，咱们就再来一次，我和老闫，还有小刘，还是会想尽一切办法配合你。"大刘边说边望向一直坐在远处默不作声的小刘，打趣道："我们的演技也是越来越好了呢。"

张小姐随着大刘的目光转向小刘，小刘没起身也没说话，只是点了点头，微笑示意。

这天晚上，张小姐就住在了大刘家，第二日起来，她坐在大刘的妻子闫姐的梳妆台前，开始给自己化妆。这些年来，为了让赵先生从自己虚幻的世界中跳出来，张小姐常常在过去与现在两种身份之间来回切换，化妆技术早已经驾轻就熟。

张小姐到现在觉得，那日自己在酒吧里提着箱子，坐在赵先生的对面喝酒时，是自己有生以来，最勇敢的一次。在这之前，她和赵先生已经在这间酒吧里相遇了19次。后来两个人终于躺在一起的时候，赵先生对张小姐说："你知道吗？去酒吧的这19次，只有第一次和你是偶遇，剩下的18次，都是我故意的。"

张小姐说："我知道。所以我才敢辞了工作，拉着行李箱到你的对面喝酒。你都不知道当时我心里有多紧张，如果你当时没有跟在我身后，我想我这辈子都不敢再跟男人搭话了。"

赵先生笑着："有那么夸张？"

张小姐一本正经："特别夸张。"

张小姐说她在回过头看赵先生之前，心里准备了一万种跟他打招呼的方式，可是当她回过头，还没来得及开口时，赵先生却用最俗不可耐的方式对她说："小姐，我看你骨骼惊奇，真是万中无一的练武奇才，拯救地球、维护世界和平的重担就交给你了，在这之前，我们加个微信先？"

张小姐噗地一声笑出来，自然而然地掏出手机。

两人加完微信，盯着对方的头像，沉默了足足有半分钟。张小姐用余光偷偷地瞥向赵先生，见他的脸早已经红成了一团火。

半分钟后，还是凡·高救了他们。

张小姐见赵先生的微信头像是凡·高画的那幅《缠绷带的自画像》，就主动问起来："凡·高有那么多美好的画作，你为什么单单喜欢这幅呀。"

"不好说，也许悲伤才是人生的底色吧。"

"我反而觉得，人生的底色应该是怀念。"

"所以你选这幅《高更的椅子》？"

"是的，我猜凡·高在画这幅画的时候，内心一定是平安和坦然的，虽然略显寂寞和无助，但绝对不是痛不欲生的那种，而是一种认真的怀念。"

赵先生低头沉思了几秒，又说："我们找个别的地方，再喝点？"

张小姐丝毫没有拒绝："好呀，正好顺路把我送回去。"

两个人打了个车，大约走了一个多小时，才到达目的地。以赵先生不太精确的方向感来判断，这里大约已经是北五环外了。下了车，张小姐前面拖着行李箱走，赵先生在后面跟着，两人相隔不到一米距离，张小姐行李箱的轱辘随着道路的起伏，在寂静的夜里发出断断续续的响声。正逢中元时节，路口偶见蹲在地上画着十字烧纸的人，一阵风袭来，那些纸钱的灰烬被卷起来飘过二人眼前，又给这深邃的夜，增添了几分清冷。

张小姐停下来回过头看着赵先生："你是不是后悔跟着我来了？"

赵先生清了清嗓子，双手交叉在胸口上说："我身上除了一个背心两条裤衩，其他啥都没有，所以不管仙人跳还是杀猪盘，你尽情上吧。"

张小姐笑了，把箱子递给他，又拉起他的另一只手，他们就像一对久别重逢的老朋友一样，直奔前面的那座红色的天桥而去。

天桥下面，地狭人稠，一个接一个的露天大排档一字排开，大排档的烧烤师傅们站在烟雾缭绕的烤炉后面高歌猛进。

二人点了些酒肉，从互报姓名开始，就这么一直喝着聊着，除了一开始聊到的凡·高，又聊到卡夫卡、金基德，再聊到《金瓶梅》和兰陵笑笑生。

赵先生可能是喝多了，聊到《金瓶梅》，早就忘了面前坐着的是个女生，一会儿说"三杯花作和，两盏色媒人"，一会儿又说"人无千日好，花无摘下红"，说到激动处，索性站起身叉着腰，学起西门庆棒打孙雪娥的桥段来："好贼歪刺骨，我亲自听见你在厨房里骂，你还搅缠别人？我不把你下截打下来，也不算！"惟妙惟肖，真对应得上原文中"三尸神暴跳、五脏气冲天"的描述了，逗得一旁的张小姐哈哈大笑，捂着肚子好一阵揉搓，等赵先生反应过来，扶起她的肩膀，却见张小姐脸上，不知何时却多了两道泪痕。

"怎么了吗？笑着笑着，又哭起来了？"

张小姐端起桌上的酒杯一饮而尽，然后顿了顿说："谢谢你，真的谢谢你，我好久都没这么开心过了。"

赵先生借着醉意，颇有些羞答答地说："看你愿不愿意听了，你要愿意听，我以后天天说给你听。"

"真的？"

"怎么，你不信？"

"不信。"

赵先生环顾了一下四周，见人不多，就把张小姐的包拿起来套在自己的头上，又指着桌上的一个扎啤桶，压低声音说："你看见这个杯子了吗？"

张小姐满脸的问号："你在做什么？杯子又招你惹你啦？"

赵先生："就让它来给我做证吧！"说着没等张小姐反应过来，左手提起她的行李箱，右手一把抄起那只扎啤桶，一个箭步冲了出去。

张小姐还没反应过来，那边的赵先生却回过头，边跑边压低声音："愣着干啥，跑呀！"

二人一前一后，浑然不顾身后大排档老板的辱骂声，像两只受惊的兔子一样奔跑在北五环的夜色里，路过的人看见他们的模样，都向他们投射出难以置信的目光。

然而赵先生已经顾不得这许多了，他边跑边断断续续地对身后的张小姐说："要是我今天被抓住了，我进局子，你去捞我！要是我今天没被抓住，你就做我的女朋友，好不好？"

张小姐拖着行李箱跟在后面，口里呼出的气变成了一团雾："你说什么，大点声，我听不见！"

赵先生吼得更大声："我说，你，做我的女朋友，好不好！"

"听……不……见……"

两个人就像《飞越疯人院》里麦克墨菲和印第安酋长一样，忘乎所以，奔向大海、奔向自由，把一切世俗的、物质的、恬不知耻的都抛诸脑后，向所有超脱的、精神的、无拘无束的拼命招手，直到路边的人渐渐变得稀少，路灯的光逐渐暗下来，二人才放慢脚步找了个地方坐下来，气喘吁吁。

张小姐拍打着自己的胸口，大口呼吸着："你疯啦？"

赵先生同样拍打着自己的胸口，又环顾四周惊魂未定："没有人跟上来吧。"

"没有。"

"这回你信了吧。"

张小姐脸上泛起一丝红晕，岔开话题，指着头顶说："你看，好大一棵树。"

赵先生抬起头朝上面看去，果然见面前一株参天大树，枝繁叶茂、高入云天，足足十几米，就像一个庄严肃穆的铁塔武士一般，矗立在寂静的夜色中。他有些纳闷："这里前不着村后不着店的，怎么会有树呢？"

"不知道，你看他，像不像一个大将军？"

"像。你看他的头顶还有一个尖尖的刺，那不就是大将军头盔上的盔尖吗？"

"天神都下凡了，你刚才说的话可要算数呀。"

赵先生心下暗喜："我说什么啦？"

张小姐一拳捶在赵先生的肩膀上，默默不语。

"这么说，你答应做我的女朋友啦？"

"刚才不是你一路吼着要我做你女朋友吗？"

"你不是说，你没听见吗？"

张小姐一个"我"字还没说出口，赵先生早凑上前，捧起她的双颊，一个热吻迎上去。

后来直到张小姐和赵先生同居，某个白天又路过那株大树跟前心血来潮去看时，才发现原来那是一座伪装成大树模样的信号塔，那像盔尖一样的尖刺，正是信号塔的避雷针。

那之后没多久，赵先生和张小姐受不了内心的道德谴责，找到那晚偷扎啤桶的那家大排档，跟老板主动承认了错误，把扎啤桶也还了回去。没想到这次老板倒是难得的开明，把扎啤桶推回去，像下凡的月老一般潇洒一笑说："年轻人，这事儿我可见多了，留给你们做个纪念吧。"由此，扎啤桶改变了它的命运，被当成了筷子筒，这么多年一直好好放在家里，直到现在。只是物还在，使用它的两个人却不似从前了。

张小姐化完妆，从回忆里解脱出来，叹了口气，大刘的老婆闫姐正好走进来。她像张小姐的姐姐一样，走到张小姐的身后，伸出双手，捏了捏她的肩膀问："准备好了吗？"

张小姐点了点头，掏出手机，点开《缠绷带的自画像》的头像，打开聊天窗口，见上面一条信息被撤回，另一条信息写着："想我了吗？"

张小姐回了过去："我在。"

"我还以为你死了。"

"我爸爸死了。"

4

田横岛上，海风带来的气息咸湿得有些过分。张小姐已经坐在岸边等了两个小时，严格意义上来讲，这种等也不算等，而是按照她预先设计好的剧情向前发展,岛上家里的一切现场已经安排妥当,这已经是第四次了。张小姐还记得,她第一次一个人跑回田横岛,把自己要给赵先生造梦这个想法说给他表哥听时,表哥愣了半晌,回答她:"你神经病啊!"骂完她,不理她,又看着她日日坐在码头上以泪洗面,天天给她送饭,一日三餐,送完就走。

张小姐也不拒绝,吃完了,继续以泪洗面。终于一日,表哥还是没熬过张小姐,给她送完饭后没走,盯着她吃完后,叹了口气说:"弄吧,大不了把我姥和我舅挖出来,再埋一回。"

实际上,倒不至于真的把张奶奶和张爸的尸身挖出来那么恐怖,做戏嘛,只要服化道和演员齐备了,不是什么难事,况且张小姐的表哥已经混成了村长,张小姐又愿意付钱,渔闲的时候,给村民搞点创收也不是不可以。可没想到的是,这件事一做就做了三年。到了第四次,张小姐的表哥已经不像第一次那样愁眉苦脸了,甚至站在村口一边布置灵棚,一边拿着个扩音器喊:"大家注意啦,一会儿还是看我的手势行事,等我妹和我妹夫一到村口,你们就吵起来,可提前说好了,可以动手,但是不要真打!……"

表哥那边忙得不亦乐乎,张小姐则一个人坐在码头上发呆,她看了看表,又抬头望了望天,再望向辽阔的海平面,就不由得觉起自己的渺小来。

她还能清楚地记起自己第一次给赵先生造梦的场景,那天也是同样的天空和海面,初春的空气,海鸟在天空盘旋,她手里捧着赵先生写的那部《狠心的张小姐》,一字一句地反复阅读,说是一部小说,不如说是半部,况且里面的情节又都映射在王二和张艳阳两个古代人身上,看得人稀里糊涂。在两人矛盾重重,闹得不可开交的那段时间,赵先生一气之下,去厨房把自己的小说烧了。从小说的残本里,她只能看到赵先生写的一场婚礼、一场葬礼、一场旅行,于是就这么按部就班，再依靠自己的想象演着，三年来，没有差错，亦没有结果。这次也是一如既往，除了躲在"张爸尸身"后面那个负责开鼓风机的人用力过猛，把"张爸"脸上那块黄布吹得随风飘摇，吹在赵先生脸上下不来以外，一切如常，等到二人举行完了婚礼，到张爸出殡前一天晚上，才算歇了一口气。

这日晚上席面散去，赵先生、张小姐和张奶奶一起坐在屋子里，有一搭没一搭地聊起来。对于这个突如其来的孙女婿，张奶奶似乎没有半分的不适应，本来二人第一次见面的时候，张奶奶就觉得赵先生长得好，是生就的福相。如今赵先生又像前几次那样舍身为人，把自己奉献出来，给张家解了燃眉之急，张奶奶就越发地喜欢他了，从她的一举一动中，似乎已经认定了这个孙女婿。

赵先生坐在炕上喝茶，张奶奶就盘着腿看着他，一盏茶喝完了，张奶奶示意张小姐起来给他再续上，两盏茶入喉，张奶奶问："小赵，你是做什么的呀？"

"我是个记者，写文章的。"

"写文章好啊，不受累。"又问，"家里有几口人呀？"

赵先生答："家里没人了，父母早亡，跟奶奶长大的，奶奶前年也去了。"

张奶奶叹了口气："跟奶奶长大的孩子，都可怜。"

张奶奶这么说，赵先生就想起自己的奶奶，从六岁起，他就跟奶奶一起生活，奶奶供他吃喝，管他上学，教他做人，宠他却不惯他。如今眼前的张奶奶，又让他感觉到十二分的亲切，他想，如果后半辈子他就跟张小姐共度了，把这位张奶奶接到一起，朝夕相处，对他这个同样跟奶奶长大的孩子，也算是一种慰藉吧。

待赵先生喝完第三盏茶，她用双手撑着炕席挪到灯绳的地方，从灯绳的尾部扯下一枚东西来，信手递给赵先生说："你来了，又成了我姑爷，奶也没啥好给你的，给你个这吧。"

赵先生本以为，拴灯绳的东西，应该不是什么稀罕之物，可没承想接到手中仔细一看，却是一枚雕刻得极其精致的红玉狐狸，狐狸额前一朵五瓣梅花点缀，长长的尾巴拖在身前，像极了一位摇着蒲扇的狐仙，举手投足，极尽魅惑之态。

赵先生深知此物不凡，于是连忙推辞。

张奶奶却说："这不是什么值钱的东西，奶奶这辈子，也没存什么值钱的东西，你只拿着，以后好好待我这独孙女，算是个见证吧。"

赵先生又望向张小姐，看张小姐也是一脸的殷切，于是就没再推辞，道了谢，把东西收了起来。

张奶奶转过头望了望窗外，待了一会儿对张小姐说："你们年轻人聊吧，我去陪陪你爸。"说完也不等别人回应，自己利索地下了炕，迈着碎步出去了。剩下赵先生和张小姐面对面坐在一起，两人一时没了话，这些天来，赵先生一直扮演着张家女婿的角色，一个女婿半个儿，有了他，大家反倒对张小姐这个亲生闺女有所忽略，赵先生也疲于应付了好几天，虽然在外人看来，两人已有夫妻之名，但实际上这两天二人的交集反而少了，此时忽然来了独处的机会，两人都觉得有点不知所措。

赵先生把刚才张奶奶送他那枚红玉狐狸拿出来，在手上一边把玩一边说："你说我把这玩意儿擦啊擦，会不会擦出一个狐仙来？"

"那是拴灯绳的，又不是神灯。"

"这是不是就算咱俩的定情信物了？"

"不知道，反正小时候我表哥把这东西拆下来，去跟人家换跳跳糖吃，让我奶追出去，扔给他一包跳跳糖，在小黑屋关了一整天。"

"你表哥还真淘气。"

张小姐翻了个白眼："你是故意在这里模糊重点吧。"

赵先生抬手摘掉张小姐的眼镜，捧着她的脸仔细打量着她说："看着你，一切就都变得不模糊了。"

张小姐不再说话，抓住赵先生的手，刚要回话，却听窗外张家表哥声嘶力竭地喊道："姥……姥姥……"

二人循声望向窗外，但见院子里张爸爸的棺材前，张奶奶就像一尊大佛一样正襟危坐，缓缓地闭上了眼睛。

第十章　你好呀，赵先生

1

王二的背后生出了两对翅膀，在平行时空中肆意穿梭。他站在牛脾山顶，双脚向下一蹬，整个人就飞起来。那四只翅膀灌着山风，自上而下，俯瞰着脚下的两个世界。

眼下的世界里张艳阳怀里抱着个两三岁的王饱饱，在长安县的里坊间穿梭。饱饱手里举着个拨浪鼓，在张艳阳的眼前甩来甩去，似是要给他指明方向。张艳阳顺着他的方向，从丰邑坊出来，进了崇义寺。丰邑坊里，有丧葬用的纸钱元宝可买，崇义寺山墙的巷道里，有王二在那里偷偷设的狐大仙神龛；张艳阳走到狐大仙的神龛面前，跪下来，烧了纸钱元宝，拜了九拜，窃窃私语着，又挂着两行热泪离去。王饱饱手里拨浪鼓又清脆地响起来，就连那拨浪鼓发出的声波也清晰可见，把悬浮在空中的王二都震得地动山摇。

另一个世界里，王二西装笔挺，牵着王饱饱站在一幢巨大的红色烟囱旁边。那是北京西郊最出名的殡仪馆，烟囱里青烟缭绕，焚烧尸体的气味虽然几经过滤处理，还是悠悠然飘出一股发霉了的桂花的味道，就像王二每每在常乐坊宿醉时，喝过的散装的桂花酒。他带着儿子上了一辆出租车，一路向西疾驰。透过车窗，王饱饱正抱着一个巨大的汉堡狼吞虎咽，肉饼、芝士、菜叶，粘得满嘴都是。他吃完了，把双手在衣服上摩擦一番，世界就变了模样，又回到长安城破败的城墙上。

张小姐合上赵先生小说的残本,背靠在椅子上,看着天花板发呆。这段文字,是四年来她从没有看到过的,这四年来,她把这部小说残本当作剧本来读,原本翻烂了,就用复印件,复印件都翻烂了好几本,里面却从来没有描述过王二在平行世界里穿越的事,直到这次即墨老家的葬礼出了问题。

张小姐又一次拿起电话,打给老家的表哥:"哥,怎么会忽然就变了呢?"

"我都跟你说了多少次了,没有变啊,这不还是按部就班地来吗?四年了,不会出错的。"

"那我奶怎么也死了?"

"我姥本来就是那一天去世的啊。妹啊,你是不是发烧了,你没事吧?"

"不是,我奶是那一天去世的,这没毛病。"

"是啊,你还记得吗?四年前你第一次找我说这事的时候,我还说,弄吧,大不了把我姥和我舅挖出来,再埋一回。你还记得吗?"

"我记得,可是咱们不是这么演的呀,老赵的小说里也不是这么写的呀!"

表哥一头雾水:"什么不是这么写的?"

"这些我没和你讲过吗?就是说,老赵认为自己一直活在另外一个时空,我们现实经历的,都不是他所相信的,他只相信他小说里的那个时空,那个时空里,我奶没有死,还被我们接到北京,一开始帮我看孩子,后来又住进养老院里……在他的幻想里,和我奶一起的那段日子是真实存在的,而我奶已经死了五年这事是绝对不存在的,并且是属于另外一个平行时空的……我这么说你能明白吗?"

"不明白。"

"算了。"

挂掉电话，张小姐觉得头痛欲裂，她从抽屉里拿出一粒布洛芬，也没喝水，就那么干涩地咽下去，然后昏昏沉沉地睡着了，梦里，那些过往就如锥心蚀骨一般袭来。

2011年冬，赵先生和张小姐从青海回来。2012年初，赵先生就辞了职，张小姐肚子里也有了一个小赵先生，也没有上班。为了生孩子方便，两人从漕闻路小区的隔断房里搬到一个小两居里，尽管为了图便宜，两人跟房东约定好了，发生什么意外情况，比如漏水、着火什么的，自行处理，但房租还是比以前贵了三倍，好在这些年二人有些小的积蓄，才能勉强撑着。辞职以前，赵先生每日回来都没有好脸色，且常常喝得酩酊大醉，碎碎念地跟张小姐抱怨他的领导。起初说这些时，张小姐也跟着愤愤不平来着。可是听得多了，她的心里就有些不舒服，倒不是因为不愿意倾听，而是因为实在焦头烂额，再难接受更多的负能量。

自从辞了职，赵先生就把自己写了一半的陈年小说拿出来，生物钟跟她反过来，号称要写一部惊世骇俗的作品出来。可现实如何呢？张小姐每每起夜，都从暗夜的微光中看到赵先生手里端着酒杯、嘴里叼着香烟，在昏昏沉沉的月色中发呆，烟雾升腾，他头上的几根白发在月光中显得格外耀眼。

白天，张小姐挺着大肚子出去找工作，受尽白眼。晚上回到家，听赵先生抱怨着这个世界的不公平，负能量就像倾盆大雨一般，劈头盖脸地浇在她的头上。不仅如此，赵先生因为饮酒过多，还落了一身的毛病。张小姐从医院给他开了一堆药，同时忍不住埋怨他，可赵先生不解释，却说："你不懂，有些事，你只有做过了才懂。"

张小姐想不明白的是，她到底不懂什么。当年两个人初遇时，一贫如洗，就连家里的筷子筒都是赵先生喝多时，从大排档偷来的扎啤桶充当的，如今虽不算大富大贵，但最起码吃穿用度不成问题，只是因为辞了一份工作，他何以变成这副颓废的模样了呢？

　　直到她一个人实在承受不了，第一次去找刚到北京开心理诊所的大刘时，心里才有了答案。张小姐缠着赵先生去找大刘做检查，可是其时已经深受抑郁症折磨、病入膏肓的赵先生，却把自己的大学同学、心理医生，当成了神棍。几番治疗折腾下来，赵先生需要服用的药物越来越多，病情却反而越来越重，而张小姐的肚子，也变得越来越大。她拍着肚子，跟里面的小人儿说，她说："儿子呀，你爸爸遇到难处了，可是他不愿意跟我们娘俩说，儿子呀，你快快地长，健健康康地出来，等你出来了，爸爸就好了呀。"

　　张小姐笑了，在如许的水深火热之中，这是她仅余的安慰了。笑过之后，她又开始哭，哭得撕心裂肺，任何正常的人都能想到，在这种情况下，又怎么能允许一个新生命的诞生呢？

　　哭哭笑笑，笑笑哭哭，这样的日子持续了大概有几周，张小姐的情况变得越来越糟糕。她甚至连产检都懒得去做了，白天，她一如既往地四处碰壁，到了晚上，甚至都不想回家，一个人挺着大肚子在外面溜达。

　　她从现在他们住着的地方一直溜达到以前住的潈闻路，那里的一切都是熟悉的，那里的回忆都是美好的，她一面走，一面跟肚子里的小生命对话，走进潈闻路小区，她说："儿子呀，你看，这就是爸爸妈妈之前住的地方，那地方太小了，床垫上还有一个大坑，有一回你爸爸喝醉了，还一屁股坐进去出不来了，差点把妈妈笑岔气，哈哈哈。"穿过满是烟火气的彩虹桥，她又说："儿子呀，你看，这里就是爸爸妈妈以前常来吃饭的地方，这里的羊肉串可好吃了，老板人也好，等你长大了，妈妈带你来吃，不带你爸爸，你爸爸太闹腾了,他一喝多了就胡闹,还在这里光着膀子跳过舞,哈哈,真是太搞笑了。"

张小姐又说:"哎呀呀儿子,妈妈跟你说这些,你可千万不要以为你的爸爸一无是处呀,他还是有很多优点的。"她走到那座像一株参天大树又像一个铁塔武士的信号塔下面,坐下来,摸着自己的肚子接着说:"你爸爸呀,很有才华的,他会写诗。妈妈给你念一首,你好呀,小面包,谈恋爱的时候,爸爸管妈妈叫小面包,管他自己叫小奶油,你不要笑哈。"然后张小姐一字一顿地念出来:

你好呀,小面包 / 我是你的小奶油 / 你还记得我吗?
上辈子我们就见过 / 那时候我在牛乳房里 / 你在黑土地上 / 我的牛主人在麦田里一钻 / 我就碰到你啦!
你尖尖的麦穗 / 只是怕受伤的外表吧 / 因为我一碰你 / 你就低下头啦!
低着头、还害羞的人 / 一定是软软哒!

过去太美好,回忆太沉浸,让张小姐这些天的压抑一股脑地释放出来,她读完后,又加上夜路走得太远,身上沁出汗水来。可是她顾不上管那么多,也不再问孩子的意见,兀自沉浸,又在这无边的夜色中大声朗诵起来:"你好呀,小面包……"这一句还没读出口,就听见身后忽然传来一阵窸窸窣窣的声音,张小姐噤了声,微微地转过头一看,但见草丛深处一黑一白两个影子正逐渐向她逼近,夜色中,那两个影子就像两团迷雾,飘飘摇摇地向前移动,它们的目标很清晰——就是张小姐。

她抚着肚子,缓缓站起来,她不确定那两团迷雾是什么,也不敢问。她压低声音说:"这里有点危险,妈妈带你回家。"然后故作镇定，迈着大步朝家的方向走去。

她用余光瞥着后面那两团迷雾，可以确定的是，它们一直跟在自己的身后，她的心跟着怦怦地跳起来，孩子似乎也意识到了危险，小脚丫不停地在她的肚子上蹬来蹬去，这一蹬，张小姐就更加紧张，她一面加快脚步，一面掏出手机给赵先生打电话，可此时的赵先生，早不知道魂飞到几重天外去了，电话那头的忙音"嘟嘟"地响起，和张小姐心跳形成鲜明对比，而身后那两团迷雾，却离她越来越近了。

天变得高远，地变得辽阔，渺小的张小姐挺着肚子跟跄行走，好似一粒无助的微尘。黑色的迷雾紧追不舍，它一会儿飘向天空，以凌厉之姿张牙舞爪，一会儿又化作鸱鹰，扇着翅膀贴地呼啸。张小姐吓坏了，她闭上眼睛大步跑起来。边跑边哭诉："儿子，妈妈好像坚持不住了，你快喊爸爸！"腹内的小生命似乎也感受到了危机，它伸展四肢，恐惧地胡乱挣扎，一下，两下……到第四下时，脑袋一沉，跟着张小姐直挺挺地摔倒在地……

2

张小姐醒过来，还沉浸在噩梦中不能自拔。当年她的流产，给赵先生造成了不小的阴影，她出院的第二天，赵先生就钻进厨房，一把火把自己的小说烧掉了。烧的过程中，张小姐上前抢救书稿，可是扑火不成，反倒把厨房点着，好在情况并不严重，除了厨房墙面被熏黑、抽油烟机烧变形了以外，没有别的损失。但是这件事在赵先生小说的描述中，却变成了张奶奶在家里热牛奶时忘记了关火导致失火，而且还杜撰出许多和邻居斗法、因此要不要把张奶奶送去养老院等桥段。后来张小姐决定要以小说为蓝本演这场戏的时候，还头疼了好久,细想一下,着火、消防这种场景在拍戏里面都属于大场面了,实现起来颇费了一番周折。

回即墨一役,再加上发生的事与以往有些出入,张小姐最迫切的是找寻答案。眼下赵先生这边的进度是:第一,他回到北京,要接受"警察"大刘和小刘的问询;第二,他带着小赵先生去殡仪馆,送"死去"的张小姐最后一程;第三,他幻想中的张小姐,也就是此刻张小姐扮演的角色,怀孕了。按时间顺序,这中间要隔开三天,可是之于这次的张小姐而言,她却比以往都焦虑,之前几次大刘和小刘审讯赵先生,以及赵先生带小赵先生去殡仪馆的时候,她都会在他们看不到的地方观察,看到动情处,还会偷偷抹眼泪,可这次,她却在潼闻路的这间小屋里浑浑噩噩地睡了三天,一醒来,她就迫不及待地给大刘打电话,问他进展如何了。大刘那边倒是干脆利落,说一切如常,没有什么变化。张小姐这才踏实下来,于是拿起手机,在聊天框里敲了一行字:"你还好吗?我好像怀孕了。"

3

赵先生给张小姐回了个电话说:"我一会儿就过来,你待在屋子里,哪里都不要去。"

张小姐在屋子里静静等待,这三年多来,赵先生因为病情的变化,每次这个节点来的时间都不一样。可这次,她从天亮等到天黑,迟迟未见赵先生的身影,她想再发个信息问问,拿起手机,思虑再三,又放下。对张小姐而言,接下来的日子,每一步都是机会,但同时也是煎熬,她渴望变化,但又害怕这种变化。

她转过身,有些无聊赖地望向窗外,潼闻路小区还是以前的潼闻路小区,小区里人流穿梭,他们在这个偌大的城市里,是十足的蚂蚁，蚂蚁们早晨从城市的一端爬到另一端，接受紧张刺激、喧嚣热闹的洗礼，晚上再从另一端爬回来，抚平在这些紧张刺激、喧嚣热闹中留下的伤疤。

"如果像赵先生小说里写的，一切真的能重来，那该多好呀。"张小姐这么想着，手机就响起来，电话那头赵先生的语气神神秘秘："我到了，你下来一下。"

张小姐下了楼，见赵先生穿着一件洗得发白的牛仔外套，正站在不远处兴奋地冲着她挥手。她疑惑地走上前去，仔细端详着眼前人，不光那件牛仔外套是旧的，赵先生的头发也变长了，他的发质硬、发色黑、发量又多，头发一长，就像顶帽子似的盖在脑袋上，远看是个摇滚青年，近看却像个不修边幅的诗人。两人刚刚认识的时候，张小姐没少因为这事儿奚落他。这副模样，她大概有五年没有见到过了，如今猛然看见，就仿佛一下子回到了当年，张小姐甚至在想，赵先生的病是不是好了，除了在即墨时的变化，这次又跟以往每次都不一样，如果真是那样的话……

她正兀自发着呆，赵先生忽然伸出手，在她的刘海上轻轻一拍说："发什么愣啊，上车！"

张小姐这才发现，赵先生的旁边停着一辆自行车，这本来是一辆变速车，是一穷二白时的赵先生最贵重的财产，跟张小姐恋爱了之后，赵先生拆了自行车的挡泥板，在后轮上面歪歪扭扭地装了一个后座，还在后座上绑着了一块垫子，那垫子也算不上垫子，而是用一块毯子对折了四次，又拿绳子胡乱绑上去的。后来两人搬了几次家，这辆车就一直被闲置着，只是在每次搬家时，它都最后一个上了搬家公司的车，又第一个下来。

赵先生拍了拍后座，示意张小姐坐上去，张小姐就忐忑地坐上去。张小姐坐在后座上，看着街上的人来人往，思绪又飘回到五年前。类似的场景好像发生过无数次,那时候的赵先生,就是这不修边幅的样子。他们骑着这辆破自行车,转遍了北京的大街小巷。有时候路上有些颠簸,或者遇上减速带,赵先生就故意一边捏着闸一边左摇右晃,嘴里还不忘喊着:"张小姐,小心呀,我们要过山岗啦!"然后还没等张小姐准备好,车子就咯噔一声颠得老高,吓得她一面嗔怪地拍打着他的后背,一面又紧紧抱住他……

正这么回想着,前面的赵先生就忽然一边捏着闸,一面左摇右晃起来,他身体摇晃时,脑袋也跟着摇晃,后脑勺厚厚的头发甩来甩去,就像个老式座钟的钟摆。赵先生说:"张小姐,小心呀,我们要过山岗啦!"紧接着车子就咯噔一声,颠得老高。张小姐的身体随之起伏一下,双手紧紧搂住赵先生的腰,两行热泪就跟着流了下来。

她哭着问赵先生:"我们这是去哪呀?"

"到了你就知道了。我问你个事儿。前几天,在你老家发生的事儿,还算数不?"

张小姐知道赵先生问的是两人在即墨老家拜堂的事,一时不知道怎么回答。

沉默了一会儿,赵先生忽然说:"咱们结婚吧。"

张小姐一时语塞:"这个……会不会太快了?"

"反正仪式也在老家举行过了,你情我愿,有什么快不快的?"

"你容我考虑考虑。"

"没事,后面的时间多的是,你慢慢考虑。"

"你可以答应我几个条件吗?"

"甭说几个,就是几百个也使得。"

张小姐紧紧搂着赵先生的腰,她侧着头贴在赵先生后背上,路灯的光影在她的脸上划过,明亮而温暖,此刻她终于觉得如释重负。

自行车一路行着,七拐八拐,来到一个废弃的工厂院子里,院子并不大，里面几家刚创业的公司零零星星地点着灯。没错，这正是张小姐和赵先生初次相遇的地方，只不过不同于上次的是，院子门口的蒿草已经被处理干净，以前的砂石路，也改成了柏油路，看起来一片欣欣向荣的模样。二人一路向前，三两分钟，来到了他们第一次见面的那个小酒馆门前。遗憾的是，几年过去，这个小酒馆已经今非昔比了，酒馆的门窗一律贴了遮光棉，门上挂着一个长长的链条锁，锁上锈迹斑斑，可见已经歇业很长一段时间了。

张小姐正在纳闷，赵先生却胸有成竹："你在这等我一会儿。"说完朝着酒馆的后面走去，不一会儿，手里又拎着一把钥匙走出来，只见他一脸神秘，一手拉着张小姐，另一只手攀在链条锁上，用两个指头捏了钥匙，小心翼翼地扭动了三下，然后锁头清脆地响了一声，锁子就被打开。他把链条锁抽出来放在门口，又拉着张小姐走进酒馆里，张小姐抬眼望去，整个人都惊呆了。

虽然从外面看，酒馆已经破败不堪，但酒馆内的陈设，却和当初两人相遇时，一模一样，地面扫得干干净净，每一张桌子都被擦拭得一尘不染，每一张桌子上都放着一盏小灯，昏暗的灯光连成一片，好像夜空的星斗一般一闪一闪。

赵先生松开张小姐的手，扶着她的肩膀让她坐下，然后独自走上舞台，台上早有一个人在等候，张小姐定睛望去，那人不是别人，正是两人第一次在酒馆相遇时在台上带着大家读现代诗的那位，他捧着个手鼓，让赵先生坐了上去。赵先生咬了咬下嘴唇，然后把手边的吉他拿起来，抱在怀里，可能是弹琴的技艺不太娴熟，也可能是过分紧张，手指在琴弦上轻轻划过，整个手就哆嗦起来，他停下来，双手紧紧攥了几下，望了一眼台下的张小姐，又望向身边那位民谣歌手，鼓手点了点头，两个人一合拍，赵先生终于唱了起来。

一曲终了，张小姐的泪水已经爬满整个脸庞，赵先生放下吉他，缓缓从台上走下来，对于张小姐来说，赵先生走过的这段距离，再也不像当年他跟她求婚时那样短暂，他们跨越了五年，不知道走过多少个轮回，才回到歌词里唱的那种最初的模样。

赵先生从身上掏出一枚戒指，温柔地给张小姐戴上。他给她戴戒指的时候，她注意到他左手的手指。为了准备这场平凡的惊喜，笨手笨脚的赵先生瞒着张小姐偷偷去练习吉他，他左手的五个指尖，红红的、肉肉的，肿得就像一粒粒小海棠果。他用这海棠果一般的手捧起张小姐的脸，他说亲爱的，你愿意嫁给我吗？

张小姐抓着他的手，泪水又止不住地流下来，她说："我愿意。"

两个人对视着，周遭的一切景物都变得虚幻，他们的眼睛里只有彼此。赵先生看张小姐时，觉得她真是这个世界上最美的人。

"亲爱的，我们得记住今天啊，2011年11月11日。"

张小姐听了，眉头一皱，从赵先生的怀里，掏出那部她一直以为在这场表演中充当道具的旧手机，点亮屏幕，见上面的日期栏赫然显示着：2011年11月11日。

她的世界，轰然崩塌。

第十一章　莫比乌斯

1

张小姐站在 2011 年的双井桥下，不知道何去何从。两个小时之前，她给大刘打电话说了自己疑似穿越的事儿，然后两人约了在这里见面。两个小时过去，电话那头的大刘告诉他，自己在双井桥下等她，而张小姐此时此刻就站在这里，然而两个人在电话里互相指挥了对方半天，就是见不到面。

张小姐急了，说："大刘你别这样，是不是老赵已经好了，你们俩在跟我开玩笑呢呀。"

"没有！"

张小姐挂了电话，沿着广渠路向东走，正是初春的季节，人们如同自然界复苏的万物一般蠢蠢欲动，虽然天色尚早，但街上却行人如织，如果不是因为心中有事，今天定是让人愉悦的一天。

张小姐停下来，闭上眼睛，抬起头，太阳橘红色光晕就在她的眼前散开，在她记忆中的 2011 年，也是如此时此刻一般温暖，那天赵先生跟她求完婚，就再也没有别的节目了。

两人商量过后，决定去吃羊蝎子。张小姐吃肉，赵先生喝酒，三杯两盏之后，赵先生说起接下来的打算，张小姐全神贯注地听着。

赵先生问："你去过青海湖吗？"

"没去过，但总觉得那里很熟悉。"

"怎么个熟悉法？"

"我也不知道，就是总觉得对那里很熟悉，好像上辈子去过似的。"

"我带你去吧，就当是我们的蜜月之旅。"

"可以呀。那里还有什么特别的吗？"

"我想象中，除了天空辽远、大漠孤烟，倒是没什么别的。要是非说什么特别，是有一个传说。"

"你不会要跟我说孙悟空大战二郎神吧。"

"这是一则，但不是这个。"

"还有别的？"

"嗯，我看到的那个传说，是说文成公主的故事。说当年文成公主远嫁异邦。临行前，皇帝赐给她一件宝物，名字叫日月宝镜，这面镜子不得了啊，能够照出家乡的美景。他爹老泪纵横，叮嘱她，闺女呀，这镜子你拿着，路上想家了，你就照一照。皇帝在、阿耶也在，长安的城墙、坊市也都在，看一看，你就不难受了。文成公主接了宝镜点点头，阿耶，您放心，女儿三不五时，就会回来看您的，然后就忍着难过走了。可文成公主说是这么说，事实呢？千里之外，身负重任，这辈子必定埋骨他乡，还哪有机会回去看爹爹呢？她这么一路想一路走，想家了，就忍着，再想家，再忍着。到了现在青海湖的地界，终于忍不住了，就把日月宝镜拿出来照一照，可不照不要紧，这一照，就看到了长安王城辉煌、宫阙三丈、日日烟火、夜夜笙歌。公主再也忍不住了，便开始哭，眼睛像泉眼，眼泪咕咚咕咚往外涌，哭了三天三夜，泪水汇成了西海，就是现在的青海湖。"

"这么伤感的故事，你一说，我都不想去了。"

现在张小姐再回忆起这些事，就像是昨天刚刚发生的。这么说也不是完全不对，昨天，赵先生确实是像她记忆中的 2011 年那样，向他求婚来着，可求完婚就没下文了，俩人也没喝酒。

回到溪闻路小区的那个家，两个人躺在床上，张小姐一直在纠结现在是不是2011年，她一开始语气还很和善，她说亲爱的，我猜你是不是已经好了，故意跟我开玩笑呢。

赵先生一脸茫然："什么好不好的，你又在怀疑我有精神病吗？"

"没有呀。"

赵先生心疼地摸了摸张小姐的额头，问："你知道我为什么跟你求婚吗？"

"不是水到渠成？"

"你还记得我们去给你爸和你奶奶奔丧的事儿吧。"

"记得。"

"葬礼结束后，咱俩在你老家即墨玩了一天，还去了马山地质公园。这些还记得不？"

"不可能，这都是你小说里写的情节呀，我们什么时候去马山地质公园了？"

"就是……之后的两三天吧。我们去到马山地质公园。我们俩一起坐在马山石林脚下喝酒，你还跟我讲过一个狐仙的故事。"

"我说的是狐仙居，狐狸的故事的吧。"

"你又想起来了？"

张小姐有些着急："不是，我没想起来，不对，我也想起来了。我的意思是我想起来的，不是你认为的想起来的，我想起来的是……"她太过着急，以至于咳嗽起来，声音从喉咙一直延续到肺部，一前一后重叠着。

赵先生赶忙帮她拍了拍后背，又起身去倒了一杯水，拿了咳嗽药回来。

"我没事，你接着说。"

"好吧。"赵先生犹疑了几秒,接着说,"那天你喝得有点多,靠在我肩膀上睡着了。因为天气也不冷,我就给你身上盖了点衣服,想着等你醒来,咱们再去找酒店。"

"你挑重点说。"

"你睡着睡着,开始说梦话。梦里你一直在喊一个叫王二的人,好像你梦里的这个王二不是个什么好人。你在梦里骂,王二呀王二,你这个阉竖子、狗鼠辈,你撒泡尿照照自己,就你那死獠奴的鸟样,老娘跟着你这许多年,真是亏本亏到姥姥家了,你倒是泥菩萨搽金粉,装了相了,老娘呢?老娘要死,也要死在你后头,老娘不给你哭坟,也不让你儿子去,老娘在这世上活得好好的,让你在十八层地狱里,找鬼亲嘴儿去吧!"

"这你倒是记得清楚。"

"你忘了我是干啥的了?"

"谁也没要求当作家就要过目不忘呀,何况你这都不是过目,是过耳。"

赵先生笑了:"虽然你梦里是这么说的,但你醒来可不这么说。你醒来后,搂着我,说你梦见我出轨了,而且据说我出轨的这个人,也姓张,也是个张小姐。你说咱俩有了孩子,孩子五岁了,爸爸叫得欢,而我却出轨了。你说我常常在半夜十二点出去,到凌晨五六点才回来,去找那位张小姐私会。我回答你说,这都是哪儿跟哪儿啊,你却说我什么都不知道。"

"哦对,你还说,"赵先生接着说,"我好像得了很严重的抑郁症。"

"然后呢?"

"其实吧,我觉得,是不是过去的那些事,还有你爸的死和你奶的死,让你的精神压力太大了,我就是这么认为的。所以我回来做的第一件事,就是跟你求婚。我从来没有想过这世界上还有第二个张小姐,也从来不希望你的梦境会变成现实。"

张小姐看着赵先生滔滔不绝、一脸真诚的样子,与2011年的那个他如出一辙,她的心就慢慢地融化了,本来想较真的心也有所松动。她转而对赵先生说:"亲爱的,如果我跟你说,我梦里和梦醒后说的那些都是真的,你会相信吗?"

"会,你说什么我都信。"

"真的?"

"真的,而且我还挺好奇的,你可以给我讲讲吗?"

"我也不知道从哪里讲起,反正如果你相信的话,我大概八九不离十,是从未来穿越过来的。那之前,你得了很严重的抑郁症,靠药物根本就治疗不了。你每天活在自己臆想的世界里,觉得身边的一切都是虚幻的,你还把你所有臆想的东西写成了小说。心理医生跟我说,想让你走出来,只有一个办法,就是让你觉得自己臆想的世界是真实的,你小说里写的出轨是真实的、另一个张小姐是真实的,包括后面的种种,都是真实的,所以我就照着你的小说演。"

"那不是《禁闭岛》吗?"

"差不多吧,虽然《禁闭岛》的结局是丹尼尔最终还是没有走出来,但我不信,我在想,你以前是多么的爱我呀,我就这么陪着你,我相信总有一天,会春暖花开的。"

赵先生叹了口气:"你是怎么做到的?"

"一开始我心里也是没底的,就想各种办法呀。比如你的小说里写到,你和我在田横岛阴差阳错拜了堂。那我就带你回田横岛,把所有的人都召集起来,为你演一遍。当时表哥还不同意,可她架不住我软磨硬泡,我一哭二闹三上吊的,他心疼我,也就同意了。"

"你一个人?"

"还有大刘和闫姐,还有小刘,他们真的是帮了我们好多忙……"

说到这里，张小姐忽然想，也许可能，大刘才是突破口吧。不管现在是 2011 还是别的什么年代，大刘这个人的存在是必然的吧，一定得去找找大刘问问清楚。

正这么想着，赵先生却凑过来搂住了她。

2011 年，两人认识整整三年，对于一对情侣来说，这时间不长也不短，激情尚未褪去，相厌尚未开始，可眼下张小姐的感受却明明是几年后，而且在所谓的"穿越"前这三年多，她和赵先生从来没有同过房，赵先生的生病，让她把人间应有的全部悲欢、欲望都消磨得一干二净。如今赵先生冷不丁地凑上来，张小姐就有些尴尬。赵先生慢慢褪下她的衣服，她的不适应，就像习惯了暗夜的人突然瞥见了凌晨五点钟的微光，她知道前面是美好的，可是微光突如其来，让人措手不及。不过尽管如此，她依然不能放弃，她又把自己变成了一个演员。赵先生像一条蚯蚓一般在她的身后蠕动，她则闭上眼睛，尽可能地把自己变成潮湿松软的土壤，蚯蚓从春天来，经过夏秋，到冬天去；土壤自潮湿松软始，变得干涩坚硬，直到冰霜彻骨。十分钟后，赵先生气喘吁吁地从张小姐的身上抽离，像一条在砂锅里焐了一宿的长茄一般，瘫软无力，面色铁青。

张小姐觉得很抱歉，她有些不好意思地望向赵先生，赵先生正好也在偷偷望着他，两人眼神交会了几秒，又错开。尴尬的气氛弥漫开来，两人无话可说，缓缓睡去。

第二天一早，张小姐趁赵先生还没醒，就起身去双井找大刘，可是一直走到当年她和赵先生常去的那家羊蝎子火锅店门口，回想起昨晚种种，还是没有找到。不过这会儿她反倒释怀了，虽然脚步一直不停，也一直在朝大刘的心理工作室的方向走，但她几乎都是碰运气的走法了。这小区刚建设起来不久，空气里到处弥漫着石灰、油漆的味道，窗户里时而传出来装修发出的敲击声和电钻声。张小

129

姐凭着记忆往大刘工作室的方向走,那敲击声和电钻声就越来越大,一直走到门口,才发现装修的不是别人,正是大刘。

她敲了好久的门,房间里面的动静终于停下来,门打开,大刘的脑袋上戴着用报纸叠的纸船帽,从门缝里探出来赔着笑:"不好意思哈,我知道周末不该装修,已经停了,打扰到您了,实在是不好意思。"

张小姐朝门内望了望,见地上石灰、瓦砾堆得到处都是,靠墙立着几面还没来得及安装上的窗户,屋子里也是尘土飞扬,而眼前的这位大刘,也和电话里跟她说话的那位成熟老到的大刘,难以画上等号。她迟钝了几秒,说:"你好,我是小海的女朋友。"

大刘听她这么说,赶紧摘下头上的船帽,把她让了进去。从立在墙角的书包里拿出一枚口罩递给张小姐说:"不好意思啊,小海常跟我说起您来着,您看我这刚到北京没多久,还没来得及去拜访,倒劳烦您先来了。"说着又四下看了看:"小海没有来吗?"

张小姐接过口罩戴上,不知道该怎么回答,想了几秒又说:"方便我们找个地方聊一聊吗?"

大刘随意收拾了几下地上的东西,说:"好。"

2

东三环一家并不起眼的酒馆里,大刘坐在张小姐的对面,沉默良久,终于开口:"张小姐,您说的这件事对于我来说,真的是太大了。"

张小姐有些感慨:"我知道您难以接受,但我想您是学心理学的,应该能理解我的想法。"

"我从书里,倒是真的看到过有关于穿越的解释。"

"我知道您要说什么。您是不是要跟我说弗洛伊德,《梦的解析》?无意识是门厅,意识是接待室,潜意识到意识的转化?"

"不是。"

大刘说完,随手从自己的包里拿出一个本子,一个胶棒,他从本子上撕下一张,然后又从撕下的那张纸上,裁出一个长条,再抓着纸条的两端,把其中一端翻转了180度,拿起胶棒,把纸条的首尾两端粘了起来,形成一个扭曲的圆环,放到桌子上。

大刘指着那圆环问:"你知道这是什么吗?"

"不知道。"

"这东西叫莫比乌斯环。"

"这名字我好像在哪听说过。"

"嗯,有些故作高深的电影喜欢用这个元素。"

大刘拿起一支笔,开始在所谓的莫比乌斯环上画线:"在一些人的认知里,莫比乌斯的象征意义就是无限循环。"

笔尖划过莫比乌斯环,发出沙沙的响声,它从一个起点一路走来,又回到起点,大刘放下笔:"你看,如果我这么不停地画下去,这个圆环的每一个面每一个点,都会毫无遗漏地被我走过,并且会无数次回到起点。"

"完全重合的无限循环?"

"也不尽然,你看我每次划过的时候,因为笔触的不同、力度的不同,和原本这条线,虽然用肉眼看起来是重合的,但多多少少总是会有偏差。对应到现实,就是你刚才所跟我说的目前的现实,跟你记忆中的偏差。"

"比如我明明记得我按照小海的剧本给他造梦时,在田横岛只有我爸爸死了,可这次我奶奶却也跟着去了;再比如,他跟我求完婚之后,我记得我们当天去吃了羊蝎子火锅,但现在这件事并没有发生。"

"对。

"那你的意思是，我真的穿越了？"

"我不好回答。穿越这种事，我们大多数人内心的认知，或者从我们现在所接触的各类穿越小说、影视作品中，都是直截了当的，甚至有些狭义地理解为肉体的穿越，抑或者一提穿越，大家就把爱因斯坦摆出来，什么相对论呀、祖母悖论说一大堆。但其实也许真正的穿越，根本就不是肉体层面的，更大的可能、更容易实现的是意识的穿越。"

张小姐长长地叹了口气，然后从身上摸出一支烟，她知道大刘不抽烟，就没有谦让，兀自点着了吞云吐雾起来。她探着头问大刘："大刘，我知道我现在说这些你可能不太能理解，但我想说，假如你所谓的穿越这件事是真的，而我也恰恰真的穿越了，那么接下来的日子，我想听听你的建议，我该怎么过呢？"

大刘思索了一会儿答道："我要跟您说抱歉了，说实话，从您找上门来到现在，我们认识不过一个小时，即便您说您是小海女朋友，我和小海也认识很多年，但对您来说这么重要的事，却问我这么一个陌生人，我觉得是不是有点……"

张小姐听大刘这么说，忍不住带了哭腔："你还是不相信，不相信我说的这些都是真的，对吧。"

"我要怎么相信呢？"

张小姐沉默了，她不知道做什么才能让大刘相信自己所说的话，甚至这些话，她自己说出口的时候也是将信将疑的。她绝望地站起身，把大刘做的那个莫比乌斯环攥在手里，没有说话。

经历了这一场绝望，她的心情又与来时大相径庭。赵先生生病这些年，大刘夫妇是张小姐唯一的支柱，每当她坚持不住，想要放弃的时候，都会找他们俩喝酒。

他们常常去的，是一个叫兰溪的小酒馆。酒馆名字起得雅致，布置得也雅致，地方不大，二楼却有个露台。在赵先生沉迷于《狠心的张小姐》创造的世界里，纠结在王二和张艳阳复杂的感情纠葛当中时，张小姐却拼命地灌酒，把自己喝成了泪人。头几次是喝醉了就哭，大刘夫妇没有别的办法，只是陪酒安慰，后来张小姐变了性子，喝醉了不单单是哭，还闹，她要么就拎着酒瓶跑到楼下，跟所有深夜不归的人，甚至跟路边的垃圾桶干杯，要么就站在露台的栏杆上吐，有一次还从露台上摔了下去，幸好露台下面是一条死胡同，胡同里又种了一蓬陈年的竹子，竹子托着她，才让她侥幸捡回半条命。

再后来，她也不闹了，只是拼命地喝，不光自己喝，也劝大刘夫妇喝，可是她越这么劝下去，大刘夫妇反而喝得越少。最后，她索性也不劝酒了，不仅不劝酒，酒过三巡时，她还会主动说："咱们今天就喝到这儿？"大刘夫妇见她这样说，先是意外，后是习惯，但他们不知道的是，每次张小姐装出一副无比清醒的样子，把他们送上出租车，自己又返回酒馆二层的露台，醉到天明。

张小姐正回忆着过去，赵先生的信息就发过来："我在凯德MALL四层的西餐厅等你。"

3

赵先生迎面走过来，除了洗了头发之外，和昨日的装扮没什么两样。

张小姐坐下来，见桌子上菜已经上齐了：惠灵顿牛排、奶油蘑菇汤、库伯沙拉、龙虾意面、乳酪蛋糕、海鲜饭……赵先生怕是这辈子第一次吃西餐，见过的没见过的都点了，不仅如此，他还不知道从哪里搞来一个花瓶，花瓶里插着一束红玫瑰摆在桌上，那玫瑰茎上带刺，花苞坚实，花瓣紧致，显然是新采下来不久。好的是，玫瑰插在花瓶里，一汪浓重热情的红色与桌上餐食的颜色相得益彰。

张小姐有些意外："怎么想起吃这个来了？"

"先要说对不起呀，这么多年了，你都是顾着我的情绪，我说我不喜欢吃西餐，你就跟着我吃羊蝎子撸串，我说我不喜欢喝洋酒，你就跟着我喝扎啤蹲大排档，这么多年，我以自己为中心，好像那是理所应当，我从来没想过你喜欢什么，也从来没认真问过，我觉得自己好蠢啊。"

说完他拿起刀叉，颇为生疏地来回鼓捣了一阵儿，然后又把吃的都堆进张小姐面前的盘子里。

张小姐想，倘若这些话是从未来的赵先生口中说出来，她此刻一定是哭得梨花带雨了，她甚至有可能要翻着白眼咒骂他。可眼前的赵先生不过二十多岁，他的发型还是2011年里一蓬倔强的蒿草，他的眼睛里还有二十多岁时稚气未脱的清澈，他的表情，也依然充满了对这个世界的规则有所了解，又不甚了解的茫然，所以话到了嘴边，又让她给吞了回去，她说："你吃呀，你怎么不吃？"

"我等你等得久，吃餐前面包，吃饱了，你多吃点。"

张小姐虽然面上笑着，口中也应承着，但面对眼前满桌子饭菜，一筷子都舍不得动。

这几天，她一直在纠结于自己是不是穿越了，眼前的一切究竟是幻想还是真实，却忽略了最重要的一点，那就是眼前的赵先生，好像真的和以前不一样了。过去的那个赵先生，从来没跟她一本正经求过婚，只是在某次两人喝醉的时候，随口说了句"要不你嫁给我吧"，就把张小姐激动得热泪盈眶。对于自己心心念念的西餐，那位赵先生别说精心准备，甚至连提都没提过。

过去的赵先生太沉迷于自己的世界中不能自拔，张小姐的一切习惯都是因着他来的。赵先生以为，自己学识渊博、比肩孔孟，而实际上，连孔孟他也没读明白，孔子曰："三人行，必有我师焉"，到了他这里，他觉得"三人行，必是来拜我为师的"，而他不知道的是，这世界上，怕是只有张小姐一人，愿意心甘情愿做他的尾巴，跟在他的身后如影随形。张小姐做了这许多年的尾巴，如今忽然经历了所谓的"穿越"，却有了因祸得福的感觉，她不知道这种"福气"能持续多久，反而倍加珍惜起来，甚至望着这满桌子的饭菜，也舍不得吃了。

她跟赵先生说："咱们打包回去吃吧。"

赵先生没有诧异，也没问为什么，只说："好。"然后就叫了服务员打了包。进电梯的时候，赵先生身上背着个单肩包，左手拎着一大袋子吃的，右手拉着张小姐的手。没过两分钟，两人的手心就都出了汗，汗水黏黏的，把两只手黏合在一起，更增添了几分潮腻，但张小姐却不敢抽出手来，她生怕手一抽出来，这久违的甜蜜气氛就被破坏了。

两人就这么腻着一路走出去，来到门口的立交桥。错综复杂的桥身上，密密麻麻排列着无数的车辆，鸣笛声、刹车声、吵嚷声不绝于耳，让人不胜其烦。

赵先生说："我们离开北京吧。"

"去哪？"

"我前几天刚跟你说过，我买了去西宁的火车票，咱们去青海湖。"

张小姐有点心疼："你不是说，青海湖只是度蜜月吗？难道要定居了？再说了，咱哪有钱啊。现在我又没工作，你写一篇稿子人家才给你两百块钱，到那边一应吃住都需要钱，我们怎么生活？"说完她下意识地摸了摸自己的衣兜，里面除了一部多年前用的旧手机，空空如也。

赵先生指着眼前的立交桥："你看，这座桥像不像一个莫比乌斯环？你知道莫比乌斯环吧。"

张小姐下意识地摸了摸口袋里大刘做的那个莫比乌斯环，说："知道。"

赵先生把手中的打包盒递给张小姐，然后又从书包里像捞鱼一般一通摸索，终于摸出一本书，赵先生打开书，一页一页翻给张小姐看，见里面每隔几页，就夹着一张邮政储蓄的汇款单，金额从一百元到两百元不等，他一页一页翻过去，一直翻到后面，足足有三五十张之多，每张都皱皱巴巴躺在那里，显然是刚放进去不久。

赵先生有点不好意思地说："有一家媒体给稿费，不是转账的，是直接给汇款单，我就给存下来了。"

"看不出来，你还藏私房钱呢。"

赵先生听张小姐这么说，双脸通红："本来打算攒着跟你结婚的，前几天求婚买戒指的钱，也是从这里面拿的。"

张小姐嘴上不说，心里却感动得一塌糊涂。以她的视角，自从穿越回来见到眼前的赵先生，那种久违的温暖就扑面而来，甚至比之前来得更甚。

不过当年不一样的是，赵先生的稿费汇款单不是自己存起来的，而是由张小姐帮他存着。她记得当年两个人拿着这本厚厚的书去邮政储蓄排了一个多小时的队，两人坐在等待区把书里的汇款单一张张抽出来，铺平，再用小夹子夹起来，厚厚的一沓，当时张小姐心里觉得自己是这个世界上最幸福的人，那种感觉，就像雨后看见彩虹，冬夜迎来春风。

张小姐这么沉醉着，春风就真的拂面而来，不过这次吹动的，却不是她的心，而是赵先生书里的汇款单。一阵风袭来，书里面的一张汇款单就被风卷起来，飘飘摇摇，随风而去。

张小姐见状，立刻把手里的打包盒递给赵先生，然后加快脚步往前面追去，可那张汇款单就像个顽皮的孩子一样，穿着一袭白衣，在她的头顶欢欣雀跃地打着旋儿，还发出哗啦啦的声音，仿佛在嘲笑她的笨拙。她不甘心，竭尽全力蹦起来，没想到这一蹦，不仅没抓住汇款单，落地时却脚下一滑，扑腾一声摔倒在地上。

赵先生赶忙伸出双手去接，只是他身上累赘太多，人没接到，适才打包的饭菜却洒了一地。

张小姐坐在地上哭出声来："怎么回事嘛！"

赵先生不敢多说话，只是默默地帮她揉着脚，问："疼吗？"

张小姐："有点疼。"

赵先生继续揉着，揉了一会儿又扶着她站起来："能走吗？"

张小姐把崴了的那只脚点了一下，刚刚接触到地面，却像只受惊的兔子一样，又弹回来。

赵先生心疼地抱了抱她，把书包扭在胸前，又转过身弯下腰："上来吧。"

趴在赵先生的背上，那种久违的熟悉感又一次袭来，他头发的味道，他的体温、呼吸的频率，再次包裹了张小姐的全身，她想对他说点什么，但嘴巴张了几张，终究还是没有说出口。反倒是赵先生先开了口，他说："你伸手摸摸我的脖子上，戴着的是什么。"

张小姐把手探进赵先生的胸前："这是我奶给你那个红玉狐狸？"

"是呀，我越看越觉得，它是个宝贝。"

"那你觉得，是我重要，还是它重要呀。"

"你重要呀，而且我觉得它在我的脖子上，好像时刻都在提醒我，我身后背着的人，我背着的张小姐，比这世界上的任何人、任何事都重要。"

"你今天怎么了？怎么这么多的感慨。"

"我也不知道，可能是觉得我亏欠你的太多了。以后你就这样趴在我的背上吧，不管前面的路有多难走，我都背着你。"

张小姐听赵先生这么说，又忍不住红了眼眶。可是自从"穿越"回来以后，她已经哭了太多次了，此刻她不想再哭，强忍着泪水，转而说道："只是可惜了那么好的饭菜了。"

赵先生说："没事，你闭上眼睛，深吸一口气，再睁开眼，就什么都有了。"

张小姐闭上眼睛，深吸了一口气，又睁开眼，一切就真的豁然开朗起来。

第十二章　烟花

1

　　西海，这个字眼对张小姐来说，承载了太多东西。在这之前，她已经去过很多次，她见过黑马河冰冷的日出，尝过景区饭店里八十八块一盘的青椒炒肉，记得日暮酒店里摇摇欲坠的床板，和墙角那只虎视眈眈的蜘蛛……

　　经历了这么多次，张小姐对青海湖的感觉，从恐惧，到忐忑，再到麻木。她想起大刘和赵先生都提过的莫比乌斯环，回头看看自己这些年过的，当真是像极了莫比乌斯环，这个扭曲的环，从2008年起，从北京东三环一间小酒吧开始，到北五环某个窗外一轮惨白的新月结束，然后循环往复，又可以在任何一个时间和地点，以它恣意放纵的姿态重启，不管今夕何年，无论南北西东。

　　现在再次踏上去青海的旅程，张小姐的心里五味杂陈，甚至有些迷茫，她不知道即将面对的是什么，也不知道当那一刻到来后，眼前的这位赵先生又会怎么处理，而如今她的身份，已经不是为生病的赵先生造梦的那位"导演"，而是另一个陌生世界的"穿越者""入侵者"，或者更确切地说，是一名毫无防备的"演员"。

　　到了西宁之后，二人没做过多的停留，赵先生根据提前做好的攻略，去汽车站直接买了到青海湖的车票，一路辗转，又径直到了青海湖。可是一下车，二人却傻了眼，原来他只做了路线攻略，却忘了做游玩的攻略——青海湖的11月底，已经荒凉得连一根像样的草都没有了。

他们下车的站点，叫作151基地，这是我国第一个鱼雷发射试验基地，由于其架设在青藏公路151公里处，因此沿用了这个名字。151基地旁边，是著名的二郎剑风景区，风景区旁边，是青海省，海南藏族自治州，共和县，江西沟乡，下社村。在中国地图上，这只是茫茫青藏高原上一粒小小的微尘，而张小姐和赵先生，又不过是这粒微尘中的微尘。

二人爬过半人多高的荒草丛，从二郎剑景区的剑柄走到剑锋上，除了紧闭的店铺、紧闭的售票窗口、紧闭的邮局，其他的什么都没看到。不过风景倒是别致，远方是白皑皑的雪山，雪山下面湛蓝的湖水，湖水旁边，就是两人来路时一望无际的荒草。白、蓝、黄线条分明，衔接处干净利落，丝毫不拖泥带水，如果不是急着找落脚处，这样的风景真的值得反复玩味，可眼下，眼见着天色一阵似一阵阴沉，看风景的心情就荡然无存了。

张小姐紧紧挽着赵先生的胳膊，语气中甚至带着一丝害怕："亲爱的，你说这地方，咱要是一不小心碰见坏人了，是不是弃尸荒野半年也不会有人发觉？"

赵先生攥着她的手："你瞎想什么呢，哪来那么多坏人呀。"

"我就怕万一……"

"没有万一。"

赵先生没接张小姐的话，转而抬手指了指前面不远处："你戴着眼镜，你帮我看看前面那个，是不是个人影？"

张小姐扶了扶眼镜，顺着赵先生指着的方向看过去，果然看见一顶藏族金花帽擦着草丛一路飘将过来，离他们越来越近，她激动得赶快抬起手臂，朝那帽子不停地挥舞起来。

"你不是怕碰见坏人吗？怎么这会儿反倒不怕了？"

"我有你呢。"

说话间，那顶金花帽已经走到两人跟前。张小姐一眼就认出，迎面走来的人正是索巴大叔。虽然这些年为了给赵先生造梦，张小姐来过不止一次青海湖，造梦的过程中，也曾经涉及过在索巴大叔家的过往，但她都是找人扮的，从没敢打扰他们一家。如今又遇到，尽管此时的索巴已经不认识张小姐，但她心里却仍然对他有说不出的亲近感。她装作第一次见到索巴的样子，问："大叔，您知道这附近有没有什么酒店吗？"

"有，跟我走。"

去酒店的路上，索巴在前面走，张小姐在后面跟着，二人像老熟人那样聊着天，通过索巴不大流利的汉话，不过十几分钟，他的家庭构成就尽收二人耳底。赵先生默默跟在后面，一路无话，直到他们俩到了索巴带领的客栈，放下行李安顿下来后，赵先生才问："你怎么都不像以前的你了，变得那么自来熟啊。"

"没有吧，我只是觉得这里的人都那么朴实、好客，还爱笑。你注意看索巴大叔没，他嘴里还镶着颗金牙，他一笑，那颗金牙就露出来了，好像动画片里那种温暖的大叔啊。"

赵先生脑海里有了画面，也忍不住笑起来。

"可是有时候跟他聊着，我又觉得莫名的伤感。"

"为什么？"

"我说不上来。或许是因为来到这种荒无人烟的地方，天生会有那种悲凉感吧。"

赵先生听他这么说，又皱着眉头，一副担忧的样子。

"好了，不想那么多了，我们出去走走吧。"

索巴带赵先生和张小姐来的这个地方，与其说是个客栈，倒不如说是个地宫,它坐落在一个进深十几米的大坑里,如果不是在坑旁边立了一块"康茂家的客栈"的广告牌,完全不会被人发现这是一个四进的院子,青石铺地,每进院子正北屋三间,东西厢房各两间,南边耳房两间。院子中间,立有一根笔直挺拔的青杨木桅杆,上面挂满了各式经幡,风一起,经幡就迎风猎猎作响。二人在经幡下吹了几分钟的风,又把这些房间挨个参观了一圈,一例的藏式风格,和他们在纪录片里看到的,没太大的差别。反倒是北屋的一块藏式地毯引起张小姐的注意。地毯的四周,用传统的"卍"字纹勾边。主体上绣着吉祥八宝的图样:金法轮、胜利幢、莲花、吉祥结、白海螺、宝瓶、宝伞、金鱼,这些图案有序地排列在矩形的毯子上,庄严肃穆。可能是张小姐第一次见,也可能是毯子编织时,真的是着色工艺高超,八宝图案的色彩对比鲜明,金法轮的金,就像早晨九点后的太阳一般耀眼;白海螺的白,又像被海水涤荡过的象牙一样细腻;连每个图案上点缀的红,也不是那种沉闷的、毫无生机的暗红,而是像鲜血一样,流淌着奔放和热情。这块小小的六尺见方的毯子,仿佛装载了整个世界,让这间普通的屋子瞬间变得光彩夺目。

2

回到房间里,天已擦黑,幸运的是,这里的水和电还是能提供的,赵先生从包里翻了一会儿,翻出一个电热水壶和两桶泡面,充满愧疚地烧了水,等水开了把面泡上,又把床上的被子拉开,手往被子里一伸,眉头就忍不住皱起来。

张小姐见状问:"怎么了?"

"太凉了。"

张小姐也把手伸进去，果然一股寒气顺着手臂钻进来，然后像一条小蛇一般攀着她的胳膊迅速游走，不消几秒，就蔓延了全身。

赵先生见了，赶忙把她的手抽出来放在自己手里，觉得自己的手也凉，又从旁边把那泡面桶拿过来让张小姐焐上，才算放心下来。

等两人吃完了面，赵先生又从包里翻出两个喝完的矿泉水瓶，灌满了热水，塞进被窝里，再别了门闩，还不放心，又费了很大的力气把床边的柜子拖到门口，把门死死抵住，最后从包里掏出一把藏刀放在枕头下面，方才如释重负地坐了下来。

张小姐在旁边观察着他的一举一动，忍不住笑出声来："你什么时候胆子变得这么小了？"

"不怕一万，就怕万一呀。"

"怕什么，怕我被别人抢走吗？"

赵先生听张小姐这么说了，忽然沉默起来。

张小姐也不敢再问下去，就岔开话题，从枕头下面把那把藏刀拿出来，问："这是什么时候买的，我怎么有点忘了呢？"

"就在西宁的小商品市场呀，这么快你就忘了？"

张小姐一面疑惑着，一面算着这一天的行程，早晨九点多出的西宁火车站，出了站又转去汽车站买了到青海湖的车票，然后在附近找了个馆子，一人吃了碗羊肠面，接着上车，穿城北区，出西宁上京藏线转京拉线一口气到151景区，去小商品市场买刀的事，她全然忘了。

不过对于自从穿越回来到现在，种种奇怪的事已经太多了，她倘若问了，只是给赵先生徒增烦恼而已，于是又闭了嘴，应付了句："没忘，又想起来了。"

沉默片刻，张小姐又看了表，不过八点半，但是身在这荒无人烟的高原上，又是时处深秋的旅游淡季，晚上八点半，夜凉如水、云迷雾锁，反倒像极了子夜，二人之间的氛围，也因这寂静的夜变得有些许尴尬。

张小姐又把手伸进被子里摸了摸，果然赵先生自制的热水袋起了作用，在一片寒冷的包围之下，有那么巴掌大小的一块温暖，虽然于眼下的他们而言，整个青藏高原似乎也只有这一点温暖，但张小姐还是知足了。

她脱了外套钻进去，双脚正好踩在那块暖和的地方，再转过头看赵先生，见他点了一支烟，抱着胳膊站在窗户跟前。窗外月明星稀，窗内孑然一身，烟雾缭绕间，赵先生就像一个夕阳武士，无奈又好笑。等他灭了烟再钻进被窝，张小姐已经用自己的身体把被窝焐得暖和多了，赵先生伸出胳膊，她就自然而然地躺在上面。

赵先生身高正常，体重却偏轻，所以躺在他的胳膊上，就像躺在一根空心竹上，硌得脖子疼，然而这种疼却是张小姐近乎五年都没有过的感觉，从山东即墨回来的第二天一直到现在，虽然每天都见面，但张小姐一直没把眼前的赵先生和她记忆中的那个赵先生画上等号，她把自己当成意外的"闯入者"，包括十几分钟前赵先生站在窗户边当夕阳武士的时候，她还是隐隐觉得陌生，可是现在她一躺在他的胳膊上，心里就冒出了三个字——久违了。

张小姐主动向赵先生的身边靠了靠，赵先生也很配合，搂着她的胳膊收得更紧些。张小姐问："冷吗？"

"还行。"

"你把你的脚搭在我脚上吧，我给你焐焐。"

"没事，不用。"张小姐没回答，主动把脚搭在赵先生的脚上，说："我想你了。"

"我不是就在你旁边吗，还想？"

"嗯，不知道为什么，就是想。"

"我也是。"说着就转过脸，在张小姐的额头上亲了一下。

张小姐也转过脸，却不是蜻蜓点水，而是直接热烈地吻向赵先生的唇。张小姐想，是春天来了吧，春天的来临，跟季节的更迭无关，却跟她的心境有关。当赵先生在寒冷的棉被里，把她厚重的衣服一件件如剥笋般褪去时，当她的体温从冰凉的双脚开始，一直游走到脑颅，又游走到赵先生的每寸皮肤，直至每个毛孔时，张小姐就觉得自己像一眼雨润云温的山泉。她久居地下，在长长的黑暗中摸索爬行，爬行过死荫的幽谷，爬行了几万光年，在这一刻终于得以重见天日、破土而出。她是泉水、是风、是电、是梦幻、是泡影，风吹散了她的羞涩，电击碎了她的沉默，梦幻让她变得无比勇敢，泡影又纵容着她无止境的贪婪。她是如此贪婪，以自己躁动不安的泉水，迎接着对面源源不断的冲撞，每冲撞一次，她的泉水就跟着泛起一阵涟漪，冲撞来得愈猛烈，她的涟漪就被搅动得愈深沉，涟漪变成旋涡，旋涡又变成巨浪，直至云奔潮涌、排山倒海，而她则纵情于这山海之间，冲锋陷阵般地呼喊，她不顾一切地呼喊，这喊声时而柔软缠绵，时而激越昂扬，须臾间贯穿了整个青藏高原。柔软时，她就像瑶池边上跌落神坛的仙女，以她夜莺般婉转悠扬的歌声，让众生为她倾倒；激昂时，她又如跨上红鬃烈马的黑暗骑士，在无边的欲望和胜利的幻想中肆意驰骋。

她翻过身，把一切都交付给这片刻的欢愉，欢愉是短暂的，却又是永恒的，她的汗水从毛孔里溢出来，为这短暂的欢愉叠加出永恒的碎片，她的呼喊声撕裂夜空，为这永恒的欢愉注入短暂的灵魂。于是海天为之变色，大地为之震荡，她觉得自己就像女娲娘娘一样，有了孕育生命和操控世界的本能，而她身下的赵先生，则屈膝在她神性的光辉中俯首称臣。他不只俯首称臣，并且以卑微到骨子里的姿态，竭尽全力地迎合，这让张小姐变得更加欢喜、更加兴奋，她以光的速度，忘却一切、向前奔跑，在不知疲倦地奔跑之中，孕育着的生命变成了虚无，操控着的世界变成了失控。她不停地抽搐着，抽搐着死去，又抽搐着复活，如此循环往复，宛如一朵朵斑斓的烟花冲向夜空，一朵接着一朵绽放，一朵熄灭，一朵复又燃起，直至宇宙寂灭，时空荒芜，唯余一池末世的春水划破长天，沿着这支离破碎的太虚，散落进无边无际的黑洞之中……紧接着，二人的身下一声巨响，床，塌了。

男欢女爱这种事，对于常年生活在都市的年轻人来说就像是在写代码，往往一个好的程序员，根据自己的工作习惯选个适合自己的环境，用着自己最熟悉的编程语言，三杯咖啡或者两包烟，势如破竹，一呵而就，最关键的，还要有一个漂亮干净的结尾。但是显然，今天张小姐和赵先生的这个尾结得不是那么干净——床意外塌陷。张小姐和赵先生的尴尬，在于他们没有以大汗淋漓的姿态躺在床上双双睡去作为结束，而是在情到浓处时，忽然坠入了零度以下的冷风中。

二人不约而同地把头转向别的地方，停顿了好久，那根救命的稻草才终于出现——垮掉的床板子上，耷拉着一根一米多长的电线，没等赵先生起身，张小姐就赶忙站起来，抓住那根电线，问了句："这是啥？"

赵先生也赶紧拉起裤子配合起来："这好像是一根电线吧。"

然后张小姐就顺着那根电线往上摸，摸到头，才发现那是一块电热毯。

张小姐心想，原来冥冥天注定这事儿，像是真的存在呀，倘若他们俩早就发现了这块电热毯，就不至于面对冰冷的床，不面对冰冷的床，赵先生就不至于去用矿泉水瓶制造热水袋，不做热水袋，张小姐就不会在被窝里连那一丁点的温暖都舍不得独享,去迫切地望着赵先生的背影,期待着他上床。等到赵先生把电热毯打开,她还是没有想明白,只是素面朝天地躺在床上发了好久的呆。

"你怎么啦,又不开心啦?"赵先生问道。

"没有。"

第十三章　西方不可久留

1

　　第一次来青海湖之前，张小姐对这里的幻想很多，抛开网络上各类都市传说不表，单是赵先生颇为卖弄的描述，就令她心驰神往。他说，西海之大，浩浩汤汤，看湖水湛蓝清澈，如碧眼；看黄花柔枝嫩叶，似娇娥；看日出朝霞映波，红胜火；看候鸟成群结队，争相渡……等他们来了之后才发现，幻想果然就只是幻想，走马观花一番，不过是给家里空空的相册里，徒增了几张容易泛黄的感光纸而已，实际上彼情彼景到底是不是享受，没有人能记得住。

　　张小姐记忆中的第一次是这样，这次也是这样，加之他们俩不能免俗，也同样是走马观花的人，所以刚到这里前两天，并没有发现什么怡人的景致。

　　不过好在这里虽然人烟稀少，但人人都热情好客，尤其是索巴大叔一家，更是热情得要命。次日一早，一个自称是索巴大叔女儿的藏族姑娘，叫尕吉玛的，就把两暖瓶开水和一暖瓶奶茶摆在了门口，又敲了门，用还没有索巴大叔正宗的汉话说："洗脸，再去我家吃晌午饭。"

　　张小姐听见了，赶紧起身去回应，却被赵先生昨晚抵在门口的柜子挡了路。她费了半天的劲也没把柜子挪开，只从门缝里瞥见尕吉玛黝黑的脸庞和真诚的笑容，一句谢谢还没说出口，又见她迈着轻盈的步子走开了。

此后的几天,二人过得极为懒散和无聊。白天,他们俩骑着索巴大叔家仅有的两辆自行车,绕着青海湖瞎溜达。早晨出门时,碧空万里,现在过了十一点多,远处湖面上却不知何时多了大片大片的积雨云,重云如盖,近在咫尺。再加上有风渐渐吹过,风的方向又毫无规律可言,一会儿掀起张小姐的丝巾,一会儿又兜住赵先生背后的帽子。他们俩把自行车并排放倒在岸边,坐下来吹着冷风,单单观起潮来。

说来也怪,站着的时候狂风肆虐,可是一坐下来,反倒一丝风都感受不到了。张小姐举起一只手,左右挥动了一下,然后对赵先生说:"有风。"

赵先生也举起手,依样挥动了一下,果然是有风。

风就像一把锋利的剃刀,从他们的头顶平行着刮过,越过头顶,又以平滑的姿态吹向湖面,湖面上顿时泛起涟漪,这涟漪不似平常那样灵动秀美,反而是像被某种精巧的机械操控着一样,规律极为整齐划一,甚至几乎是按照标准的正态分布,一浪起来,一浪伏下,然后又接着一浪。

二人正因为眼前的奇观侧目,没想到令人称奇的还在后面,只见湖面中间积雨云和浪花交汇的地方,水面忽然急速旋转起来,几秒之内就形成了一个漩涡,先是如碗大,接着越来越快,又扩展成一颗篮球、一张石碾,就像是旁边站着个顽皮的巨人,用树枝不停地搅动,石碾无限延展,最终变成一个巨大的摩天轮,然后只听"轰"的一声,这漩涡就离开水面,一跃而起,宛如一条白色的游龙般直冲云霄。

"我记得以前在杂志上看到过类似图片,这叫什么来着?好像是叫龙什么?"

赵先生没转头，只是盯着眼前的奇观怔怔地发呆："龙吸水。"

张小姐再转过头，才发现刚才那条"白龙"已经和天空中的积雨云相接，它的头埋进云层里忘情地吮吸，身体在半空中欢脱地扭动，尾巴则搭在湖面上，肆意地拍打，溅起一层又一层浪花。她还没回过神来，却见这条"白龙"的身边，又忽地腾起一条"黑蛟"，它身体也在空中扭动，不是欢脱，近乎疯狂。它的尾巴在湖面上拍打着，完全没有享受的姿态，反而无时无处不散发着一股暴躁的、近乎邪恶的气味。

张小姐这么沉浸地观察着，忽然大颗大颗的汗珠从她的额头、鼻翼，乃至每一个毛孔中爬将出来，迅速吞噬了全身。直到赵先生拍了一下她的肩膀，她才从这梦魇般的幻觉中惊醒来，身上已经湿透了。

"你怎么了？"

张小姐的声音有些颤抖："没什么，只是想到了一些不太好的事情。"

"什么事情？"

"真的没事，你别问了。"

张小姐怕赵先生多想，又说："你发现没有，刚才咱俩那几句对话，好像互换了身份，你是我，我变成了你似的。"

"没发现呀，哪几句？"

"就刚才我说，我好像在哪本杂志上看过这个叫什么的。你说，叫龙吸水。我又想说什么，你还不让我说。"

"是吗？有没有一种可能是，我有点没见过世面，看着这奇观，惊呆了？"

"反正你的表现不像以前的你。"

"以前的我是什么样？"

"碎嘴子、话痨。"

赵先生正要回话，却见不远处索巴大叔的女儿尕吉玛朝着他俩走过来。

张小姐也就收了声,迎上去问:"尕吉玛,你怎么来啦?"

"家里宰牛,喊你们回去吃肉。"

二人一听说有肉吃,眼睛顿时明亮起来,便罢了看风景的念头,扶起自行车跟着尕吉玛回去。

经过这几日的交往,张小姐和尕吉玛已经熟络得很,俨然一对无话不谈的好闺蜜,她挽着尕吉玛的胳膊在前面走,赵先生左右两手各推着一辆自行车在后面跟着。

张小姐已经从刚才的惊恐中解脱出来,问尕吉玛:"你刚才过来时,看到龙吸水了吗?"

"啥是龙吸水。"

张小姐连说带比画:"你在这里这么多年,都没见过吗?就是水面上忽然起了龙卷风,风带着湖水,像一条龙一样。"

"没有。"

2

回到索巴大叔家,两人才终于在阔别三四天以后,第一次见到能流利说汉话的人——大坑的工作人员回来了,来的三个人中,一个四十多岁,是个会计,名字叫潘安。另外两个,年纪跟张小姐和赵先生相仿,一个名叫柴林,长得白白净净,染着一头黄毛,看起来极其不踏实;另一个肤色黝黑,名字叫高峰,才二十来岁年纪,脸上却沟壑纵深,饱经沧桑,他爱笑,一笑就露出一口黄牙。

几人刚相互介绍完,索巴大叔家的"宰牲"仪式就开始操办起来。众人都噤了声,齐齐看过去。只见索巴大叔娴熟地在桌上供了三排酥油灯,一排七盏,合二十一盏。供酥油灯的时候,他的嘴里念念有词。后来跟老潘聊起来,二人才知道了他是在念经文。

索巴大叔左手拿着酥油灯,右手拿了一盘绳子,走出屋外,径直奔牛棚而去。

尕吉玛、潘叔、柴林、高峰也紧随其后,看他们的默契程度,大概这样的情形已经一同经历过很多次。

到了牛棚,索巴大叔在一头通体乌黑的牦牛身边停下来,先把酥油灯照在它的头上,念了七遍往生咒,然后又转到背上,再念七遍往生咒,接着挪到腿上,尾巴上,依次念下去,或许是这往生咒的加持真的起了作用,也或许是因为全世界九成以上的牦牛全都生在青藏高原上,以至于它们早把自己当成了这里的主人,所以面对即将到来的死亡时,它的眼神中丝毫没显露出恐惧,反而充满了对芸芸众生的怜悯。

牦牛就那么威武地站在渺小的索巴面前,和他对视着,索巴大叔似乎也读懂了它的眼神,他把酥油灯递给身旁的尕吉玛,然后握紧拳头,轻轻地在牦牛的脖子上一敲。

牦牛会了意,配合着躺下来,紧接着,索巴达叔把手里的那盘绳子打开,再把绳子的一端绑在牦牛的鼻子上,然后抓着绳子的另一端,沿着它的鼻子和嘴一圈一圈地缠绕,一圈两圈三圈,一直缠绕到嘴巴的最前端,把绳子打了个结,牦牛就变得不能呼吸了。

张小姐觉得自己仿佛就是那头牛,她眼角噙着泪还没来得及落下来,就看见一柄装饰精美的藏刀伸出来,刀尖抵住牦牛的脖子,轻轻地插了进去。

3

一个小时后,牦牛的身体被肢解为各种"宝物"融入了这个藏族家庭的日常。一切归于平静，刚才围着它的人们各司其职，索巴大叔和老潘在处理牦牛皮，按照藏族独有的工序，把生皮做成熟皮，未来有一天它可能是个牛皮口袋，用来盛放粮食或牛奶。柴林和高峰在灌血肠，他们显然很有经验，一把藏式搪瓷水壶灌满开水，壶嘴扎进肠子，一遍遍地清洗。尕吉玛和她阿妈卓玛一个烧火，一个添水，准备煮牦牛肉。

不过一盏茶的工夫，几人就互相熟络起来。老潘爱讲野史，赵先生也爱讲，于是两人就凑得近；高峰听说了张小姐会弹吉他，激动地赶忙跑进屋子，把自己那把走到哪带到哪的木琴拿出来，像是遇到了知音一般，追着张小姐切磋个没完没了；剩下一个柴林无所事事，先拉着马扎坐在赵先生和老潘旁边听故事，听烦了，就又去张小姐处听歌，等一切收拾停当，众人盘着腿坐在土炕上，两块牦牛肉、三碗青稞酒下肚，个个面红耳赤。

张小姐在一旁看着赵先生学贯中西、滔滔不绝的样子，心生欢喜，连手上弹的琴也自如起来，不过她唱的却不是藏族民歌，而是调竹弹丝唱起来，琴声悠扬。

从即墨回来后，赵先生就再没看到过张小姐摸琴了，即便是他向她求婚的那天，虽然吉他就在手边，张小姐当时也只顾得上梨花带雨。此刻的赵先生双眼迷离，再次听到张小姐这久违的、清雅绝丽的歌声，赵先生便痴醉起来，甚至感动，说不出是酒精上头或是其他缘故，一个大男人，竟然也悲悲切切地落了泪。

当然痴醉的可不止赵先生一个人，张小姐这一唱，也像一丝清风一样，撕破了青藏高原上稀薄的空气，令在场所有人的精神都为之一振。以至于刚才还觥筹交错一片喧闹，现在却只剩下孤绝的寒冷。

不过这种孤绝的氛围，却不适合在这种场合下长时间存在，尤

153

其是老潘这种看惯了白云苍狗的人，心底那点小遗憾便更不会轻易被翻出来，即便偶尔激起一点涟漪，也是希望迅速化繁为简、化有为无，尽快地遮掉为上。于是老潘又端起酒碗在赵先生的碗上碰了一下，示意他继续喝、继续聊，紧接着，别人的酒碗也都端起来，吵闹喧嚣，复旧如初。只有一个人，一直沉浸在这气氛里出不来，这个人却不是赵先生，而是高峰。

当初张小姐和另一个时空的赵先生一起去青海时，在索巴大叔家问及高峰的情况，索巴大叔说高峰成了个流浪歌手，听说先去了大理，后来又回了兰州，按照那个时空的时间线，高峰做流浪歌手，八成是受了张小姐极大的影响吧。

眼下的高峰，更是被张小姐的歌声感动得一塌糊涂，行为上就变得迷惑起来。他先是不停地问张小姐关于音乐方面的问题，譬如"只会十四个和弦，能不能弹唱一首歌曲"，张小姐说能，又譬如"对乐理一窍不通，甚至连谱子都不认识，能不能搞原创"，张小姐也说能，再比如"练琴的时候，是先练左手好还是先练右手好"，张小姐说一起练，高峰听了，点头如捣蒜。再接着，他从盘子里捞起一块牛骨头，用手里的藏刀把上面的牦牛肉一条一条，全部都拆出来堆放到张小姐的盘子里。又一杯接一杯地给她倒酒。一瓶子西海情见底，张小姐没什么事儿，高峰倒先醉了。他拉着张小姐的手，哭一会儿笑一会儿，甚至把头埋进张小姐的怀里，死活不动弹。幸好老潘和柴林稍稍清醒，扔了酒碗，费了吃奶的力气才把他拽出来，又回头看赵先生，见他也是一副醉醺醺的样子，二人只得一人搭着一个，一路晃着回客栈去了。

这一顿酒，从下午一直喝到了晚上，白日里一碧如洗的天空，在夜色的装扮下变得浓墨重彩，再加上在北京永远见不到的漫天星斗的点缀，这夜就显得更加妖艳。

柴林扶着高峰,老潘扶着赵先生,张小姐在后面跟着。

老潘跟赵先生勾肩搭背,又说:"赵啊,老板说,我们客栈的名字,不能叫康茂家的客栈,叫康茂家的客栈,太俗了。你有文化,你是文化人,你给起个好名字吧。"

赵先生大着舌头说:"我想想。"

高峰举起手,指着天上的一弯新月说:"张小姐,明天带你们去黑马河看日出,日出好啊,比这月亮,要圆满一百倍。"

赵先生接过高峰的话:"日出扶桑一丈高,人间万事细如毛。日暮东风怨啼鸟,落花犹似坠楼人。"然后颇为得意地咂咂嘴:"住日暮客栈,看西海日出,绝了,真是绝了,就改名叫日暮客栈吧。"

后面一直跟着的张小姐脸色一沉:"这名字,太熟悉了。"

4

回到客栈关上屋门,赵先生忽然清醒过来。他又开始像第一天来到这里那样,锁了门,又把那个床头柜搬过来,抵在门口,再掏出那把藏刀放在枕头下面,才算踏实了。

他走到窗前,站在夜色中,又点了一支烟,把剩下的半盒烟和打火机扔在桌子上。

张小姐见他有些反常,试探着问:"喝多了?"

"没有。"

"那你这是什么呢,又犯病了?"

"能犯什么病,我没病。"

张小姐不再问,也从烟盒里抽出一支烟点上,站在赵先生身旁,和他一样吞云吐雾。

赵先生从来没见过张小姐抽烟,转过头看着她:"你抽烟干吗?"

"陪你呀。"

赵先生虽然脸上不悦,却也没阻拦,只是把自己手上的半支烟掐了,掐完觉得不自在,又像失了魂,转身又从烟盒里抽出一根,继续点上。不过他运气不好,正赶上打火机没气了,他"咔哒咔哒"把打火机摁了十几个来回,打火机终于给了点面子,冒出几乎看不见的一朵蓝色的鬼火,赵先生赶紧抓住机会把烟头戳上去猛吸,一连吸了七八口,烟雾还没来得及吐出来。

一旁的张小姐却忽然提高音量说:"有话就说。"

赵先生被这突如其来的质问吓了一跳,那七八口烟雾也顺势带了惊恐,从他的嘴巴里、鼻子里争先恐后地跑出来。紧接着,他的咳嗽声就此起彼伏,像雨点一般砸进这寂静的夜色中。

咳了大概有三四分钟,他才缓过神来,眼泪鼻涕一大把,颇为狼狈地说:"我就是想问,你怎么跟他那么热络呢?"

"你说谁呢,是那个黑子吗?"

"对,就是那个黑子。高峰。"

"你吃醋了?"

"嗯。"

"至于吗?"

"你没觉得啊?他给你拆了一下午的肉,那肉堆得就像个坟圈子,我都没给你拆过那么多。"

"你又来了,你真是一点都没变。"

"拆完了肉还没完没了地劝你喝酒。我都不知道你哪来那么大的酒量,你啥时候练的?半瓶子白酒下肚,一点反应都没有?"

张小姐脸色忽然变得不好看起来,有些欲言又止,曾经在另一个时空里,赵先生沉迷在自己创造的虚拟世界中不能自拔,张小姐找大刘夫妇去北新桥那家叫兰溪的小酒吧喝酒,那段时间,她觉得全世界的酒都跑到自己的五脏六腑里了。可是酒精贯穿五脏六腑，她却觉得像白开水一样寡淡无味，除了多跑了几趟厕所，没有别的反应。她怕大刘夫妇不好意思，主动提出散场，然后无比清醒地把他们送上出租车，自己再返回酒吧二楼的露台，抱着个酒瓶子蹲在地上熬到天亮。这些过往，又怎么和眼前的赵先生说呢？她愣了半天神，才回答道："我也不知道。"

赵先生见她愣了神，就猜出她心里想必是翻江倒海又走了好几个来回，于是也不敢深究，语气缓和下来说："我没别的意思，吃醋也是次要的，我主要就是担心你。"

"担心什么？"

"很多吧，比如那个黑子……比如你喝了那么多，会不会难受呀，再比如那个黑子老是两眼贼着你，会不会有危险呀，什么的。"

"你看我跟他聊得挺开心，是不是还担心我跟他跑了？"

赵先生脸色一沉："那倒也不至于。"

张小姐不说话了，赵先生则开始收拾床铺，电褥子插上，洗脚水倒上，又伸手试了一下水温，觉得不够热，拿起热水瓶添了一些，再伸进手去，轻轻点了一下立刻就抽出来，脸上便露出满意的神情。然后他把墙角的小凳子搬过来，坐到张小姐面前，他抬起她的左脚放到自己的腿上，右手轻轻抓住她的袜尖，左手伸出拇指、食指和中指搭在袜口上，轻轻一褪，袜子脱下来，他又抬起她的右脚，依样脱了袜子，再试了一遍水温，才放心地把她的双脚放进盆里。

在张小姐的记忆里，虽然这是赵先生第一次给她洗脚，但是他这份驾轻就熟，却又让她感动到泫然欲泣。她把双脚并拢，任由赵先生的双手温和地揉搓，脑海里想的却是如何一本正经地把自己穿越了这件事，跟赵先生认认真真地讲出来。在这之前，她已经挣扎了无数次，她尝试着接受过现状，也试着找机会跟赵先生说过，可是每次想开口时,都被眼前的赵先生用"温柔的刀"给挡了回去。可是自从到了青海湖,连日来发生的事却让她再一次陷入迷茫,她甚至觉得,这依然是一场梦,她和赵先生,无论眼前这个赵先生是不是过去那个赵先生,他们又像三年前的第一次一样,重复着从溻闻路那间小屋,到即墨马山的巨石,再到青海湖的旅途。

她说:"亲爱的,我有些话想劝你,不知道该不该说。"

"我们俩都要结婚了,还有什么不能说的呢?"

"你知道不知道,你现在做的一切,都是徒劳的。"

赵先生低着头,继续帮张小姐洗脚,却没有回话。

张小姐继续说:"我之前跟你说,我是穿越回来的,你从来都不相信。现在,我想认真地告诉你。"

赵先生把张小姐的一只脚抬起来,也不管上面湿漉漉的水珠,径直放到自己的腿上。

张小姐面色发白,她说:"明天去黑马河看日出的时候,我们会遇到两个人,他们一黑一白,在黑马河边,我会被他们强奸,然后一切又回到原点。"

"我听不懂。"

"你不需要听懂,你只要记住我说的。"

"你说一黑一白,是高峰和柴林?"

"不是。在我的那个世界里,他们是我花钱请来为你演戏的。"

"我又听不懂了。"

"在我的那个时空里,因为我被强奸,还怀孕了。孩子又流产,你受了很大的刺激,生了病。"

"什么病?""重性抑郁障碍,就是抑郁症。你不相信你所处的世界是真实存在的世界,只相信你小说里描绘的世界,你几次都想自杀,点火、跳楼、没完没了地给自己灌酒。"

"为了给你治病，"她停顿了一下，"我把方法想遍了，我带着你一趟一趟地去找心理医生，给你催眠，给你吃药，都没有用。后来你变得越来越严重，你整天整宿地坐在窗前发呆，白天你说要看月亮，晚上你又说要等日出。"

张小姐边说边哭起来："你知道那时候我有多难过吗？我哪里都不敢去，不敢去上班，不敢去上厕所，我就那么日日守着你，生怕下一秒一个不注意，我们就阴阳相隔了。"

"后来呢？"

"后来我听说了个办法，说是得照着你的想法，还原你认为的所有所谓的'现实'，让你在你所相信的现实中找答案，所以我就拿着你的小说，按你小说里写的去演。"

"对不起啊，"张小姐又伤感起来，"我以前从来都没认真看过你的小说，看了以后才知道，你的内心是那么的脆弱，本来我只是想看看再做决定，可我看到你的小说里写，'王二的心冰得像个铁疙瘩，他说对呀，既然我这么不堪，你还跟着我干吗？求求你，你扔了我，你放我一条生路呀！'我的心就疼了，疼得要掉出来。我想，不管多难，我得配合着你把这部戏演下去，我回老家说服我表哥，我请大刘和闫姐帮忙，我又带着你来到这里，我请他们帮帮我，帮我把我这世界上唯一的亲人带回来……"

她越来越激动："整整三年了，我一遍遍带着你演，每演一遍，我的心就疼一次，可是每次从青海湖回来，一切又复旧如初。我以为这一辈子，我就要这么陪着你演下去了，可是我没想到的是，你却以现在这种方式出现在我面前，不，不是你出现在我面前，而是我，我以这种几乎不可能的方式，出现在了你面前……"

张小姐把一双脚从赵先生怀里抽出来想要抱住膝盖，可是由于她只有三分之一个屁股挎在床沿上，这一抬腿不要紧，重心不稳起来，身子就跟着往后一倾，要不是赵先生及时扶着，整个人就摔在地上了。

张小姐哭得越发放肆，边哭边说:"你看我，什么都做不好，你生病这些年，我一直觉得自己一定行，一定能把你治好的，可是你看现在，我连起个身都要摔倒，我真是太弱了……"

赵先生抱起张小姐，把她放到床上，替她擦掉眼泪，又帮她把被子盖上，再起身去取了毛巾用热水打湿，过来一边帮她擦脸一边说:"没事的，这不是都过去了嘛。"

"那你相信我刚才说的吗?"

"信，我从来也没说不信啊，不过……"

"你看，你还是不信。"

"我是这么觉得，既然你是穿越，你过去又经历了那些不好的事情。穿越嘛，总是未卜先知的，是不?"

"是的。"

"那我们干脆就不要让那些不好的事情发生了呗。"

张小姐迟疑了一下，回答道:"你是说，明天不去黑马河看日出?"

"对呀，明天我们就回西宁，从西宁再回北京。"

"嗯。"

"这个地方不可久留，我带你回家。"

"好。"

第十四章　对数螺旋

1

几个月后张小姐和赵先生坐在大刘的面前时,她仍旧记不起自己回北京前的那一晚到底发生了什么。赵先生问过张小姐很多次,她也不回答,反而摸着自己渐渐隆起的小腹说:"亲爱的,你说咱们该给孩子起个什么名字好呢?"赵先生起初还一本正经地应承她,也每日翻着《诗经》《楚辞》《康熙字典》一遍一遍地起名字,赵尔雅、赵清凌、赵若瑾、赵水竹、赵初岚……起了一二十个。

张小姐忽然说:"不对呀,你怎么起的都是女孩子的名字呀?"

赵先生说:"如果要生个男孩,就叫他赵二吧。"

张小姐说那不行,怎么也得对得起你这作家的名头呀。于是赵先生又开始翻书,赵安沐、赵蓦程、赵如辰、赵圣勤……张小姐不说满意也不说不满意,只是默默地把这些名字都记在小本本上,又让他继续起。起名字起累了,张小姐又疯狂地拉着赵先生逛街,买小衣服、婴儿床、买磨牙棒、买尿不湿,赵先生知道她是"筑巢行动"发作,也没有太在意,就那么日日陪着她,一直过了三个月。

可是有一件事,张小姐的反应却让赵先生有些疑惑。那就是自打查出怀孕以来,张小姐却一直拖着,没有去妇产医院建档。

赵先生问:"咱们为什么不去医院建档啊。"

"咱们都没结婚,拿什么建档啊。"

"那就先结婚好了,咱俩两个孤家寡人,连家长都不用见,结个婚,还不是分分钟的事?"

"再等等吧。"

"为什么?你不想嫁给我了?"

"不是。"

"我好像知道了。"

"知道什么?"

"我想起你在青海跟我说的你穿越的事儿。你是怕眼前的一切都不真实,忽然一切又回到你所谓的原点,对不?"

张小姐一双水汪汪的眼睛又望向赵先生,不说话了。

这以后,赵先生也不敢再问她,只是每隔一两周,就催着她、哄着她去医院做产检。

不过不建档去医院做产检,麻烦事儿添了不少,一是每次检查,都要把前面做过的各种检查结果全部带好,哪怕是少一个,就得重新做检查;二是每次去,都会排在已经建档的孕妇的后面,最后一波才能轮到他们,加之产科门诊男士免入,所以产科医生在诊室里说了什么、做了什么,赵先生不得而知,只是每次张小姐出来,都是一副心事重重的样子。

赵先生问:"怎么样,孩子健康不健康?"

"都挺好的,放心吧。"

诸如此类的对话又持续了两个多月,这两个月里,张小姐的肚子又大了一圈,赵先生有时候特别想去摸一摸,感受一下这个新生命的跳动,可是每次看到张小姐拒人于千里之外的样子,也只能犹豫着作罢。没几日又去做产检,整理东西、排队等候,流程照常烦琐,时间照常冗长。可这一次不同于以往的是,张小姐在诊室里却待了两个多小时,是往常检查时间的三倍还多。出来的时候,她的眼圈红红的,显然是刚刚哭过。

赵先生不敢深究,只是依例问道:"怎么样,孩子健康不健康?"

张小姐却说:"亲爱的,是不是到了我们去找大刘的日子了?"

"找大刘做什么?"

"给你看病呀。"

2

张小姐和赵先生一起坐在大刘办公室里,沉默如谜。

经过几个月的运营,大刘的心理诊所已经颇具规模,偌大的办公室里,二人各一张休闲沙发半躺在上面。大刘给二人倒了水,开始问赵先生一些心理医生常问的问题,比如:"你的生活作息情况怎么样,几点睡几点起,规律不规律,睡眠质量如何?"再比如:"你和家庭成员的关系怎么样,家里人有没有精神病史,自己之前有过心理治疗史吗?"都是一些日常。

张小姐在一旁听得有些无聊,就转过头四处观察,远处门口的接待台上,一个年轻人闪着一双狐狸眼,坐在那里,拿着个本子在上面写写画画,他是小刘。张小姐从来没跟小刘说过话,却对他熟悉得不能再熟悉,在她的记忆里,小刘曾是警察小刘、心理医生助手小刘,当年她请大刘帮自己演戏时,小刘义无反顾地加入其中,跟着赶前忙后,出了不少的力,那时候张小姐的心思都在赵先生身上,连句谢谢也没跟他说过,这时候想起来道谢,却怎奈时空交错,两人反倒成了陌生人。

这时,大刘和赵先生那些常规的话题已经聊得差不多了,缓了几分钟后,又问:"你的小时候,或者说你的成长经历里,有没有什么东西是你从来都不愿回忆的?"

"没有。"

"怎么会没有呢？从你对前面那几个问题的回答来推断，你应该是有这部分内容的。"

赵先生坚定地说："没有。"

"你再想想。"

"大刘，你他妈果真是个神棍啊！你跟我认识十年了，我有没有你不知道吗？"

张小姐想，一个是杏林春暖的心理医生，一个是重性抑郁症患者，这么严肃的场合，怎么还能开玩笑呢？正纳闷间，只见大刘清了清嗓子，一本正经地说："你，躺平。"

说完就走到窗前，拉上纱织的窗帘，窗帘的轨道发出沙沙的声响，声线断断续续，而赵先生躺在沙发上，应着这断断续续的声响，一瞬间就像一只猫一样乖巧，真的立刻躺平了。大刘伸出双手，距离赵先生的身体不到五公分，然后从头到脚，开始游动，那动作分明就像一个招摇撞骗的气功大师。

然而赵先生却一副迷离恍惚的样子，他眯着双眼看着大刘，在他的眼睛里，大刘成了一堆马赛克。

张小姐在一旁观察着这一切，也像一只猫那样乖巧，大刘让赵先生躺平，她也跟着躺平，大刘的手在赵先生身上游走，她也感到酥麻。她怕自己也被催眠，于是又转过头望着小刘。巧的是，小刘也在望着她，这是第一次二人四目相对，小刘的眼睛，眼型狭长，眼尾微微上翘，内眼角朝下，外眼角朝上，和丹凤眼相似，却又比丹凤眼更长一些，瞳孔虽小，却散发着朦胧的光，摄人心魄，是标准的狐狸眼。二人这么对望着，张小姐似乎能感觉到有一种强大的磁场，在他们短短几米的距离之间贯穿着，磁场里藏着成千上万根小到不能再小的绣花针，源源不断地刺到张小姐的身上，于是她的身体开始失重,呼吸也开始急促,她感觉自己轻飘飘地从沙发上坐起来,飘飘摇摇,回到了一千八百多公里之外的青藏高原上,那个镜花水月的夜晚……

那晚张小姐和赵先生打定了第二天回北京的主意,也就暂时踏实下来,早早地躺在了床上。可能是白天的酒精起了作用,躺下没一会儿,赵先生就睡着了,高原夜阑人静,独留张小姐在他的身边辗转反侧。她翻了几回身子,实在是睡不着,就起身开了灯,盖着被子靠在墙角独自发呆。她抬起头看着,他们的头顶,是用半米见方的石膏板拼接起来的天花板,天花板的上面,装点着菱形的格子,一个菱形连着一个菱形,每个菱形的边都凸起近半公分厚,与下一个菱形相交,一直延伸下去。

张小姐记得这天花板的样式,也记得再顺着看下去,墙角应该是那张蜘蛛网和那只恶魔一样的蜘蛛,于是她的目光移动、继续往前,可那蜘蛛此时却成了"薛定谔的蜘蛛",上一秒,张小姐仿佛还用余光扫到了它,然当她看向它时,墙角却在一瞬间空无一物了。

张小姐觉得奇怪,于是壮着胆子披了衣服站起来,轻手轻脚地跨过赵先生,下了床,走到墙角仔细观察,在这之前,她从来没有从这个角度仰望过,这时这么一看,才发现那些菱形的小格子连成一片,在整个天花板上织成了一张大网。

随着张小姐的观察,这张大网仿佛有了生命,它不再死气沉沉地笼罩在房间的上空,而是开始展腰伸脚,不停地变换着自己的形态。它以天花板的中心为圆心,向整个房间发散出无数条射线,就像是被某种未知的力量操控着,重新排列组合,织成了一张与蜘蛛网的形状完全吻合的大号蜘蛛网。张小姐闭上眼,一切静谧无声,好像什么都没有发生,等她再睁开眼,那些线条依然连绵不绝地跳动着,蜘蛛网变得更大,而且来自圆心的射线还在辐射,横跨的线条变得越来越长,已经马上要溢出房间。

张小姐禁不住好奇,或者是受了蜘蛛网的诱惑,跟着走了出去,一路上跌跌撞撞发出各种声响,她都顾不上管。出了门再抬头看,便见那张巨大的蜘蛛网已经笼罩半个夜空,孤单的月亮、漫天的星斗,以及星斗下面那三间颇具特色的房子,都像蜘蛛的猎物一样被网罗其中,毫无生机可言。就在几天前,张小姐和赵先生还趴在这三间房子的窗户上看过,里面有格桑花彩绘的炕桌、牛骨制的烟盅、牦牛皮缝制的袋子、五彩的哈达,还有编织着吉祥八宝图样的藏式地毯。尤其是那块藏式地毯,让张小姐最为青睐,趴在窗口观看的时候,她甚至想象过躺在上面的感觉,柔软也好,松厚也罢,总之是十分惬意的。

她情不自禁地走到房间跟前,摸了一把房门上的铜锁,不承想那铜锁像是被她施了咒一般,"啪嗒"一声,碎裂开来。紧接着,那些她心心念念的东西就一一陈列在她的眼前。

望着眼前那块地毯,她的紧张感渐渐缓解,她赤着脚走过去,踩在地毯上,果然是柔软、松厚、惬意。地毯上的绒毛是如此柔软温暖,就像天池的温泉一样从她的脚心灌进身体,然后游遍了全身。张小姐想在地毯上躺下来,好让这温暖,把自己包裹得更彻底一些。于是她躺下来,果然如她所愿,不仅是毯子的温暖包裹了她,就连毯子上的图案也在为她祝福,莲花祝福她冰清玉润、吉祥结祝福她遂心如意、金鱼祝福她自在解脱,白海螺又祝福她生生不息,在这些祝福的加持之中,白天索巴大叔宰牲时的那种梵音再次响起,绕梁不绝,梵呗圆音带了佛香,令张小姐身边的空气开始蒸腾,霎时间烟雾紫绕,然后透过这烟雾,佛光普照,法水长流,一只巨大的黑色蜘蛛,悄然出现在她的面前。

张小姐并没有觉得害怕,她甚至翻了个身,侧着躺在地毯上,和蜘蛛对视起来。

蜘蛛有八只眼，每一只眼睛都像一块被打磨得无比圆润光滑的黑曜石一样闪闪发亮，上面反射出张小姐的脸庞，八只眼睛，印出八张人脸。

张小姐开口说话，不知是对眼前的蜘蛛，还是对蜘蛛瞳孔里印出的八个自己，她说："你终于来了？"

蜘蛛不回答，它伸展着自己的四对足，缓缓往前挪了一步，由于它的体形太过庞大，大得像人类世界里一个两百多公斤、行动不便的胖子，所以即便是挪了这一步，都显得很吃力。它先用第二对足和第三对足死死撑住地面，然后凭着这两对足的力量，把自己庞大的身躯撑起来，身体微微前倾，在头和腹将倒未倒之际，又伸出第一对足，像抓住救命稻草似的，死死抓住不远处的地面，接着头和腹便死死地砸在地板上，发出一声巨响。

张小姐也觉得诧异，叹了口气说："你追我这些年头了，你也老了罢。"

蜘蛛不回答，它还没从自己刚刚制造的那声巨响中回过神来。它后面的三对足佝偻着贴着地面，看上去扭曲而痛苦。它像个步履蹒跚的老妪，花了很长的时间，足足有十几分钟，才把三对足一条一条地摆正。

张小姐见状缓缓坐起来："过去的那些事，我早就忘掉了，可是你一次次的出现，又一次次地提醒我不能忘记，我也不知道什么时候是个尽头，如果你觉得时候到了，就说吧，现在就说，一秒也不要等。"

蜘蛛螯肢微微地翕动，露出尖尖的螯牙，这套工具，本来是用来分泌毒液、麻醉猎物的，但此时它们微微地翕动，却像是在喋喋不休地说一些微不足道的故事，只是由于它刚才的移动费了太大的力气，光张嘴，不出声罢了。

"我不知道自己到现在身处何方，又要去往何地，在哪里终结。我甚至也不知道自己该怎么做，这么多年，每每我稍稍感受到一丝幸福的时候，你就出现了。对于你来说，这或许是一种'复仇'的本能，可是对我来说，却是实实在在的梦魇。"

蜘蛛听后沉默了几秒，又一次撑起了第二对足和第三对足。这次它没有往前爬，而是尽可能地把头和腹往高处抬起来。它的头和腹十分臃肿，两对足撑起来，颤抖不止，再加上这四条足的颜色是深灰色，看起来就像四根枯木，仿佛此时只要有一丝风吹草动，枯木就会断裂。

张小姐继续说道："既然是梦魇，我想，总有醒来的时候吧，算我求求你，就在今天，就在现在，让这个梦醒来吧，好吗？什么样的结果我都能接受，你想做什么都可以。"

蜘蛛似乎觉得自己撑不了太长时间了，它的头和腹颤抖得更厉害，甚至开始喘着粗气，随着喘息，那对螯牙也跟着上下微微翻动，在寒冷的高原上，喷出一片白色的气浪。

张小姐站起身来，抓起脚下的那块毯子披在身上说："你不说话，就是答应我了，那就来吧，所有的一切都由我来承担。"她说完这句话，整个世界就忽然变得四分五裂起来，她头顶蛛网开始断裂、四周的墙壁开始坍塌，房间里所有的物件都像失去了重力，在一瞬间向四面八方飘散而去，直至倏忽不见，张小姐和那蜘蛛也像经历了瞬间移动一样，站在了大坑最里面的那堵山墙下面，除了这两条纠结的生命，能辨别的，只有山墙上的偌大的六字真言和遍野皑皑的白雪。

张小姐把毯子裹得紧了些，闭上眼睛决绝地说道："来吧。"

蜘蛛好像对这一刻期待已久了，它缓缓伸出两只触肢，触肢的前端略略肿起，就像两只肉肉的小拳头。它把这两只"小拳头"在地上来回摩擦，张小姐甚至能听到那等它们摩擦时发出的声音，那就像小时候自己无聊时，拿着废弃的泡沫擦玻璃的声音，咯吱、咯吱……音量不大，却尖锐刺耳。伴随着这刺耳的声音，蜘蛛的螯牙也再次动起来，这次不再是微微地禽动，而是竭尽所能做最后的挣扎，螯牙由白变黄，接着再由黄变青、由青变黑，然后那只像拳头一样的触肢伸展开来，变成一把锋利无比的尖刀，尖刀闪着寒光，刺破夜空，恶狠狠地插进了张小姐的身体。

3

赵先生生病的那些年，张小姐满怀期望地导演着自己的生活，如此这般日复一日，犹如叠床架屋。有几回她入戏太深，甚至认为小说中描述的情节才是生活原本的样子，纠结了好一阵才走出来。按照那时候的惯例，每次带赵先生看完心理医生过几天，张小姐都要找个时间跟大刘单独聊聊，聊的问题，不外乎是"赵先生的病情严重与否、怎么治疗"等。比较尴尬的是，在这个时空里，张小姐和大刘只有一面之缘，而且上次见面时，大刘带给她的陌生感也让她望而却步。她内心挣扎了好几天，还是硬着头皮找了他。出于对病人家属的同情，大刘这次表现得却很友善。他先是拿出一个印着"帕罗西汀"字样的药瓶递给张小姐，告诉她什么时候给赵先生吃、吃多少、吃到什么状态可以停，事无巨细。说完又请她坐下来，给她倒了一杯水，耐心地等待。

"大刘，你是在等我说些什么吗？"

"是的。"

张小姐释然了，于是把上次来这里时，自己和黑色的大蜘蛛的那场亦真亦幻的梦讲出来。讲完以后问:"这在心理学上有什么说法吗?"

大刘沉默了一会儿说:"有。"

张小姐像是捡到宝似的:"你快说。"

"说这个之前,又要说到数学。"

"又是莫比乌斯环?"

"不是,这次这个叫对数螺旋。"

"怎么解释?"

"比如说你梦到的那张巨大的蜘蛛网吧,蜘蛛网的结构,在数学里的解释就是对数螺旋。靠着这种对数螺旋的构造,埋伏在蛛网中心的蜘蛛,能通过究竟是哪根网线震动,以及震动的强度,来判断猎物在哪个方位和距离中心有多远。"

张小姐好奇:"它是怎么做到的?"

"蜘蛛网的骨架是一个中心对称图形。骨架中心向外射出的每条线段距离相等,且均能在相反方向找到对称的另一条线。在近乎圆形的蛛网中间的圆心,称为极点。从极点辐射出去的蛛丝称为蛛网的半径,两根半径之间构成的上宽下窄的面,叫作蛛网的扇形面,连接两根半径之间的横线,我们称之为蛛网的弦,当……"

"算了,"大刘还在滔滔不绝,却被张小姐打断,"你说的这些太复杂了,我听不懂。"

"没关系,其实这也不重要,重要的是螺旋,心理学上的螺旋。"

张小姐皱着眉头,不明所以。

大刘接着说:"在心理学上,针对创伤后应激障碍、边缘型人格障碍、人格分裂障碍等各类症状,有一种叫'螺旋心理剧'的治疗方式。"

张小姐思考了片刻,试探着问:"你说的心理剧,是不是就是指……把自己的心理问题……演出来?"

"对，螺旋心理剧，又叫爱情心理剧，这种治疗方法是指，由病患将自己的心理问题，通过表演的方式展示给心理医生，表达出自己的内心的真实感受，在情景重现中培养和提高自己的洞察能力，从而走出困境。"

张小姐听他这么说，额头上就立刻变得冷汗津津，她小心翼翼地问："大刘，你还记得我们第一次见面的场景吗？"

"怎么能不记得，当时我正在装修，灰头土脸的，你说你是小海的女朋友，就那么不由分说地闯进来。"

"因为我当时，实在是有点迷茫。"

"你说的是穿越的事儿吧。"

"对。"

"可以理解，其实你这也算是创伤后应激障碍的一种，我后来从小海那里知道你家里的那些事儿……"

"你是说我爸爸和我奶奶的去世吗？"

"对，人在受到这种突如其来的刺激以后，有时候确实会怀疑身边的一切，甚至产生穿越的幻想，也不是不可能。"

张小姐皱着眉头："大刘，错了，我重点要说的也不是穿越，不是在跟你讨论穿越的真假和原因，我说的是你刚才讲的螺旋心理剧。"

"你听说过？"

"我要跟你说的是，在穿越这件事发生之前，三年多的时间里，我一直在践行你所说的螺旋心理剧，我忘了我是从哪里知道的这个方法，也许这也是你告诉我的，我记不清了。"

"另一个时空的我？"

"我上次跟你说过这些过往，你都忘记了？"

"什么时候说的？

"就是我第一次来找你那天呀,我们在离你这里不远的一家小酒馆里。你还给我讲了莫比乌斯环。"

大刘一脑门的问号:"没有啊。"

"你说真正的穿越根本是不是肉体层面的,而是意识层面的。你又说……"

大刘从桌子上的烟筒里抽出一支烟,站起来,转身背对着张小姐,深深吸了一口:"没有。"

4

坐在回北城的地铁上,张小姐一直在疑惑,她想不通第一次来找大刘时,后续在酒馆里发生的事到底是真是假。在她的记忆中,大刘是个专业的心理医生,他自律,杜绝一切可能让人产生依赖的身外之物,所以不抽烟,即便偶尔饮酒,也是和闫姐在一起陪张小姐。

可是今天大刘抽了烟,看他拿烟、点烟姿态娴熟,也不像是在她的面前刻意表演,所以眼前的这个大刘,跟张小姐记忆中的大刘甚或她上次见到的是不是同一人,不得而知。张小姐再打开自己的包,大刘上次用草稿纸做的那个莫比乌斯环,却完完整整地躺在里面,上面用圆珠笔画过的痕迹依然清晰可辨……

她低头打开手机,在百度里搜索"莫比乌斯",又搜索"对数螺旋",从一堆杂乱的信息里,闪出关于对数螺旋的一些案例,大到宇宙星系、海岛暴风、麦田怪圈,小到蛛网兽角、蜗牛海螺、指纹细胞……

回到家时,赵先生正躺在床上睡觉,听到张小姐开门的动静,他条件反射似的,腾地一下坐起来。

张小姐的脸色有些苍白,显然是对刚才在地铁上的一幕还是心有余悸。

赵先生察觉到,问她:"怎么了?这么晚回来,脸色又这么不好看。"

张小姐把大刘开的药放在桌上,又努力做了一下表情管理说:"没事,给你拿药去了。"

赵先生欲言又止:"你……"

"怎么了?"

"你真的确定,是我生病了吗?"

"是呀,不过没事的,这不是什么大病,按时吃药,慢慢调理就好了。"

赵先生摆弄着那几个药瓶:"我不太想吃。"

"听话呀,吃了药,就好了。"

赵先生低下头:"我真的没病。"

"别害怕,我陪你吃好了。"

说完不等赵先生反应,拧开那瓶帕罗西汀拿出两片,不由分说仰头吞了下去。

第十五章　上海往事（一）

1

"不能再这样下去了。"赵先生趴在大刘心理诊所的桌子上，五官扭曲，皱皱巴巴，像一张脱了水的湿纸巾。

大刘叹了口气："说实话，我也有点装不下去了。"

"她已经开始吃药了，可是她的肚子里有孩子。"

"药我换过，里面放的是维生素 B6，治孕吐的，这不是重点。"

赵先生抬起头来。

"兄弟，我不知道你出于什么原因要这么做，你不说，我也不问。可是我想告诉你的是，这条路行不通。"

"为什么？过去三年，她不都是这么做的吗？"

"不一样，过去三年，你的确生病了，虽然我的医学认知浅薄，但这点我敢肯定，可是这一次不一样。"

"我知道。"

"你不知道。你在她并没有生病的情况下，用所谓的'穿越'戏码，把她搞乱了，把你自己也搞乱了。"

赵先生不说话。

大刘接着说："第一次她来找我的时候，你让我假装成刚到北京的样子，我照做了。你让我像个神棍一样，给她讲莫比乌斯环，我也照做了。可是我不明白的是，上次你又让我假装这些事都没发生，这到底是为什么？"

赵先生埋着头，还是不说话。

"其实从三年前你生病的时候，我就有疑惑，可是我那时候也是个新手。我只是站在医生和患者的角度去理解问题。可是现在，结合我对你这么多年的了解，我更迷茫。"

赵先生抬起头，不知所措地望向大刘。

大刘俯下身，双手扶着他的肩膀："兄弟，我们相交十年，别把我当外人。"

赵先生终于绷不住了，他皱着眉头，两行泪水从眼角冲出来："她杀了人。"

2

说不清是为什么，虽然从青海回来快半年，赵先生总觉得好像从没离开过。

这半年，发生了很多事，一是他找了份工作，去了一家视频公司做运营，工作虽然枯燥乏味又常常熬夜，但好在薪水不低。另一件事，就是张小姐那漫长的孕期反应，据妇产科的大夫说，张小姐属于易吐体质，所以孕期反应较常人要激烈一些，但显然，二人都低估了这个"一些"。回来以后，张小姐变得对赵先生特别依赖，赵先生早晨去上班，张小姐会送他去地铁站，下班后，她又会去接他，所以整个潼闻路小区周边，处处都有张小姐扶着路灯抱着树桩孕吐的身影，有时候赵先生回得晚了，两个人走一路，张小姐吐一路，已经是深夜。赵先生想了很多办法，柠檬、苹果、李子、蜜饯、止吐糖、维生素 B6 给她买遍了，还是收效甚微。如此过了几个月，直到张小姐的肚子像个十几斤的大西瓜一样，沉甸甸地缀在身上，孕吐的症状才好转了些，由于行动不便，才罢了每天早晚接送他的行动。可是令赵先生没想到的是，张小姐却忽然撺掇赵先生看起心理医生来，而且不依不饶，必须照做，所谓一事未绝，一事又起，当真让他头疼。

可是这些头疼的琐事跟四年前青海湖发生的那一幕比起来，简直微不足道。

2011年，赵先生和张小姐第一次去青海湖，如同这次赵先生制造的穿越戏码一样，所有的一切都按部就班地发生着，一直到他们离开青海湖的前一晚。

那晚赵先生在康茂的客栈，也就是后来改名为"日暮客栈"的房间里沉沉睡去，就像个死尸一样没有一点意识。半夜里，他听到身边发出叮叮咣咣的撞击声，以为自己在做梦，便没有起身又睡过去，一直睡到外面的风声拍打着屋门，把大片的雪花灌进房间里。他醒过来，看窗外夜幕深沉，原本寂静的夜因为暴雪的到来也变得阴森可怖，一半是风声呼啸、悲悲切切，一边是雪花拍打、爆裂无声，像极了一支从无极之地闪现出来的异鬼军团一般，想要吞噬掉眼前所见一切，令人不寒而栗。

赵先生瑟瑟发抖，等他想起要给张小姐掖被子时，才发现她不知什么时候，早就消失不见了。

"然后呢？"大刘问。

"我很难想象那么重的柜子，他一个女孩子是怎么徒手挪开的。我披着衣服追出去，外面的风雪越来越烈，吹得人睁不开眼睛。我想喊她的名字，可是我一张嘴，风裹着雪，就像炮弹一样往我的嗓子里砸，发出的声音又被砸了回去。我眯着眼睛，从风雪的缝隙里仔细查看，东厢房、西厢房、耳房……我又转向正房，里面一如往常，独独没有她。我急得在房门上使劲拍打，那两扇门在当时挡在我的眼前，仿佛它们不是单纯的两扇门，而是要把我们阴阳相隔的地狱之门，于是我更加疯狂地拍打，拍到那把冰凉的锁头上时，它居然掉了下来。

"我第一眼就看见房间里那块地毯不见了，我的心开始猛烈地跳，那种将要失去她的情绪包裹着我，越来越沉重，沉重并且恐惧，我不知道她遇到了什么，充满了对未知的恐惧。我在房间环顾了一圈，没找到，就直奔后院。

"这时候风小了些，雪也渐渐住了，天开始放晴，月亮露出头，地面上积起厚厚的一层。我后来想，如果换一种情境，比如她没有消失，彼时彼刻我们一起站在雪地上看风景，是多么惬意的事情啊。可是当时真的顾不上那么多，我在那个大坑里四处游荡。我终于看见她——她侧着身躺在白茫茫的雪地里，那块编织着吉祥八宝图案的毯子盖在她的身上，露出一双脚。而他的身旁，一具黑色的尸体正直挺挺地躺在雪地里，一把藏刀插在尸体的胸口上。"

"选择性失忆。"大刘缓缓地说道。

"应该是吧。"赵先生清了清嗓子，从刚才回忆的痛苦中挣扎出来："但没想到的是，我这一忘，就是三年。"

"所以你就将计就计，编造出穿越的戏码，让她的生活重新来过。"

"是的。"

"你太幼稚了。"

"不是幼稚，是害怕。"

"可是事情已经发生了，总有一天要面对的呀。"

"你是旁观者清，你说我怎么面对？现在只有我知道三年前她杀了人，我甚至都不相信她记得这件事，她当时一定和我一样吓坏了。"

"不能这样下去了，你得找机会问她。"

"不能问。"

"为什么?"

"如果他本身就记得自己杀人这件事,那么这三年来,她心里一定反复了无数回了,我们的第一个孩子流产,她这三年带着我到处跑,得多大的力量才能支撑她度过这三年啊。终于熬到我恢复了,可是因为我的恢复,要打破这好不容易建立起来的平衡,我做不到。"

"那如果她也不记得这件事了呢?"

"那就更不能问了,如果我问了,她真的想起这件事的话,以她的性格,她一定要去自首的。可是现在的状况,她怎么去自首?我们已经失去一个孩子了,我不想再失去第二个,更不想失去她。可是说实话,我的内心也是纠结的,这就是为什么我明明第一次让你把她引导到莫比乌斯的路上来,后来又嘱咐你不要承认的缘故。"

大刘沉默了一会儿,"比起这些,还有一个更重要的问题。"

"什么问题?"

"她杀的这个人是谁?她为什么要杀他,你知道吗?"

赵先生不说话。

"你知道,对不对?"

赵先生还是不说话,他的头忽然疼起来,脑袋里开始闪现出一些奇奇怪怪的画面,只觉得先前经历的一黑一白两个影子又频频闪现。他们以影子的形式存在着,且又仅仅是个影子,五官却是面目全非。他使劲地敲打着太阳穴,又揉搓着双眼想要看清那影子的面貌,可是越这样,那影子反而越发地模糊,直至变成两个光点消失不见。再看他本人,细密的汗珠已经沁满了额头。

大刘见状,赶紧去倒了一杯水放在赵先生面前,也不敢再追问下去。

两人沉默了有十分钟,赵先生终于好些,大刘才说:"兄弟,我只跟你说两件事。第一件事,是上次你们俩一起来这里时,她的那个梦。现在可以明确的是，那个梦就是你所说的'杀人事实'的映射。那个大蜘蛛，大概就是那具黑色的尸体在她心里的投影，而且从梦的结局看，是蜘蛛把刀插进了她的身体，而不是她把刀插进了蜘蛛的身体，证明这件事在她内心是有罪恶感的，并且这种罪恶感伴随了她很多年。假如她原本就记得这件事，那么这种罪恶感迟早会吞噬掉她，假如她不记得这件事，那么经你们这次青海一行，她离回忆起一切的时间，也不远了。"

赵先生像失了魂魄似的，眼睛直直地盯着前方："我知道。"

"第二件事，我比较疑惑的是，当时她杀了人之后，你们是怎么处理尸体的。好吧，按照你们所描述的，不毛之地、荒郊野外、大雪纷飞，莫名其妙地死一个人，很难被发现。可是，有没有可能，有一天被发现呢？我想有这个可能，而且是极有这个可能。如果那一天真的来了，你怎么办？"

"不知道。"

大刘叹了口气："兄弟，亡羊而补牢，未为迟也。"

"我知道。"

3

从大刘的工作室出来，天色已经擦黑。赵先生茫然地走在街上，三魂失了两魂，七魄剩了一魄。他像个僵尸似的拖着沉重的双腿前行，鬼使神差般的，居然又来到当年两人第一次见面时的那个酒吧。上次为了让张小姐相信自己是穿越回来的，他还特意找到那位民谣歌手，复刻了一场当年自己跟张小姐求婚的戏码。如今再路过，就见院子里杂草丛生，酒吧的门上依然是那把链子一样的大锁，再无当年光景。赵先生觉得浑身酸痛，于是坐下来靠在门框上，闭上眼睛，回到2011年。

那天赵先生刚跟张小姐求完婚，从酒吧出来，张小姐害羞得低着头。他们俩漫步在院子里墨色的杂草丛中，风起，杂草飘飘摇摇，像极了两人并不确定的未来。她说："你看啊，杂草随风飘摇，像极了我在这花花世界飘摇的二十几年，我像风一样无根，这沉重的墨色又像我在幽暗的岁月中穿梭，永远见不到光。"

"怎么了？忽然说这些。"

"忽然觉得，有好多的话想和你说。"

"我，算是你的光吗？"

"当然。"她顿了顿，又说，"不单单是因为你跟我求婚了。"

"我知道。"

"你还记得我从酒吧辞职那天晚上的事吗？"

"记得，那是我们第十九次见面，除了第一次见面是偶遇，剩下的十八次都是我故意的。那天你拉着皮箱坐在我的对面，一口气干了一瓶啤酒。"

"我们从酒吧里走出来，穿过荒草丛生的院子，你在前，我在后。走到门口，我第一次跟你说话。"

"嗯。"

"你不知道的是，我们的身后，还跟着两个影子，他们一黑一白，就像一对无常。"

"这一黑一白，就是一直纠结在你心底的东西，是吗？"

"他们不是东西，是人。"

她说这话时显得无比平静，比以往任何时候提到那一黑一白都要平静，像一面墙。"在认识你的一年前，也就是我十九岁那年，我第一次离开即墨，去上海找我妈妈。那之前的事，我爸去世的时候，我跟你讲过。"

"我记得。"

"上海好大啊,街道干净整洁,人人精致得体,却又满眼冷漠。我妈妈也很冷漠,她甚至都不跟我在一张床上睡,她住的地方有个小阁楼,我去了,她就把我安排在床上,自己去小阁楼睡,有时候下起雨来,阁楼漏雨,她不得已跟我睡到一张床上,但即便那样,她也是用睡衣把自己裹得严严实实,跟我隔开了十万八千里。

"她去阁楼睡觉的时候,总是不忘拿一把剪刀压在枕头下面。这是我们老家的习俗,一个人睡觉,怕做噩梦,就会给枕头下面压一把剪刀。我不知道对于我妈来说,她的噩梦是什么,只是她的反常、她的冷漠,让我觉得冰冷无比。

"我妈离家出走那年,我才六岁,中间她回来过几次,买书包、文具、吃的,还买了那时候只有大城市才能买到的俄罗斯方块游戏机。她背着鼓鼓囊囊的书包,从上海坐火车到青岛,从青岛坐大巴到即墨,再从即墨坐船到田横岛,一路风尘仆仆终于在我的跟前蹲下来。可是我把她的书包接过来,随意地丢在一旁,连妈妈都没有喊,转身就提着小桶和铲子去挖猫眼螺了。在我的心里,猫眼螺、蛤蜊、果丹皮、跳跳糖、小人书、跳房子,还有小伙伴们和我的奶奶,才是我的世界,而我的父母,一个流浪去了,另一个忽然出现在我眼前,就像个陌生的天外来客一样,让我充满恐惧。"

"我懂。"

"可是十九岁那年,我忽然就懂了我妈当时的处境,你想啊,一个女人带着个那么小的孩子,老公欠债东躲西藏,债主时不时上门逼债,甚至那讨债的人,还对我们动手动脚。要不是我奶奶拼了老命拿剪刀把那些人吓跑……你说那时候,我爸爸又在哪里呢?"

"你自己呢?你对那时候的记忆还深刻吗?"

"深刻,其实好多人会说,五六岁的小孩子,能懂什么呢?我不这么认为，可是实际上孩子的能力是你无法想象的，只是他没处在那样极端的环境中而已。我记得之前看过一个电影，名字我忘记了，里面讲一个婴儿生下来，就是一副百岁老人的面孔，身边的人都在逐渐老去，而他却越来越年轻，最后一刻，他又变成一个婴儿，安详地死在爱人的怀中。

"在孩子的眼里，我们什么都装不了，成人世界里的那些追名逐利、爱恨情仇，看似跟他们毫无关系，可或许，他们早就把这一切看透了，他们甚至觉得我们幼稚，只是从来不点破而已。"

"有一种说法是，时间是倒流的，我们这一生忙忙碌碌，其实不是为了走到终点，而是回到最初的起点。或许每个孩子的内心里，都装着一个苍老的灵魂吧。"

"说远了。"

赵先生笑笑。

"我们总是这样，从一个话题扯到另一个话题，永远有说不完的话。这或许就是在茫茫人群中，我一眼就看见你的原因吧。"

"我也这么觉得。"

"十九岁那年我离开即墨，去了上海。可是我妈妈的生活状态，却让我意想不到。十几年前讨债的上门对她动手动脚，她接过我奶奶的剪刀跟人家拼命，十几年后为了生活，她却主动对别人投怀送抱。"

"生活是一把刻刀，不到最后的那一刻，你永远不知道它会把你雕琢成什么模样。"

"我妈妈住在一个小小的弄堂里，白天里，在一个商场卖化妆品。卖化妆品嘛，总是要先把自己收拾得精致一些。"

"这无可厚非。"

"可是就这个无可厚非，变成了所谓的'招蜂引蝶'。"她接着说,"我不知道弄堂里的那些沪上老阿姨们之前怎么看她,反正我去了之后,常常听到她们在阴暗的角落里窃窃私语。"

"说什么?"

"她交往的人。我妈妈交往的人。"

"就是那一黑一白?"

"是,也不是。"

"那黑色的,是一对父子,我不清楚他们是什么地方的人,在上海多久了,但是看到他们的第一眼,就知道他们和我妈的关系不一般。他们父子二人在弄堂口开着间食杂店,卖烟酒饮料。我妈白天去上班,晚上回来不进家,总是先到那间食杂店,有时候是放几只醉虾过去,带几只生煎回来,又有时是放两碗咸浆进去,带一打小笼包回来。

"我问过她,和那对父子,到底是个啥关系。我妈说,就是你看到的关系喽。我又问,他那儿子,我觉得有点不太正常,是不是有什么毛病?我妈叹气,说有自闭症。

"说真的,如果没有后来发生的那些事……我问我妈为什么不嫁给他,我妈却不正面回答,只叫我快些回老家去,她说,上海这个地方,不是什么人都能待得住的。

"我妈让我回老家,其实是因为两件事。我先说第一件。我小时候生活在田横岛上,五岁之后,我爸到处躲债不回家,六岁之后,我妈也离家出走了,我和我奶奶相依为命。在我童年的岁月里,跟我关系最要好的,是我表哥。青春期那几年,我表哥留着长头发,听着黑豹乐队,也开始学着搞摇滚。他缠着我舅妈给他买了把吉他,买完之后练了几首Beyond乐队的弹唱,然后早恋了,吉他就不弹了,于是那把吉他就送给了我。我摸着那把吉他,好像找到了救命稻草,开心时,不开心时,都会拨弄它,十九岁那年去上海,我也是背着我的吉他。

"我跟我妈说,我想在上海找个工作,酒吧驻唱也行。我妈说,酒吧驻唱可以,但不要在上海长住。我说,我一直想问你个问题,小时候你没陪我长大,每次你回去看我,我都不怎么搭理你,我看见过你转过脸偷偷抹眼泪。可是如今我来了,你怎么反倒一直在催我走,你这不是叶公好龙吗?我妈听了难过起来,迟钝了好一会儿说,不是我不留你,实在是因为……我看她欲言又止的样子,也就没再多问。

"不过她说她的,我做我的。我想我要去酒吧驻唱,就不能怕观众,于是白天我妈去上班,我就拿着吉他在弄堂口搬着个小板凳练琴。隔壁食杂店里,那父子俩,儿子自闭症又犯了。他站在父亲的面前,疯狂地捶击着自己的腿,啪啪作响,好像那腿,跟他有什么深仇大恨,一顿捶下来,他的膝盖大腿都红了。

"父亲看着自己的儿子,心疼地拿出一块糖剥开了,塞进他的嘴里,儿子就安静了。可是等那块糖吃得差不多时,儿子又暴躁起来,这次他捶自己捶得更厉害,甚至嫌用手不过瘾,还从门后面拿出拖把,使劲在身上敲啊敲,这样不消三五下,他身上就青一块紫块,就像一头鼻青脸肿的河马。父亲急得要哭出来,他上前一面夺走拖把,一面安抚着儿子的情绪,可是他这不安抚不要紧,越安抚,那儿子反倒越反抗,又生气自己手中的拖把被夺走,这次不打身体,反而打起脸来了。父亲急得像只老猴子,转过头,就看见了正在一旁看着的我,也看见我手中的吉他。他拉着儿子走到我的跟前,操着一口浓重的北方口音跟我说,宝贝不闹了,你看呀,你看姐姐手里是什么呀。说着抓着儿子的手拨了几下我的琴弦,然后跟我挤眉弄眼,示意我赶紧弹上一曲。

"说来也怪,我战战兢兢地弹了一首《Adelita》,那小孩子就像中了魔法似的，突然就安静下来。一个看起来只有十六七岁的自闭症少年，就那么略显憨厚，乖巧安静地注视着我。他的父亲在旁边观察着这一切，眼神中的内容复杂，甚至比多年以后我们在青海见到他的那天，还要复杂一百倍。

"这以后，每次我坐在弄堂口练琴的时候，那孩子就乖乖地搬着个小板凳坐在我的对面，我演奏时，他安静得像一只鹌鹑，我停下来时，他就欢呼雀跃，像一只枝头上的麻雀。每一次演奏完，他甚至还会情不自禁地鼓掌，伴随着陶醉的笑容，连他爸爸也跟着笑。"

"如果时间只停留在这一刻，就不会有后续的那么多事情发生了。"

"可是那样的话，我就遇不到你了呀。"

赵先生叹了口气："我宁愿你没有遇到我，有时候自己一个人发呆，就想起蝴蝶效应来，蝴蝶在亚马孙热带雨林里轻轻扇动了一下翅膀，两周后，远隔万里的地方就掀起一场巨大的龙卷风。"

"如果我们总是因为害怕这些而徘徊不前，听天由命、漫不经心，那也太消极了。"

"你说得对。"

"我接下来讲第二件事。"张小姐接着说，"那十六岁的自闭症少年成了我的忠实粉丝之后，给我妈带来很大的便利。我不知道我妈之前跟他们到底是什么样一种关系，只知道两个信息，一是我妈每天下班都会从食杂店里拿一些吃喝日用回来，二是，我从那些老阿姨的口里得知，我妈那时住着的房子，是那对父子的。那件事之后，我妈每日下班回来，从他们的食杂店带回的东西总是比以往多一些或者好一些，又过了几日，食杂店的老板还主动上门，帮我们把屋里坏了好久的灯泡、水管、桌子角、柜子腿，能修能补的，都修了个遍。我客气地谢谢他，他就抬起头，眼神毫不避讳地看着我，又是那种眼神。我该怎么形容那种眼神呢？初看之下，他是朦胧甚至浑浊的，但是在这朦胧和浑浊的后面，给我的感觉总是藏着一种让人觉得恐惧的东西。"

"不好的先兆？"

"对，后来证明是的，而且这种不好，很快就发生了。"

"这么过了大概有两三个月的光景吧，我出去找工作屡屡受阻，酒吧驻唱看似是个平常的职业——我唱歌你消费，可我去面试，老板问我的第一句话往往是，能不能喝酒？能喝多少？所以这让我觉得很丧气。我跟我妈学了，我妈说，这世上哪有那么多容易赚钱的事，不过都是痴人说梦罢了。于是我带着我的梦想，日日就在弄堂里弹琴消愁，来来往往的行人，尤其是街坊四邻见了我，都是一副鄙夷的眼神，只有这对父子陪伴着我，那个少年，就像个小跟班，我在哪里他在哪里。"

"然后呢？"

"那年的上海特别热，我记得是七月底，气温到了39.6度，据说那是自1934年以来第三次出现异常高温情况。早晨起来，我发了一上午的呆，然后弄了口饭，又把我仅有的几件夏衣都洗了，时间已经是下午两点多，我只穿了内衣躺在床上，不一会儿就睡着了。这一睡，就睡了一整天，我做了一个长长的梦。"

"你不是梦见我了吧。"

"我不知道梦里那个人是不是你，但是他的轮廓确实是你的样子。我梦见我们……"她停顿了下，"就权当真的是我们吧，我梦见那是一个傍晚，夕阳西下，霞光万丈，我们一起坐在一列火车上。火车是普通的绿皮火车，我靠在你的肩头上，在火车轰隆隆的响声中，觉得温暖踏实。梦里的我不知道我们去哪里，也不想知道。只是不停地在问你，亲爱的，你准备好了吗？你说，早就准备好了呀。

我听你这么说就笑了，我说真的是难为你了，为了我，做出这么大的牺牲。你说没事的，因为我爱你呀，你不是总是喜欢问我爱不爱你，爱不爱你，我说爱。我们一起来，一起走，就是这世界上最深沉的爱吧。我点点头，你就也笑了。你的笑容特别好看，是我这辈子见到过的最好看的笑容，落日的余晖透过车窗照在你的脸上，还在你的头发周围镶嵌了一层金色的轮廓，你就像是有着高超技艺的画家画出来的一样，好看得几近完美。

"我们俩正这么互相对视，沉浸在幸福中笑着，忽然火车一个急刹车停了下来，我吓得赶紧抱紧你的胳膊，几乎是在同一时间，我的胸腔感到被什么东西重压了一下似的，呼吸变得无比困难。我断断续续地跟你说，亲爱的，我喘不上气来。你却笑着告诉我这是正常反应，不信你看大家，他们都是这样。等我抬起头看周围，我看见身边坐着的，除了咱俩以外，竟然都是动物，狐狸、蜘蛛、蝉、野马、野牛、野猪……甚至还有一只巨大的蜘蛛。我恶心坏了，转头望向窗外，才发现我们火车的轨道下面空空如也，而我们和这一车的动物，就在这黄泉路一般的铁轨上，悬空着，飘向未知的远方。"

张小姐讲这个梦时，语速变得越来越快，讲到最后，整个人又好像沉浸在十几年前的这场梦中，汗水流下来，她急于寻找一个依靠，于是拉着赵先生的手，一头扎进了他的怀里。

赵先生搂着张小姐，轻抚着她的背安慰着她，口里念着："没事没事，那是梦而已，不是真的。"

张小姐在赵先生怀里缓了一会儿，又接着讲起自己的故事来，她说："我接着说吧。"

"你再歇会儿吧。"

"没事了。"她坐起来，"等我醒来，高温加恐惧，出了一身的汗。我缓了好一会儿，后起身去窗户跟前看了看，我上午洗的衣服已经干了，外面也是夕阳西下，跟我在梦里的景象一样。我穿好衣服，准备下楼去接一下我妈，平常这个时候，我是不去接她的，可是那天可能是因为那个梦做的，我有点不敢独处。我下了楼，走出去，就远远地看见我妈拎着一袋子生煎，一瘸一拐地从弄堂口的食杂店里走出来，夕阳西下，霞光万丈，霞光照在她的脸上，我看得清清楚楚，不光看到了她一瘸一拐的腿，还看到了她鼻青脸肿的五官。

"我赶忙走上前迎上她，急切地问，妈，你怎么啦？我妈说没事，今天去仓库拿货的时候，从梯子上摔下来了。我查看了她的腿，又摸了她的脸。虽然这么多年我们互相之间一直很冷漠，可是我去上海那几个月里朝夕相处，再加上本来就母子连心，看着她的样子，我真的有点心疼。我甚至落了泪，我问她，疼吗？我妈把生煎递给我说，不打紧，家里有红花油，吃完了你给我搽一搽。

"回到家吃完饭，我拿着红花油给他搽伤，才第一次发现，她的身上有很多旧伤疤，我能分辨得出的，有刀伤、烫伤，还有那种三角形的伤疤，不知道是什么。我问我妈，你身上的伤都是怎么来的？我妈没回答，却反过来跟我说，闺女，你也来了这么久了，情况你清楚，上海，真的不好待呀。我说是啊，为什么连个工作都找不到呢？我妈迟疑了一会儿，又说，不然你回老家去，看看有啥别的机会吗？

"我这才反应过来，停下来问她，你是赶我走的意思吗？她没有说话。"

赵先生说："也许，她也有她的难处吧。我是说那些伤疤，你后来问过她没有？"

"没有，没有机会，不过我也能猜到是那个食杂店的老板干的。

第二天一早我就收拾行李走了,我故意摔摔打打,做出一副着急的样子,甚至连阳台上晾着的内衣裤都忘了收走。我妈则在身后默默地注视着我,眼神中充满了愧疚却丝毫没有挽留我的意思,那一刻我真的挺绝望。"

"你走了,对她也许是个解脱。"

"我也没有走,我还待在上海,我放弃了驻唱的想法,去了个早教机构,教孩子们弹琴唱歌。其实后来做了教育行业,也跟我那段时间的经历分不开,尤其是那个食杂店的自闭症儿子,他像只小猫似的,温顺地蹲在我面前听我弹琴时的样子,让我真的觉得,好像只有小孩子,才能让人开心。"

"那个食杂店老板的儿子,从某种意义上说,也算是个小孩子吧。"

张小姐深深地呼吸了一下:"嗯。可他毕竟十七岁了。"

第十六章　上海往事（二）

1

"大约离开我妈半年之后，我终于在上海这座魔都稍稍立住脚。那时候我以为，我一辈子都要待在那里了，对上海这座城市，我说不上喜欢，也说不上讨厌，只是知道在不远的地方，有一个你惦念的人。她是我妈妈，尽管对我的到来，她感到意外、惆怅甚或惊慌失措，但我身上依然流着她的血，亲情，斩不断。我稳定下来以后，试着给我妈打了电话，她没接，我给他发了信息，告诉了我的近况，她也没回。我没有生气，一想到我给她搽红花油的那天，看到她满身的伤疤，我就生不起气来。我猜那就是食杂店的那个黑面老板打的，只是她不愿意告诉我，或许她的委屈、她的难言之隐，一时半会儿没办法告诉我吧。以我的打算，我想在这边立住脚，攒一些钱，就把她接到我的身边，再仔细问一问她这些过往。"

"你想得对。"

"可是想要稳定下来谈何容易，这一拖，就拖了半年之久，还没等我去找她，她倒先找我来了。"

"你妈妈？"

"不是，是那个男的，那个面色黝黑的、食杂店的老板。"

"他？"

"对，那天我正在给孩子们上课，课上就有学生告诉我说，窗外有人。于是我朝窗外望去，远远地就看到他像一根光秃秃的树桩似的立在那里。等下了课我走出去，他赶紧快走了两步，迎上来。我问他是不是有事？他说要我请我吃饭。我一再拒绝，但他仍然坚持，甚至伸出手来准备拉我。我四下看了看，别的班级的老师也已经陆陆续续下课出来了，我怕被人看见，就勉强答应他，带着他到了附近的一家烧烤店。

"他倒是真来吃饭的，点了很多烤串，还点了几瓶啤酒，狼吞虎咽。我说，好了，有什么事，现在你可以说了。他一面说着不急不急，一面又继续吃喝起来。

"这个人究竟是个什么背景，我从来没有问过我妈，但是从他的吃相来看，我判断他绝对是本地人口里的'乡唔宁'吧。果然，两瓶酒下肚，他那种所谓乡下人的实在就暴露出来，红着眼跟我痛陈家史。他跟我说他是兰州人，他妈是上海的知青，他爸是兰州当地人，就是那个年代常见的那种，知青落难依附于当地人，结婚生子，知青返城离开当地人，杳无音信。不过他是幸运的，他母亲回到上海以后，没有再婚，到去世的时候，给他留下两处房产，就是我妈住的那个地方和他的食杂店。

"不过这幸运中，也有两处不幸，一是他有个自闭症的儿子，老婆生孩子的时候，难产死了；二是他妈的遗嘱里写得清清楚楚，让他在上海生活够二十年，才能把房子继承给他。因为如此，他才在上海待了那么久，我去那年，他正好住了十三年，按时间倒推，他应该是和我妈差不多的时间去的上海。

"我看着他滔滔不绝的样子，心里多多少少有些鄙夷。我心想，他母亲之所以让他在上海生活够二十年，有八成的意思也是让他能融入这个城市，给后代一个好的归宿，可是如今看来，十三年过去，他的底色依然没有褪去。我问他，你到底有什么事，快说吧。他又干了一杯啤酒，却忽然给我跪了下来。

"你知道当时我们所处的环境吗，烧烤店里，正是晚上六七点钟，霓虹闪烁，所有的档口都开始陆陆续续聚集客人，他就那么哭哭啼啼地跪下来，搞得我很尴尬。他哭天抹泪地跟我说，求求你啦姑娘，你能不能回去。他说我走后弟弟很难过，他每天搬着小板凳守在你家门口等你，一等就是一天，等不到了就自己打自己，我真的是没办法了。求求你，你回去住几天，看看他好吗？

"对那个自闭症的孩子，我虽然有那么一点怜悯之心，但绝对不足以让他说服我。我扶着他起来，我说你别这样，你有什么起来说。他喝多了，他说，你答应我，姑娘，你不答应我，我就不起来了。我说，那你就跪着吧，然后我转身就走。他见我不吃这一套，就赶紧站了起来。可是虽然站起来，他的'控诉'却没有停止，他又说，你妈妈也想你呢，她跟我说，她后悔了把你赶走了，她跟我说，她扔了你十三年，可是却只跟你团聚了四个月，那天你走了，第二天她就后悔了，她想让你回去，只是不敢跟你说……

"他借着醉意，声音越来越高，又一下子戳中了我的软肋。现在想来，一个年近五十的中年男人，在上海这座魔幻的城市生活了十三年，形形色色的人不知道见了多少，虽然他看起来憨厚，但是对付我，显然是绰绰有余。我没办法，只能跟她说，我考虑一下。可他还是不信，他索性又跪了下来。说实话，即便他不这么纠缠，在她提到我妈的时候，我已经心软了，我在那里住了四个月，又离开半年，时间已是深冬，马上就要春节了，我本来也有去陪我妈过个年的打算，再加上他又这样不依不饶地在人流如潮的饭店里吵吵嚷嚷，给周遭食客的感觉，就像是一个年迈的老父亲在恳求自己离家出走的女儿回家。我实在没办法，只得又把他扶起来，答应他第二天回去。

"我答应了他,他就立刻平静下来,好像刚才跪地撒泼、声泪俱下的那个人不是他。他从桌上又端起一杯酒,仰起脖子一饮而尽,然后在桌上留了一百块钱,转身离去。夜色涌动,我看着他的背影在人流中穿梭,就像一条地狱恶犬。

2

"第二天下午我回去时,我妈还没有下班。我进门放下东西,朝那阁楼看了一眼,阁楼的门上,拴了一把巨大的锁头。我心想,我不回来也倒好,省得我妈睡阁楼了。东西放好后,我看看时间不过六点,天空阴云密布,似乎马上就要暗下来。我准备去买些吃的,安心等我妈回来,可是刚一下楼,那少年就忽然出现在我的面前。"

赵先生问道:"他一直守在楼下等你?"

"不知道,我进来的时候还没见他,他就像个幽灵一样,忽然出现在我眼前。半年不见,他又长高了一大截,比我还高半头。他就那么站在那里,在这个寒冷的冬天里,笑容温暖而真实。其实我一直以来都没那么讨厌他,他的内心从来没有任何的伪装,开心时,他就温暖地笑,不开心时,他就用捶打自己的方式来表达愤怒。看他笑着,我也笑了。我问他,你想姐姐啦?他点点头,口里重重地发出'嗯'的一声。我又问她,都是怎么想的呀?他笑得更开心了,拉起我的手,一溜小跑冲向他们的食杂店。

"从我妈住的地方到弄堂口的食杂店不过几百米的距离,但是他拉着我,仿佛是在走自己的一生,他高兴得手舞足蹈,这时天公也照拂着他的开心,颇为配合地下起雪来。南方的雪和北方的雪不同,我们北方的雪花,每一片都是轻飘飘的,像鹅毛,落在身上毫无知觉。可是南方的雪却显得很厚重,你能明显地感觉到它砸在你身上的重量感，而且伴随着空气中焦灼的湿气，雪花有一股发霉的味道。

"大约跑了三四分钟，他终于拉着我进了自己的房间，然后停下来。我问她，怎么啦？他望着我，低下头，又抬起来，伸手指了指自己的床铺。我说，什么呀，拿出来给我看。他又笑起来了，神神秘秘地走到自己的床铺前，掀开枕头，就像要给我什么惊喜一样，双手在枕头下面一阵捣鼓。可是当他转过身来，举起手里的东西时，我却蒙了。"

张小姐停顿了几秒，"他手里举着的，居然是上次我走时，晾在阳台没收走的内衣。"她又停顿了几秒，"而且那套内衣上面斑斑点点，沾满了口水和体液的印记。很显然，我不在的这半年，他一直把它藏在自己的枕头下面，一个十七岁的少年，虽然有自闭症，但也实实在在是一个生理发育正常的少年。现在想来，每一个少年在自己青春期的时候，都做过类似的事情吧。可是当时的我，脑袋里只装着两个字——恶心。

"我错愕地张大了嘴，但是他却一点都察觉不到我的变化，他兴奋地举着内衣，在我前炫耀。他向前走了一步，试图把内衣还给我。然而就在他伸出手的那一刹那，我终于再也忍不住。我扬起手，一巴掌打在他脸上，大喊变态！

"他应该完全没意料到我这么做，两行眼泪唰地顺着眼角流下来。不过他可能觉得我那一巴掌是幻觉，虽然脸上生疼，流着眼泪，还是本能地克制了，他又举着我的内衣，一步一步向我逼近。我被他吓得往后退。也许是刚才我打的那一巴掌的痛感袭来，也许是我抗拒的眼神伤害到了他，他又恢复到之前发病时的模样。眉头紧皱，表情变得扭曲，他开始一面捶打着自己，一面又向我步步紧逼。湿冷的南方冬日，我脸上泛出一层又一层汗水。紧接着，他好像忽然看见了什么，一个箭步冲过来，准备抱住我，我本能地转过身，拔腿就跑，却没想到迎面一记闷棍袭来，敲在我的头上，我就什么都不知道了。

"等我醒来时，天色已经完全暗下来。我被关在阁楼里，窗外是纷飞的大雪，身边是我妈，这种场景我只在电影里看到过。我俩被绑在凳子上，毛巾堵着嘴，我以前看电影时，一直认为用毛巾堵着嘴时，是起不到噤声的作用的。我小时候自己还试过，用舌头一顶，就出来了。可是直到被堵上了我才知道，那叠得厚厚的一卷毛巾，蘸了水，就像块木头似的插在嗓子眼里，别说说话，就连呼吸都觉得困难，再加上我刚刚从晕厥中清醒过来，头剧烈地疼，像是灌了铅。

"我稍微侧了下头，看向我妈，她的眼神空洞，看不出半点活人的样子。我试着发声，我想说，妈，到底发生了什么？可是我竭尽全力，嗓子里发出来的，却只有呜呜的嘶哑声。听不到自己说出来的话，我情绪就有些失控，身体也开始乱动起来。可是绳子在我身上捆得很紧，我越挣扎，它就和我的身体摩擦得越厉害，没过一会儿，身上就起了血红的勒痕。

"我妈清醒过来，她看着我，眼泪掉下来。她一面试图用脚够到我，一面拼命地摇头，示意我不要动。我看着我妈苍老的脸，她的眼角处爬满皱纹，每一道皱纹，都像是被这无情的生活撕裂的伤口一般。

"我大约挣扎了有一个小时，终于精疲力尽，停了下来。窗外的雪已经停了，天气渐渐放晴，雪气包裹着空气，反射着月光，把外面的世界变得很明亮。跟这座黑暗的阁楼相比，似是两个世界。我眼神飘忽，紧紧地盯着阁楼的那扇门，我当时想，不管是谁，食杂店老板，还是他自闭症的儿子，不管是谁，他们进来一个就好。我或者杀了他们，或者跪下来，求求他们，放过我们。"

张小姐讲到这里，身体不由自主地抖动起来，仿佛当年的那一幕，又一次发生在自己的身上。从中午讲到下午，天色已经擦黑。赵先生从窗外望去，夜色如同黑暗的阴间一般，从窗户的缝隙中席卷进来，而这黑暗包裹着的，正是他挚爱的张小姐。他站起身来抱住张小姐，他感觉她的整个身体都在颤抖，那种颤抖不是有规律的一抽一吸，而是毫无规律地，一阵袭来，渐渐变弱，可是当你觉得它已经过去的时候，忽然又一阵强烈地袭来，连赵先生自己也跟着一起颤抖，如此循环往复。

赵先生搂着张小姐，轻轻拍着她的肩膀说："都过去了，不讲了，我们不讲了，好吗？"

张小姐努力克制着自己的颤抖，"你知道我为什么要给你讲这些吗？"她问。

"不知道。"

"我好像，真的爱上你了。"

"现在才爱上吗？"

"我不知道，我以为我们的过程是，从相遇，到相识，再相爱相知，然后相厌、相烦。在遇见你之前，我甚至觉得世界上所有的爱情都是这样的，包括我那花心的表哥，包括我的父母，甚至包括那食杂店老板的父母。"

"我比较笨，没有想那么多，所以就跟你求婚了，你不要有太大压力。"

"没有，三年了，跟你在一起，我怎么都待不腻，看到你为了追我，偷人家大排档的扎啤杯，看到你为了跟我求婚，练琴练得手指肿得像个海棠果，看见你吃骨头的时候把肉拆下来堆成一座小山……好多好多，我看见你，就害怕如果有一天，这些都没有了，我该怎么办。"

"不会的，你有我，我会一直在的。"

张小姐从赵先生的怀里挣脱出来："我把后面的给你讲完吧。"

"你……可以吗？"

"我望着上海那条无名的弄堂里，那个黑暗的小阁楼的门，期待他能打开，然后它就真的开了。那对父子走进来。阁楼的灯光照在那父亲的脸上，黑得发红，窗外的雪光投射在儿子的脸上，白得惨烈，他的手里还拎着把吉他，正是我那把。"

张小姐接着说，"那父亲走到我的跟前，把毛巾从我的嘴里拔出来，我以为我终于能喊救命了，我大声地喊出来，但声音却小得连蚊子都听不到，经过前面那一个多小时的折腾，我的嗓子早就哑了。出乎预料的是，他不像我想象中的那么残暴，他什么都没做，只是拿了张椅子，在我的对面坐下来，开始跟我聊天。他说姑娘，我原本不想这么做的，他手里拎着一瓶白酒，举起来喝了一口。继续说他儿子太爱我了，给我叠了很多小星星。

"他一面说，一面从身上掏出一个玻璃罐子，扔到我的面前。我低头去看，果然见那玻璃罐子里面，密密麻麻地放着很多用彩色卡纸叠的小星星，可能是因为叠了太久的缘故，技术纯熟，那里面每一颗星星都有棱有角，看起来很饱满。我声音沙哑，问他，你想让我做什么？他迟疑了几秒，缓缓地说，你给我生个孩子。我努力地抬起头看着他的眼睛，他好像对自己说的话，完全没有廉耻之心，他的嘴角上翘，甚至还带着一丝轻蔑的笑。

"他又说，不是跟我生孩子，是跟我儿子。说完他又转头望向我妈，他说，我和你妈是不能生了，都怪这个烂女人，当年要不是遇见你，我现在早就好几个孩子了。我妈低下头，不作声。我还没来得及问我妈过去发生了什么，他就又举起酒瓶，喝了一大口白酒，然后把酒瓶子重重地放在旁边的桌子上，厉声说，你妈欠下的，你来还吧。我说，呸，你也配。

"他见我如此坚决，没有恼羞成怒，却又哭起来，一边喝酒一边哭诉，他说，孩子，我也没办法呀，我妈让我在这里住够二十年，才能把这两处房子给我，为了这两处上海的房子，我连我老家的老婆都扔了。可是二十年真难熬啊，就算我熬到了二十年，我就这么一个傻瓜儿子，等我死了，这房子归谁呢？我不是没想过别的办法，我和你妈打算再生一个，可是我们生不了啊，活该我自己。他说着又灌了一大口酒，抽起自己的嘴巴来，活该我作了恶，老天爷惩罚我。孩子呀，你都不知道弄堂里那些人们怎么看我，他们说我是个乡下人，不光是个乡下人，还是个不中用的乡下人。我不知道我得罪谁了，他们去店里买东西，我从不缺斤短两，我对他们和和气气，可是他们看到我的眼神，那眼神，比杀人还难受啊。

"孩子，叔求你了，你就替叔考虑考虑行不？你替叔考虑，叔也替你考虑，只要你能给我生个孙子，不不不，不一定是孙子，孙女也行。你愿意跟他过，这房子将来都是你和孙子的，你不愿意和他过，你想去什么地方也都可以，只要把孙子留给我，你什么时候想回来，都可以。他又跪下来，满眼含泪给我和我妈磕起头来，他的头砸在阁楼地板上咚咚作响，在他自己的内心，低声下气，饱含深情。可是在我的眼里，实则是装模作样、包藏祸心。

"因为我昨天已经见识过他的手段，前一秒他还是一只温顺的羊，转过身下一秒，他就会变成一条恶犬。果然，还没等我回应，他又忽然站起来，表情变得阴森恐怖，他伸出的双手就像一对蟹钳，夹在我的脸上，几乎要戳穿我的两腮，然后压低声音说，你最好，仔细考虑考虑。接着放下手，给了我一个冰得刺骨的眼神，扬长而去。

"我感到很绝望，时间已经接近凌晨，从阁楼窗户的一角看去，应该是四点多钟的样子。我听到麻雀叽叽喳喳地叫着,它们像往常的冬日一样,落在绵长的电线上,落在树木的枝头,也落在阁楼的窗台。窗台上积了一层雪,但由于南方的雪太冰冷,麻雀落上去,踩出的爪印就不像北方那么好看。不仅不好看,爪印里,雪水和泥土混在一起,还显得很脏。而这窗台的另一侧,是我、我妈,和那个少年三个人,我们三个人在这座与世隔绝的空中楼阁里,什么都做不了,只好听着麻雀的叫声,看见麻雀飞来又离去。"

说到这里时,张小姐仿佛又回到那个雪夜,嘴唇又哆嗦起来。

"亲爱的,"赵先生打断他,"不管你过去经历了什么,你害怕什么,我想告诉你的是,我一直都在,而且不会变,所以还是,不要说了吧。"

张小姐咬住嘴唇:"没事。"

"我们仨在那间狭小的阁楼里耗了半夜,一直耗到天快亮了,"她接着说,"我又看向那少年,他抱着我的吉他,也看着我。那一刻,我对他的感觉很复杂。他长得白白白净净,个子也高,不发病的时候,脸上挂着一抹善意的笑容。如果抛开他的自闭症不谈,如果忽略掉他这凶神恶煞的父亲,如果他那个做过知青的奶奶还活着,如果他的妈妈……没有那么多的如果,所有的如果都被下午我回来时,他举着我的内衣手舞足蹈的画面给冲击得烟消云散了。然而他好像并没有、也不可能察觉到我的想法。他见我看着他,心情又好起来,笑容挂在脸上,手也不由自主地在吉他上拨弄了一下。

"我强挤出一丝笑容,我说,弟弟呀,好听吗?他使劲点头。我说,不好听,琴弦跑了,音不准。他听我这么说,眉头就皱起来。我说,你帮姐姐解开绳子,姐姐帮你调好。他站起来,朝门那边看了一眼,犹豫了一下,又坐下。然后含混不清地说,爸爸。我说,那你凑近些吧,姐姐教你怎么调。于是他搬着小板凳,抱着吉他,

199

离我近了些。我说，你把手搭在琴头上面，抓住最下面，离自己最近的那个旋钮。他听了我的，摸索了半天，找到那个旋钮。

我说，扭它。他就照着我的步骤做。我说，不对不对，不是逆时针，是顺时针，对对对。

他接着旋转那个旋钮，好像发现了什么宝藏，脸上变得很兴奋。我说，对对对，使劲扭，弟弟真棒。他越来越用力，越来越用力，三分钟之后，啪的一声，吉他的琴弦断了。与此同时，阁楼的门响了一声，那食杂店的老板应声冲进来。"

张小姐的嘴角哆嗦得更厉害，瞳孔睁大，眼睛也开始湿润起来。

赵先生抓住她的手："不说了。"

"我猜他当时已经在门口观察了有一段时间了，他不知道我要做什么，所以一直没进来，见琴弦断了，他才反应过来。他走到我的面前，不由分说一脚把那把吉他踢开，然后转过身，重重地打了我一巴掌，接着抓住我的头发，使劲往后拽。他那一巴掌打得太重了，我感到自己的嘴角发烫，应该是已经有血渗出来。他恶狠狠地说，你以为我给你跪下了，你就能给我耍花样了吗？你想要琴弦把绳子勒断，对不对？

"我就那么仰着头看着他，我看见他的脸，扭曲得像一团厕纸。那种一开始的恐惧在我的心里渐渐消失，取而代之的，是无尽的仇恨。我以更加凶狠的眼神回应着他，对！他又一巴掌打在我的脸上，转过头看着已经哭成泪人的我妈说，这就是你生的好闺女，妈的，跟你一样的德行。我妈的嘴被堵着，她拼命地摇头，眼神中充满哀求。他把我妈嘴里的毛巾拔出来，我妈放声哭出来，她仰起头，像一条狗一样摇尾乞怜，她说，你放过她吧，我求求你了。他说，我放过她，她能放过我吗？我说，不能，除非你今天把我杀了，不然我一辈子都不会放过你。他转向我妈问，是吗？我妈一直向他乞求。

"他又一耳光打在我脸上，那耳光不像是耳光，倒像是从天而降的霹雳一般击在我的脸上。我本来就头疼，这一掌下去，那疼痛就又一次袭来，我的眼前一片眩晕，甚至意识都变得模糊不清。恍恍惚惚中，我感到他解开了我的绳子，然后又把我的胳膊绑上。我觉得自己已经剩下了半条命，像一只脖子断掉的鸡一样，任由他摆布。她把我拽起来，抓着我的双手，把我推到阁楼的小床上。我回忆不起来当时是不是在反抗，只知道我的一半身子在床上，一半在地下，我的头戳在床上，床单上是一股陈年没有晾晒的被褥发霉的味道。我的双手压在身下，那团绳子勒在手腕上，像一把锯子在我的手腕上来回摩擦。"

"别说了。"

张小姐语速变得越来越快："可能是腹部弯曲得太深，也可能是双手在身下压得太久，我的肚子忽然疼起来，那种疼不似平常那种闷着疼，而是像一把尖刀一样，直戳我的腹部。由于这疼痛，我终于恢复了一些意识，我听到他对他儿子说，你过来。他儿子就走过来。他又说，脱裤子，他儿子就脱了裤子。我的意识完全清醒过来，我拼命地，不顾一切地挣扎，可是他却一脚踹在我的腿上，我经受不住他的力量，跪下来，然后，他伸出他那双肮脏的手，把我的裤子褪了下来……"

"别再说了。"

"我跪在地上，双手在床上不停地乱摸。终于摸到我妈之前在这里睡觉时放在枕头下面的那把剪刀，这时候我的裤子已经被完全褪下来，一个冰凉而冷漠的肉体近在咫尺，发出森森的寒气，笼罩着我的身体。我用双手紧紧握住那把剪刀，转过身来，冲着那恶心、阴森、恐怖、窒息的寒气，疯狂地扎了下去……"

第十七章　亡羊补牢

1

在心理学中，对精神抑郁的原因常常用两个学术名词来描述，一个叫反刍思维，一个叫DMN过度活跃。张小姐后来对赵先生说，她自己就是个很好的例子。反刍思维，是指经历了负性事件后，个体对事件、自身消极情绪状态及其可能产生的原因和后果进行反复、被动的思考。DMN过多活跃，又会导致她源源不断地把记忆里各种负面的想法输送到意识里，不断地提醒自己它们的存在，不管它们是大的、小的、过去的、未来的，长期的、短期的，严重的、轻微的。

张小姐跟赵先生反复回忆着在上海的最后一个夜晚，那天她拼尽了全身的力气来反抗，用剪刀在身后疯狂地扎了一通，眼前就变得血肉模糊起来，她看见那个十七岁的自闭症少年疼得像一条被戳中七寸的小蛇，在那间逼仄的阁楼里满地打滚。这一下彻底激怒了那黑面的食杂店老板，张小姐双手举着剪刀，眼睛血红，老板就抡起地上的吉他，在她的后脑上重重一击，张小姐顺势晕过去。等她醒来时，自己手上的束缚已经被解开，张母正在帮她收拾东西。

张小姐迷离着双眼："妈。"

"快走吧，这里一刻也不能待了。"

张小姐起身："去哪？"

"不管你去哪里，离开上海，越远越好，永远都不要回来。"

张小姐拉着行李箱说："妈，你跟我一起走吧。"

"妈不能走。"

"为什么？"

"别管那么多了，快走。"

张小姐还要说什么，她妈却说："你放心吧，我跟他相处了十几年，我知道他是什么样的人，我没事，你快走。"时间一分一秒过去，张小姐没有办法，又害怕那黑面忽然变了念头折返回来，只能哭着先行逃离。

可是张小姐这一走，那一黑一白两条影子，就寸步不离地跟着她，折磨她，一去许多年。在双井的酒吧外面，她看到他们；在漟闻路小区旁边的大排档，她看到他们；在田横岛父亲的葬礼上，她看到他们；在青海湖边龙吸水的景观中，在即墨马山的公园的石壁下，在她怀着小赵先生走在北五环的街道上，她又看到他们，甚至于在赵先生那半部残缺的、似是而非的小说里，她依旧能看到他们。他们就像两个无孔不入的幽灵一般，飘飘然而来，森森然伫立，戚戚然而去。他们不用和张小姐说话，只需要把他们扭曲的面庞、身体和灵魂，扭动着灌入张小姐那脆弱的潜意识中。尤其是那条黑色的影子，他的瞳孔像浑浊的黑曜石，他的嘴里长着巨大的螯牙，他有八只脚，就像一只巨大的蜘蛛，用他那肮脏触肢在张小姐的身上轻轻一点，张小姐就在一瞬间被摧毁殆尽。

"要不是遇见你，我恐怕自己这一生都活在这种负面与恐惧中了。"张小姐对赵先生说。

"也不完全是因为我吧，是你自己坚强。"

"我坚强吗？"

赵先生点点头："你心里藏着那么大的秘密，一个人承受了这么多年，任谁也很难做到吧。"

"我不知道，我记得我们俩好的那天我问你，我说假如我有一天孤身一人了，我什么都没有，甚至都沦落到去街头要饭了，你还愿意跟我在一起不？你说怎么可能，你这么有才华，又这么善良，怎么能沦落到当乞丐呢？我说我是说假如。你说不会的，有我呢。"

"这么久远的事，我都不记得了。"

"我说这些的意思是，正是因为有你的存在，我才能承受了这么多年，我不知道这算好事还是坏事。好的一方面，是因为我知道你爱我，我知道我无论变成什么样，你都不会撇下我不管；坏的一方面，正是因为我心里笃定你爱我，所以那些陈年旧事，我就愈发地不想告诉你，越是笃定，就越是想把它们从我的记忆中抹除掉，好让自己干干净净、清清爽爽地嫁给你。"

赵先生苦笑："什么年代了，干干净净，清清爽爽？"

"我说的不是身体，是心。"

然而张小姐这一嫁，却一直断断续续，拖延到现在。此刻赵先生又一次站在熟悉的潼闻路小区20栋下面，在深夜里望着窗边那个身怀六甲的剪影发呆。这一年是2015年，距离赵先生和张小姐求婚三年多，求婚距离两人第一次也是三年多，三年又三年，近七年的岁月里，别的情侣关注的老生常谈的是"七年之痒"，而赵先生心里想的却是：亡羊？还是补牢？

2

赵先生推开门，见床头灯还亮着，张小姐已经睡去。他俯下身帮她披了一下被子，蹑手蹑脚地洗漱完，再轻轻躺在她的身边。张小姐翻了个身，刚才披好的被角又被她踢开，赵先生再帮她披上，又忐忑着睡去，等到赵先生渐渐响起鼾声，张小姐才慢慢睁开眼。

她转过身，悲情地望着这位枕边人。

她又环顾四周，甚至觉得这间屋子里的每一处都是不真实的，他们身下躺着的这张陷入"黑洞"的床、床对面那张盖着玻璃的桌子、旁边放着的长满了灰尘的红棉牌吉他……窗外的月光投射进来，与这些东西的影子阴暗交错，然后扭曲，最后支离破碎。张小姐摸着自己的肚子，她忽然觉得，就连肚子里的这个孩子，也不那么真实，唯有眼前的赵先生才是真实。

第二天早晨六点，闹钟响起，赵先生起身、洗漱、做早餐，按部就班，仿佛一切都没发生。他把两片面包加热，又煎了蛋和火腿夹在里面，做成一个简单的三明治，再烧了开水倒进一个大碗里，拿出一盒牛奶放进开水里温着，接着把它们放在一张小桌子上，端过来放到床边，自己则搬着个小板凳坐在旁边，等张小姐醒来。他拿起手机看了一眼时间，距张小姐起床大约还有两三分钟，就用手指碰了碰牛奶，温度刚刚好。于是把牛奶从热水里拣出来，打开，倒进一早准备好的杯子里。这时，张小姐也睁开眼。

"醒啦。"

"嗯。"

"今天眼睛怎么肿了，没睡好？"

"没事，可能是昨晚睡前喝水喝多了。"

赵先生把小桌子端到床上："吃饭。"

张小姐挣扎着坐起来，拿起床头的水杯漱了口，从赵先生手里接过一张湿纸巾擦了手，开始吃饭。

她知道十分钟后，她会吃完早点，赵先生收走碗筷，会让她再睡会儿，然后自己匆匆地蹬上鞋子出门。上午十点钟，赵先生会发消息提醒她出去散步，并叮嘱她"一定要穿好防辐射服，只在小区周边转转，不要走太远"。中午十二点，他会告诉她午饭所在的位置,提醒她自己去加热,不忘补充说明"碗筷不用管,等我回来再洗",紧接着是下午、晚上……两人每天一早的流程基本就是这样,日复一日,没有变化,张小姐则像个机器人似的,每日重复接受着这一切,说不上好,也说不上不好。

吃完饭,离赵先生出门还有几分钟的时间,往常这时候,赵先生会收拾一下碗筷。可是今天他却没动。他把桌子先放到一边,坐在张小姐的面前。两人就这么相互看着,陷入沉默。

"我想跟你商量个事儿。"两人同时说。

两人都很诧异,又说:"什么事儿?"

张小姐有些不知所措:"要不,你先说?"

"你先说吧。"

"还是你先说吧。"

"我想……"赵先生停顿了一下:"咱们是不是该搬个家了。"

"为什么呀?"

"其实我已经去看了几次了,就在离咱们现在大概两站地铁的地方,是个一居室,但可以加个隔断,改成个小两居,家具是齐全的,尤其是门口有个大大的储物柜,可放货,将来也可以放孩子的各种东西,价钱嘛,两千八一个月,也便宜。我是这么想的,虽然现在没钱买房子,但咱们总不能让孩子出生在现在这个合租屋里吧,你说对吗?"

张小姐神游一般地点了点头:"对。"

"而且,"赵先生指了指墙角张小姐买的那些尿不湿、磨牙棒、小衣服,"你看你买的东西越来越多,这个屋子都放不下啦。"

"也是……"

"这么说你同意了?"

张小姐又点点头。

"那太好了，我今天跟领导请个假，早点下班，回来带你去看看。"

张小姐又点了点头。

"那就好，那就好。"过了几秒赵先生问，"你要跟我商量啥？"

张小姐转过头看了一眼床头的闹钟："你快迟到了，先去上班吧。"

"没事，还有几分钟，来得及。"

张小姐支支吾吾："我的事不要紧，等你下班回来再说也行。"

3

仿佛困在盆池里的鱼，感觉时间分外漫长。张小姐哭完，太阳已过中天。

她挣扎着爬起来，简单收拾了下，吃了点东西，然后前往产科医院。这座医院坐落在北京海淀区苏州街，那里两三公里之外高楼林立，是大部分互联网公司的发家之地，每天日新月异，各种科技产品如同雨后春笋，而两公里外的这家医院，又每天都有新的生命诞生。日头高悬，阳光普照，温暖着这里的一切，仿佛不管是科技还是生命，它们的诞生都是恰合时宜，可走在这条生命路上的张小姐，低头看着自己的肚子，却觉得那么的不合时宜。

她坐在医生的面前，唯唯诺诺地说出自己的想法："我想把这个孩子打掉。"

医生是个慢性子，像一只考拉，她听张小姐这么说，迟疑了好一阵儿，才慢吞吞地问："什么原因？"

张小姐不知道该怎么回答，吞吞吐吐半天："我想，我还没有做好准备。"

医生盯着电脑屏幕，右手在鼠标上滑动了好一阵，又说："是有什么别的问题吗？"

"有的。"

"什么问题？"

"我吃药了。"

医生缓缓转过头："什么药？"

"治疗抑郁症的，帕罗西汀。"

"你有抑郁症？"

张小姐没法开口，她不能告诉医生，为了让赵先生吃药，自己"以身试药"，更不能说自己是从另一个平行时空穿越来的，虽然这件事现在看来，也没那么的肯定。

"先去做个B超看一看吧。"

等到做了B超拿了结果，又出了诊室，张小姐在妇产科的走廊里，就把眼睛哭成了灯泡。她的肚子已经变大了，没法蹲下来，就斜着身体靠在候诊区的长椅上。她左手紧紧攥着新拍的B超单，右手不停地抠着墙壁，指甲变得通红。

出了医院，张小姐又奔赵先生的公司走，她觉得自己真的撑不住了，这一次，一定得把所有的事情都告诉赵先生。适才温暖的阳光忽然变得刺眼起来。张小姐突然感到一阵腹痛——是肚子里的小生命在动来动去。她回想着医生的劝解，心想，是啊，二十八周了，七个月大的生命，也不能够做人工流产了。

张小姐跟跟跄跄走了一段路程，终于来到赵先生的公司门口，她眯起眼睛，抬头望向这座参天大厦，紫外线依旧强烈。

4

"你怎么到这里来了。"赵先生问。

"我去医院做检查，出来瞎溜达，就溜达到你这里了。"又问，

"你怎么这么早就下班了?"

"早晨不是说过吗,想去看看房子,正好你来了,我带你一起去吧。"

"好。"

"你吃午饭了吗?"

"吃了。"然后意识到家里赵先生做的饭还整整齐齐地摆在冰箱里,随即改口道:"家里的……没吃,在外面随便吃了点。"

"吃的什么?"

张小姐抬头,看见赵先生公司门口一家拉面馆,也不管自己能不能蒙对,吞吞吐吐地说:"吃了半碗……牛肉面。"

赵先生知道张小姐在撒谎,摇了摇头,从身上掏出纸巾,替她擦了擦额头的汗,"我看你还是有点虚弱,再吃点吧。"

拉面馆里,赵先生坐在张小姐对面,看着她把一碗羊肉泡馍狼吞虎咽地吸进肚子里,又吃了一碗酸萝卜,方才踏实下来。

张小姐吃完抬起头,知道刚才自己撒的谎被赵先生识破了,也有些不好意思,便找了个理由岔开话题。她指着面前见底的酸萝卜碗问赵先生:"这个,还有吗?"

赵先生点了点头,起身去帮她盛菜。

张小姐的手又伸进兜里,不自觉地攥住那张 B 超单,紧张让她的手上出了一层细汗,B 超单被打湿,黏糊糊地皱成一团,和她心中的犹豫一样。

赵先生回来把碗放在她的面前:"这个酸萝卜应该很容易做,等咱们搬了家,厨房大一点,我天天给你做。"

张小姐举起筷子在碗里面戳来戳去,却迟迟没有夹起来。她怕赵先生有所疑虑,又自顾自地说:"不知道怎么了,刚才还想吃得紧,你再盛了一碗,反而没胃口了。"

"那就想吃的时候做。"又说,"对了,你早晨说想跟我说件事,是什么事呀。"

张小姐把筷子放下,手又揣进兜里:"什么?"

"早晨出门的时候,你不是跟我说,有事想跟我商量?"

张小姐又不安地把手拿出来放在桌子上:"……没有,忘了。"

"才过了几个小时,就忘了?"

赵先生抓住张小姐的双手:"亲爱的,你要是心里有什么事,千万不要憋着,一定要跟我讲出来呀,你记住,你是我在这个世界上,唯一的亲人了。"

张小姐眼眶又热了,但她并不想再哭出来,她把双眼瞪得滚圆,努力克制,怕克制不住,又捡起筷子夹了一大片酸萝卜放在嘴里,低了头边用力嚼着边回答:"知道了,好酸。"

5

两人从北五环外的一个点搬到另一个点那天,北京刮起了好几年未见的沙尘暴,漫漫黄沙自中国北部而来,一路席卷天下,把城市变成了一个混沌昏黄的世界。

赵先生打了十几个电话,没有一个搬家公司愿意在如此恶劣的天气里,挣他们俩这点微薄的小钱。没办法,他只能跑去他和张小姐常吃的那家大排档借了一辆脚蹬的三轮平板车,一路骑着到了楼下。好在二人的东西并不多,除了一些日用品、衣服被褥,剩下就是张小姐那把老旧的吉他和二人的电脑。赵先生怕张小姐累着,就让她在楼下看着车,自己则一趟一趟地来回跑,跑了七八趟,终于把那三轮车堆得像个小山包一样,有了些搬家的样子。

赵先生用绳子把车上的东西胡乱绑了一下,问张小姐:"好像没什么了吧?"

张小姐摸着肚子："应该是没什么了。要不我们再上去检查一遍？"

赵先生知道，张小姐之所以这么说，其实内心多少是对这里有些不舍的，不光张小姐不舍，赵先生自己也不舍。从相识到相恋，潼闻路小区的这间小屋子，承载了二人太多的记忆，她记得赵先生第一次和自己躺在这张床上的那晚，赵先生徒步暴走了一个多小时来到这里，到这里时已经过了午夜。她当时觉得诧异又惊喜，诧异的是他怎么什么都没说，就这样毫无征兆地出现在她的面前，惊喜的是，一个人不说任何话，在午夜里毫无征兆地出现在自己的面前，这个人该有多爱她呀！

"上去看看？"张小姐打断赵先生，把他从陈年的回忆中拽出来。

"走。"

两人回到这间小屋子里，里面除了一些还未来得及收走的垃圾，两人的共同记忆，已经在刚才上上下下的搬运中，变得支离破碎了。这个世界就是这样，建立一段记忆，需要日复一日、点点滴滴，甚至把所有的肉体、情绪、感受、关注都倾注在这里，仿佛一张巨大而复杂的拼图，每一个步骤都需要聚精会神、小心翼翼地经营。可是想要摧毁它，只需要一次像搬家这样的暴力一击，这张拼图，乃至这个世界，就会轻而易举地四分五裂。

赵先生像是忽然想起了什么，他神秘兮兮地脱鞋上床，径直走到床垫上那个洞前说："差点忘了，还有个它。"

张小姐望过去，发现那洞口不知什么时候被一卷东西堵上了。

"那是什么？"张小姐问。

赵先生也不说话，他蹲下来，双手抓住那卷东西，朝左转了三圈，又往右旋了三下，那卷东西终于顺着他的力道倒出来。他把它展开，平铺在床上。

张小姐再定睛望去，发现那竟是两人在青海湖康茂家的客栈里，见到的那块编织着吉祥八宝的图案的藏式地毯。

赵先生有些诧异："你都忘记了？这是我们从青海湖带回来呀。"

张小姐一瞬间脸色变得惨白，冷汗从额头冒出来："是吗？"

"是呀，日暮客栈嘛，我们第一次去青海的时候。"

"什么时候？"

"你一点都不记得了？2011年。"

张小姐的嘴唇哆嗦起来："2011年，日暮客栈……"

赵先生急切地问："亲爱的，怎么了？"

张小姐一个"我"字没出口，就双腿一软，脖子后仰，然后"砰"的一声，身体重重地砸在了地板上……

第十八章　在没有黑暗的地方再相见

1

沙尘暴持续了整整七天。这七天里，赵先生一直守在张小姐的病床边，可是张小姐却一句话都没说。七天前，张小姐晕倒又醒来，昏昏沉沉，赵先生的脑子里演着的都是胎死腹中、流产、血崩、保大保小之类的噩梦。而现实是妇产医院的医生从来就没有"保大保小"一说，遇到这种情况，医生当然是要遵从医学原则，把产妇的安全放在第一位。医生不只关照了产妇张小姐的安全，同时也救下了孩子，也就是小赵先生。医生跟赵先生说，由于是过早生产，小赵先生的脑、肺、肾脏、神经都有不同程度的问题，得进保温箱治疗。

几分钟后，他隔着无菌室的玻璃看着保温箱里的小赵先生，心里五味杂陈。小赵先生就像一只大号的胡萝卜似的。

回到张小姐的病床前，赵先生把孩子进保温箱的细节说给她听，张小姐却翻了个身，把一个落寞的背影留给他，还是不说话。

赵先生便不再说，只是把从医院订的月子餐逐次打开摆到她面前，张小姐吃了，再钻进被子，继续留一个落寞的背影给他。直到第七天晚上，赵先生依例把饭菜端过去，张小姐却忽然开了口，但她说出的话却莫名其妙，她说："爸呀，你这是何苦呢？这件事原原本本，错不都不在你啊。"

赵先生虽然有些诧异，但张小姐好不容易开了口，赵先生不敢打断她，于是顺着他的话茬接下去问："那你说，这事儿该怪谁？"

"要怪就怪命吧，小时候你常跟我说，你说你是蜘蛛结网夜不圆，命里不过三两九，小时候我不懂，长大了我不信，等你死了，我才信了。"

赵先生吓了一跳，他四下看了看，确定张小姐的眼睛是在看着自己时，才又继续问道："你心里还有什么难言之隐吗？"

"当然有呀，有太多啦。"

"都有什么，你说给我听。"

"但是现在又没有了。"

"为什么？"

"依我的本意，是想找个地方跳个楼，再或者像你一样上个吊，穿越回去继续陪着他过完下半辈子的。可是爸爸呀……"，她像个小孩子一样哭起来，"人是命呗，这个小东西要了我的命，我怕是到死，也回不去了……"

2

两个月后，小赵先生从保温箱里安稳地出来，第一次回到北五环外那个家。他的父亲赵先生，也不再天马行空地幻想，而是进入了朝九晚五、按部就班的工作状态。现在的他，心里只有一个朴素的念头，就是赚钱。

没办法，无情的现实逼着赵先生。以张小姐现在的精神状态，指望她为自己分担已经不太可能。自从出了院回来，张小姐就很少说话，她每天除了吃吃睡睡，就是躲在房间里，拿着一厚沓稿纸写写画画，写完了，把稿纸团成一团扔进废纸篓，半夜里再从废纸篓里把稿纸拣出来，继续写。

有几次赵先生好奇，想知道她写的是什么，于是就趁着她上厕所的工夫去废纸篓里面搜寻，可是每次都是还没发现什么时，却发现张小姐正像个幽灵似的，不知什么时候已经站在他的身后。她手里举着一把把廉价的点火枪，那把点火枪是在家里的燃气灶的点火器坏了后，赵先生舍不得花钱修，又怕燃气泄漏，在网上花九块九买的。此时张小姐把它当成了真的枪，她的手指死死抠在点火枪的开关上，以一种极尽挑衅的姿态看着赵先生，她说："你再动我的东西，我就把它们一把火烧掉！"然后那把点火枪就发出"咔嗒"一声响动，一朵青色火焰从枪管里跳出来，摇摇曳曳。

自此之后，赵先生就很少再敢去侵犯张小姐的领地。大刘给赵先生介绍了个保姆，这保姆本来是大刘的远房亲戚，论辈分管她叫大姨。大姨一双儿女在北京混得风生水起，接了她来北京养老的，可老太太闲不住，非要找点事做，钱多少不在乎，只要不闲着就行。正好赵先生家发生了这样的事，大姨心生怜悯，主动来帮赵先生带孩子。当然赵先生也是感恩戴德，每到月初给大姨算工钱的时候，他总是比约定数目多给一两百。大姨也不拒绝，第二日来时，又把自己孙子外孙替换下来的旧衣服、旧玩具带来些。白天，大姨除了伺候孩子，还帮张小姐做了饭，顿顿送到她的房间里。晚上赵先生回来，大姨就交代了一些未完成的工作，转身回家。赵先生陪着小赵先生睡，隔壁房间里张小姐写写画画，写累了，就一个人睡或对着窗外发呆。两个房间相距不过三米之远，但小赵先生挡在中间，把这三米的距离拉伸了十万八千里，于是两个房间，变成两个世界。

如果日子就这么不动声色地过下去，苦是苦了些，也还算平静。可是，该来的问题还是来了。这天赵先生下了班回到家，大姨还是一如既往地跟他说了些家里的状况，比如"尿布快没了需要购买，奶粉自从换了个牌子，孩子一直很抗拒不愿意喝，再比如燃气灶必须得找人修修了，现在除了点火费劲，关火的时候也费劲，不然容易造成燃气泄漏，很危险"等等。赵先生一一应承了，送大姨出去，再去厨房里把大姨留的饭菜端出来，坐下来准备开吃。这时，张小姐从房间走出来。

赵先生有些诧异，但张小姐却不以为然，她打开冰箱，在里面好一阵子鼓弄，居然变戏法似的掏出两罐啤酒。啤酒有些凉，把在手上沁骨的寒，等她把它们放在桌上的时候，酒瓶外面已经结了一层白色的霜气。

张小姐又去厨房取了两只杯子，颇为熟练地打开，倒了两杯，坐在了他的对面。

如果此时有一个旁观者在场，一定会觉得，这样的场景在普通家庭中应该再平常不过吧。有那么几秒钟，赵先生甚至也觉得张小姐没什么问题，恍惚间觉得过去，就像南柯一梦。可是等张小姐一开口，眼前的现实却又一次把他击得粉碎。

张小姐干了一杯啤酒说："我想让奶奶走。"

她口中的奶奶，指的就是大刘的大姨。她所以这么称呼她，在于保姆大姨在看孩子的时候，总是会充满爱怜地对小赵先生说："来来来，小宝宝，张张嘴，奶奶给你喂水啦！"要么就说："来来来，小宝宝，抬抬腿，奶奶给你换尿布啦。"加之大姨有浓重的山东口音，对张小姐来说，也算是乡音，所以她也这么叫。

"我是这么想的。"不等赵先生开口，张小姐又干了一杯啤酒说："我在家待了这么久，得出去上班。我上班，你也上班，这样咱俩经济上就没那么紧张了，再找个月嫂，我也查过了，那种高级月嫂可能比较贵，但综合对比一下，找个合格的，能看孩子，超不过五千块钱。至于奶奶，我想让他去养老院。西郊那边的养老院挺多，付钱方式也比较宽松，不是那种一年一交的，可以月付，这样我们两个合起来的工资，还是能负担得起。"

赵先生听到这些，脑袋就炸了。他嘴里本来咀嚼着饭菜，但这一番话让他嘴里的饭菜忽然味同嚼蜡，他努力咽下去，抬起头来问张小姐："你的药，按时吃了吗？"

"吃了呀，所以我好多了。你放心吧。"

赵先生顺着他的话说下去："你为啥想要奶奶离开呢？奶奶照顾孩子不是挺好的吗？还省钱。"

张小姐又喝了一杯啤酒，思索了片刻说："说出来，怕你不信。"

"你想说就说吧。"

"我做了一个梦。梦见自己被囚禁在一个牢笼里面，那个牢笼悬浮着，在一栋十二层楼的楼顶。"

"然后呢？"

"换作是你，你愿意被一直囚禁在牢笼里吗？"

"那要看是在什么样的情境之下。"

"比如呢？"

"比如，"赵先生摊开手，"像你这样的状况，生着病。"

"你怎么就不信我呢？我说过无数次了，我没有病，真正生病的是你呀。我现在天天待在家里，只是为了配合你的幻想而已，你还没搞明白状况？"

"我知道。"

"我看你不知道。"

"嗯，我不知道。"

"你为什么总是这样敷衍我？"

赵先生推开碗筷，试图转身。不管是出于什么样的原因，这样的情境已经在二人之间出现过无数次。

每一次张小姐都会给赵先生讲起自己做的梦,她说梦见自己被囚禁在一个牢笼里,牢笼悬浮在十二层的楼顶,天气阴沉沉的,空气中沁着丝丝寒意,是那种刚刚下过雨,但天空却没有放晴的感觉。厚实的乌云覆盖在头顶上,让人觉得窒息压抑。牢笼的下面,站着张小姐认识的所有人,赵先生、小赵先生、张小姐的奶奶、爸爸、妈妈、表哥,还有大刘、闫姐,有青海湖遇到的索巴、卓玛、尕吉玛、老潘、柴林、高峰,也有酒吧里的驻唱歌手、大排档的老板和医院里的产科医生,他们每一个人,都举着一只巨大的火把,火把点燃,发出红色的光焰,光焰连成一片,就像陨石划破大气层一般,发出毁灭的信号。她低下头,脚下是一片炽热,抬起头,头顶是一片阴冷,她的身体被这牢笼一分为二,在冰与火中痛苦挣扎。她抬起头向天空祈祷,可是天空却给了她比乌云和冰雨更寒冷的回应,她又低下头向世人乞求,可是下面拿着火把的那些人抬起头仰望她,却都是一张张没有五官,或黑或白的脸。

讲完这个梦之后,张小姐就会变得歇斯底里,甚至不依不饶。赵先生已经预判了这一切,于是准备转身躲开,让她冷静一会儿,没想到张小姐却一个箭步冲向前,一把抓住了他的胳膊。

"你告诉我,你是不是有了外遇了?"张小姐这么说着,手上的力道就重了起来,她的五个指甲深深嵌入赵先生胳膊里,像是早就准备好要对她发泄这份不满。

赵先生只是抓着她的手腕,却不敢用力掰开。

张小姐一本正经地说:"你不用瞒着我,我已经观察好久了。"

"你都观察到什么了?"

"你每天深夜十二点后都会出去对不对?"

"你怎么知道的?"

张小姐哼了一声,"你以为你做得神不知鬼不觉是吧,其实你每次出去我都跟在你身后。我看到你去了漷闻路小区,就是我们以前住的地方。你每次去的时候,都是在午夜 12 点 10 分左右,给孩子换完纸尿裤。你以为谁都没看见,你爬起来,在孩子的额头亲一口,然后说,'你和妈妈睡觉,爸爸出去浪一圈',再接着就鬼鬼祟祟地走出去。北京的夜是多么的黑啊,可是我不知道你是哪里来的胆量,你居然一点都不怕。你跨过天桥,穿过铁道,路过那座像大树一样的信号塔,走进漷闻路小区。我站在楼下,看你顺着漷闻路小区 20 栋 2 单元的门进去,几分钟后,0124 房间的灯就亮了。"

赵先生叹了口气:"好吧,我知道了,明天我们就让奶奶走,可以吗?"

"可以。"

夜渐渐深了,张小姐又在书桌前写写画画一整晚,终于趴在桌上睡着。赵先生走到她的房间,帮她披上一件衣服。又回到另外一个房间,给小赵先生换了尿布,躺下来。他点亮手机的屏幕,点开聊天软件,上面又显示出那个缠绷带的自画像的头像,他盯着那个头像发了很久的呆,时间来到午夜 12 点 10 分,头像闪烁,信息降临:"又想我了?"

赵先生回:"你怎么知道?"

"距我上次和你的聊天记录显示,已经过去了 24 小时又 37 分钟,我想,我是时候向你展示一下这种惶惶不可终日的样子了。"

"看来你的数学和语文,都学得不怎么样呀……"

3

北五环的夜,可真糟糕。

张小姐在前面走，赵先生跟在她身后，他们沿着铁道一路向东，再向南，路过那幢伪装成参天大树的信号塔，再穿过那座曾经充满烟火气息的彩虹桥，进入潼闻路小区。经年之后，小区里的狗屎已经不见了，张小姐穿着高跟鞋踩在新铺的石板路上，发出"咔嗒、咔嗒"的声音，这声音在静谧的夜里悠长辽远，仿佛是从异时空传来的古老的倒计时信号。

赵先生追随着这倒计时的信号，目送着午夜的张小姐进入20栋2单元，几分钟之后，0124房间的灯亮了起来。

他坐在单元门口的石凳上，点了一支烟，然后拿起手机，对着0124的房间的窗户，拍了一张照片，又点开一个微信群，把照片发了进去。

这微信群的名字叫"西海"，群里的人员构成，包括赵先生、大刘、小刘、闫姐，还有张小姐的表哥。过了一两分钟，群消息闪烁起来。

小刘问："又到了这一天了？"

"嗯"。

"终究还是没逃出这个轮回。"

"我之前看过一部纪录片，叫作《人间世》，里面一个病人写日记，他写'这是一只无忧无虑的小鸟，却失足被猎人捉住，从此与天空无缘。猎人日复一日地逗弄小鸟，直到有一天，猎人发现小鸟浑身鲜血淋漓，猎人终于明白，小鸟只能属于天空，只会属于天空。他叹息一声，捧着奄奄一息的小鸟，想要帮助它。不多时，小鸟竟挣扎着翅膀飞了起来，但它知道，天堂将是它唯一的归宿'。"

"你以前说过，我也去看了。"

"我在想，我所做的这些是不是都是徒劳。她就像那只小鸟，而我就像那个猎人。"

"不能那么理解吧,她不是也做过猎人吗?"

"我也一直想不通这个问题,你看吧,如果站在局外人的角度,这故事听起来真是既狗血又滑稽呀。两个没爹没娘的人,在举目无亲的北京相遇相爱,男的得了抑郁症,女的就想办法帮她治,实在治不好,就演,演了三年,男的好了,终于想起杀人的事,为了掩盖真相,他又开始演,可这一演不要紧,女的反倒又得了抑郁症……"

"当局者迷吧,如果是写小说的话,这桥段不是已经很感人了吗?"

"可是它缺一个明亮的结尾。"

"你想要什么样的结尾呢?"

"爱与被爱,互为映照,因果循环,双向救赎。最后男主角和女主角穿越层层宇宙、跨越千难万险,终于没有任何负担地走到一起,共度永恒。"

"挺浪漫的,虽然现实没有这样。"

赵先生叹了口气,在群里也同步发了个叹气的表情。他说:"对啊,现实总是不遂人愿,我想也没想到,三年过去,又一个三年过去,居然是现在这般光景。"

"2015年孩子出生到现在,已经是五年了,平行宇宙、因果轮回,一成不变。"

"只有孩子在一天天长大,而我却错过了很多,孩子能安稳长大,要谢谢你们。"

赵先生一直以为,孩子是在青海时怀上的,可是到了直到在医院查出怀孕,推算了日期,才知道是刚从即墨回来,两人有生以来最不成功的那次。医生说在这种意外情况下怀上的孩子,生命力都特别强,但没说原因是什么。

他对小刘说:"当年我在医院的保温箱里看着孩子,他像个白萝卜似的，两条小腿在空气中一蹬一蹬，好像提前预知了自己这一生将会走得十分艰难。"

小刘一阵沉默。

赵先生抬头看了看，楼上0124房间的灯灭了，张小姐的梦已经做完。他赶忙躲到旁边静静等着。几分钟后，张小姐从单元门口出来，径直往来时的方向回去。她的脚步决绝，丝毫不拖泥带水，似乎在深夜里光顾这个地方，已经成了一种习惯。事实上也是如此，自从张小姐生完孩子，她就逐渐地病入膏肓，她的抑郁症的症状，还跟赵先生不太一样，赵先生是把自己当成了小说里的人物，而张小姐呢，却把自己当成了赵先生。

她写东西，发呆、抽烟、酗酒，甚至有时候还在深夜里站在窗户前大声地吟诗作赋，就像《太阳照常升起》中周韵演的"疯妈"一样，"黄鹤一去不复返，此地空余黄鹤楼"。吟完了，就在自己手机的记事本上反复写那句"我们终将在没有黑暗的地方再相见"，写一遍不够，写十遍，十遍还觉得不够，就写一百遍，经年累月下来，那款老旧的手机内存都占满了，赵先生就趁着她睡着的时候，偷偷去删一些，再替她复归原位。

至于涟闻路小区的那间房子，自从两人搬走，就一直空着，甚至连门锁都没有换过，以至于等张小姐生完孩子，有一大晚上突然往那里去的时候，进去的顺利至极，就好像二人从未离开过一样。那晚过后次日早晨，赵先生联系到房东，房东说房子并不是没租出去，中间住过一个女的，姓张，是个小姐。房东因为受不了她经常带着一帮男的进来打扑克，就找个理由把他们赶走了。赵先生听了不由得感慨起命运，于是又跟房东说明了自己的情况，把那间房子租了回来。如今过去五年，房子还是那间房子，房租虽然象征性地涨了几个来回，但都比市场价低了些，至于常常徘徊于这间房子里的这两位故人，却非人面桃花，而是满目疮痍。

赵先生跟在张小姐的身后，又听见她的高跟鞋走在石板路上，发出的"咔嗒咔嗒"的声音，这声音与二人来时同样的声音相呼应，仿佛在提示着倒计时的越来越近。他的手机又亮起来，是刚才那个叫"西海"的群里面，大刘发来的消息："要是实在不行，就走最后一步吧。"

赵先生正准备回复，却见前面的张小姐加快了脚步，于是赶紧把手机放起来追了上去。这是凌晨四点多钟的北京，天色将明未明，这个城市经过几个小时的卸载重装，又发出荧荧的微光，准备伪装成全新的姿态启动，而赵先生和张小姐，就像这个城市系统中两个病毒文件一样，无限复制，无限循环，对这个城市来说并不起眼，而于他们自己而言，却如同细胞分裂一样，每一次复制和循环，都是一次痛苦的剥离。

4

第二天赵先生没有去上班，他在群里喊了大刘、闫姐、小刘，也跟张小姐表哥说了让他来北京，准备商量着去做大刘在群里说的"最后一步那件事"——把张小姐送进精神病院。

张家表哥接了消息，买了最近一班的高铁，往北京赶来，其余几人则聚集在北新桥那个叫兰溪的小酒馆里，讨论着怎么才能让张小姐，不那么排斥地去医院接受治疗。

大刘说："现在面临的难处是，张小姐这么多年来，一直是不相信自己生病的。她声称自己是穿越来的时候，就没完没了地找我探讨'莫比乌斯''平行宇宙'之类的科幻怪谈，可当她把自己当成赵先生的时候，就一把一把地偷偷吃药，若不是老赵把瓶子里的药换成钙片和维生素，估计早进了好几回医院了。"

"我担心的不是这些，进医院的理由，总有办法的。"赵先生一脸愁容。

小刘目光炯炯，对着赵先生说："我知道你在担心什么。还是昨天说的那个纪录片对吗？你害怕把她送进医院，就再也回不了头了，她很可能一辈子都困在精神抑郁的牢笼之中，就像那只小鸟一样，再也没有了康复的可能，是不是？"

"我也不知道，我很矛盾，但我又说不清矛盾在哪里。有时候觉得把她送到医院去，日日不得相见，挺难熬，可是有时候，又觉得医院里反而是最安全的地方，至于医院为什么安全，我想了千百遍，怎么都没想通。"

"我觉得还是要相信医学吧。"闫姐怕自己的观点得不到认同，转而望向大刘："这方面你是专业的，你觉得呢？"

"确实是这样。"

"况且……"闫姐欲言又止。

"况且什么？闫姐你说，没事。"

"我们要为孩子考虑呀，你不知道你儿子有多懂事呀。我听我女儿说，在幼儿园里老师给他们定了课题，分享'我的妈妈'，你儿子说，我的妈妈是一只狐狸，她白天都是在睡觉，晚上才起来吃饭。我问爸爸说，这是怎么回事呀，为什么我的妈妈和别人的妈妈不一样？爸爸说，妈妈是一只狐狸，在夜里，她要盯着窗户和门口，防止坏人来偷东西，我要谢谢我的狐狸妈妈，她牺牲了自己，保护了我和爸爸，真是一个好妈妈。"

小刘有些动容，正好这时酒保也把啤酒端了上来，他不由分说拿起一瓶，咚咚咚一饮而尽，感慨着："那时候真是不容易啊。"

大刘也喝了一点酒，说："要不这样吧，她最近不是老在说大姨是奶奶吗？老想把大姨赶走去住养老院。"

"对，她又照着之前的方式开始演了，想把奶奶送去养老院，想出去工作。"

"那我们就顺着她的意思，将计就计好了。我们依她的，就说把大姨送到养老院，实际上是去精神病院，我们可以说，在养老院帮她也找了份工作。到时候把大姨和她一起送去，再见机行事。"

赵先生听了，皱着眉头："这样做，大姨能同意吗？"

闫姐接道："大姨那我去说吧，实在不行，就托托关系，从精神病院帮大姨找一份工作。这样，表面上说在张小姐心里，是她在养老院找了工作，顺便照顾奶奶，实际上正好反过来，是大姨在精神病院找了工作，来照顾张小姐。"

"如果真的能成的话，当然好，可是……"赵先生有些顾虑。

小刘问："如果按照以前的故事来的话，这里面是不是还差着一个环节？"

"对，差了一个着火的环节。可是，这是个意外啊。"

"没什么意外不意外的，在小说桥段里是意外，在现实中，点把火不是什么难事。"

对于着火这一细节，赵先生却从没特别在意过。每次一场疲惫的轮回过后，他回到家里按部就班，想着怎么能把生活回归到常态，已经够累了，更何况小赵先生越来越大，身体素质又不怎么好……类似的琐碎越来越多，也就没再想起这些事来。如今再想起来，那个着火的桥段，在整个事情发展的过程中作用也不小。如果没记错的话，好像就是从那以后，小说里的赵先生和张小姐的关系就变得越来越差，才导致了后续一系列事情的发生。至于自己为什么把从没发生过的事情写得这么头头是道，连他自己都记不起来了。他能记着的，只是自己之前偷偷去废纸篓里面翻张小姐写的东西时，

225

张小姐举着一杆廉价的点火器，打出那束蓝色的邪魅火焰，以一种极尽挑衅的姿态威胁他说："你再动我的东西，我就把它们一把火烧掉！"

赵先生正这么回想着，张家表哥的消息就发过来说："我大约12点半到北京西站。"他拿起手机看了看时间，又站起身来，说了句："着火的事儿，群里再议吧。"然后辞别了众人，直奔北京西站而去。

这一年北京的气候，比以往任何时候都要难熬。赵先生到了西站，他在北广场的天桥底下看着人来人往几个来回，又坐在石阶上抽烟。这里他太熟悉了，过去几年，他带着张小姐几乎每年都要来两趟，一趟是去即墨，一趟是去青海，每次出发前，他都要提前来个半小时，坐在天桥底下抽上两支烟，发上一会儿呆，但今天已经抽了四支烟，却迟迟不见张家表哥的身影。他正拿起手机要打电话，手机却在他打开的瞬间响了起来，电话那头，张家表哥急得嗓子冒了烟："妹夫呀，你快回来，家里着火啦！"

赵先生急匆匆打车回到家里，当年他小说里写的那一幕就完完整整地重现在他的眼前。正是中午时分，滚滚的浓烟像一只白日的厉鬼，在楼层里来回飘荡。消防车已经赶来，消防员们站在云梯上，正举着个粗壮的水龙头与厉鬼搏斗。这画面就像当年赵先生和张小姐在青海湖畔看到的"龙吸水"景象一样，同样是两条长长的怪物，同样是一黑一白，同样是纠缠不清，令人心生恐怖。赵先生一时慌了神，看着楼下熙熙攘攘的围观人群头晕眼花，如果不是他残存的潜意识告诉他，此刻不能懈怠，他可能瞬间就要倒下去了。他强打着精神环顾人群，想要找到张小姐，可是找了一圈，却连她的影子都没看见。反倒看张家表哥抓着消防员的胳膊大声喊："不能等啊，屋子里还有人命啊！"

赵先生听张家表哥这么说，来不及多想，一个箭步就冲进单元门，迅速往家里跑去。可是守在门口的消防员却一把拦住他，不让他进。

消防员跟他解释说，已经有自己的同事进去了，请他务必放心。

可是此时的赵先生已经失控得像一只关在笼子里的困兽，他大声咆哮着："你怎么知道你能做到？你怎么知道你能做到？"

消防员不知道怎么安慰他，只是拦着他的胳膊一直没松开。

赵先生一把抓住消防员的领子说："你放开我，你不放开我，你会后悔的！"

这时，身边越来越多的围观群众也凑过来，他们拽住赵先生，试图劝阻他，一个说："要相信消防队员，他们说帮你救人，就一定会帮你救的。"一个又说："就凭你这单薄的身子，你一个人上去也解决不了问题呀！"

赵先生顾不上那么多，众人越是劝说，他反倒越挣扎，他几乎把这半生积蓄的所有力量都释放出来，他甚至感觉自己的灵魂已经出窍，他的灵魂离开身体，像蒸汽火车里的蒸汽一般，先是发出一声长长的悲哀嘶吼，然后从狭小的身体里蒸腾到上空。他看见自己的身体还站在单元门口与消防员搏斗；张家表哥像个没头苍蝇似的，在人群里来回穿梭；而他的对面——他望向自己家的窗外——一黑一白两条巨龙已经消失不见，张小姐抱着小赵先生站在消防车的云梯上。

第十九章　梦醒了

1

2022年冬天的某个夜晚，赵先生和小赵先生在经历了三天的高烧之后，终于平静下来。七岁的小赵先生扯着沙哑的嗓子对赵先生说："爸，我想吃个黄桃罐头。"

赵先生说行，然后站起身来，戴了三层口罩出了门。

不过此时的北京却不比往常，晚上七点多的光景，天色才刚刚擦黑，但街上却人车俱稀，仿佛到了深夜，俨然一座空城。赵先生骑着个电动车摇摇晃晃，从东走到西，又从南走到北，却没发现一间营业的超市。他绕了几个街区，又把车停下来，掏出手机，在外卖平台上搜索"黄桃罐头"，搜了半个多小时，除了看到一个又一个售罄的标签，别无所获。

他关了手机叹了口气，心里默默想着："可能又要辜负小赵先生了。"自从张小姐住进了精神病院，三年来，赵先生对小赵先生辜负的频次数不胜数，譬如小赵先生的幼儿园组织"六一"儿童节演出，赵先生那天因为在公司加班没去成，小赵先生表演完，坐在剧院外的台阶上死活不肯走，他说："我爸明明答应我要来看的，还要带妈妈，可是一个都没来。"再譬如小赵先生高热惊厥，其时张小姐住在精神病院里，赵先生在儿科医院里眼睁睁看着小赵先生口吐白沫，不停抽搐，医生用大号的银针在小赵先生的人中穴上刺去，疼得他咬牙切齿，口里喊着的，却是妈妈。

赵先生越想越觉得对不住小赵先生，手机也没心思翻了，就那么骑在电动车上，双手扶着把手，勾着头，像一只孱弱的老狗。紧接着，后面另一辆电动车就直挺挺地开过来，把他撞了个人仰马翻。

赵先生在马路上打了个滚儿，坐起来："你他妈的，怎么骑车的呀！"

眼前是个身穿蓝衣的外卖小哥，他看见赵先生的样子，吓得骑在车上原地僵住，估计也是想不到在现今比沙漠还荒凉的大马路上，除了他们这种挣钱不要命的小哥，居然还有别的人影。赵先生不作声还不要紧，这么一骂，小哥更吓得不轻，僵持了有一分多钟，才嗫嚅着冒出一句："您……你怎么不走呀。"

赵先生听着更来气："你瞎啊，红灯看不见？"

小哥："这……几天，没人看红绿灯呀。"边说还边从车把支架上取下自己的手机，想必是因为这一撞，耽误了许多订单。

赵先生见他还有心思拿手机，更气得哆嗦起来，站起身来一把夺过手机摔在地上，对着小哥就是一顿老拳，小哥的车子也倒了，但没还手，只是一面护着自己的头一面说："哥，哥，别打啦，你说多少钱，我赔你还不行吗？我也不容易啊。"

赵先生停了手，险些哭出来："你不容易，我就容易吗？他妈的，我老婆得了精神病关在精神病院里，我七岁的孩子感染了病毒，烧了三四天，就想吃个黄桃罐头。我有错吗？我还烧着呢，我支撑着三十九度的身子想出来买个黄桃罐头，黄桃罐头没买着，还让你给撞了，你说我容易吗？"

他这么说着，就越来越觉得自己可怜，索性又坐在地上真的哭出来："都说不容易，谁有我不容易啊，一个大男人拉扯个七岁刚上小学的孩子，一把屎一把尿，又当爹又当妈，上班被领导PUA，下班被老师追着交作业，我容易吗？一个精神病老婆住在精神病院里，一会儿给我当奶奶，一会儿又给我当妈，我去看她一趟，就好像在地府里走了一遭，看着你最亲近的人拉着你的手唱《小皮球》，我又跟谁去说……"骂着骂着，忽然又觉得自己可笑，心想，这空空荡荡不见人烟，自己跟个外卖小哥诉的哪门子苦呢？于是站起来，拍了拍身上的土，又跨上电动车，准备回家。

没想到外卖小哥却一直没走，赵先生心里软下来，语气还是没变，转过头对他说："还愣着干吗？滚啊！"

外卖小哥这才回过神来，赵先生见他在自己的外卖箱里掏了掏，居然掏出两瓶黄桃罐头来，他一面把罐头塞进赵先生怀里，一面说："大哥大哥，我知道你不容易，我也不容易，我媳妇儿孩子也病着呢，这是我给他们买的黄桃罐头，你拿着，实在是对不住啊。"

赵先生呆住："给了我，你怎么办？"

外卖小哥生怕赵先生再讹上他，一面急匆匆跨上电动车，一面说："放心，我有渠道！"然后一溜烟冲了出去，消失在夜幕中。

赵先生把罐头放进车筐里，重新骑着车回家，走在空无一人的大街上，顿时觉得荒诞无比。过去三年，他、小赵先生和张小姐聚少离多。这三年看似短暂，却像一场梦一样发生了太多事情，小赵先生顺利地从幼儿园毕业上了小学，开学那天父子俩一起坐在手机屏幕前开线上家长会，别人都在介绍自己的父母，轮到小赵先生时，他介绍完爸爸，转头又看向赵先生，见赵先生一时语塞，他停顿了几秒说："我的妈妈是个天大的秘密，她能让时间停止，把我们生活的世界一刀劈成两半呢！"听得其他参会的同学们一个个瞪大了眼睛，好像发现了女版奥特曼一般，满是羡慕的表情。

这三年，赵先生经历了裁员再就业，度过了人生的至暗时刻。身边的人也有变化，大刘的心理诊所，生意如火如荼，把赵先生隔壁的房子买了下来，和他做了邻居；闫姐也辞了职在大刘的心理诊所里帮忙，夫妻俩不仅把原有的生意打理得有模有样，还开辟了新的经营模式，比如高考考前心理疏导；还有小刘，自从张小姐住进了精神病院，小刘不久之后也消失了，当时赵先生忙得焦头烂额，处理张小姐入院之后的一应事宜没有注意，后来才知道小刘的实习期满了，准备出国深造，据说研究的还是心理方向。不管变成什么样，每个人都在往更好的方向发展。这些好的方向，无外乎是离少年时的执着越来越远，对现实的关照却越来越热烈，发现全世界都是和自己一模一样的匆匆而来、悻悻而去的身影罢了。

唯一不变的是张小姐，2020年春节那场大火之后，张小姐保护着小赵先生从大火中逃生，然后就晕倒在人群里不省人事。等住了几天院醒来时，她就变了一副口吻，她一会儿拉着赵先生的手说："小伙子，天庭饱满福气大，地阁方圆有造化，是个好面相。"一会儿又站起来趴在病床上，把一块床单盖在枕头上，伸手摸着枕头的一角，颤颤巍巍地说："你呀你，倒了，就倒了吧，你活着也是受罪。"再过几日，他就天天守在小赵先生的旁边，教他唱《小皮球》：

你们的头，像皮球，一脚踢到百货大楼。
百货大楼，卖皮球，一买买到你们的头。

赵先生站在病房门口听着，冷汗流了下来。

如此过了一周，他终于下定决心，要把张小姐送进精神病院了。此前因为不知道怎么说服张小姐去精神病院，赵先生和其他几人还在群里讨论了好久，如今变故突如其来，反倒变得容易了。张小姐日日扮演着张家奶奶，沉浸在角色里不能自拔，赵先生等人也就顺水推舟，跟她说："奶奶呀，孩子们都长大啦，照顾不到您，可怎么办？"

张小姐笑了，说："我一个老太婆，给你们添麻烦啦，谈不上什么照顾不照顾。"

"总得吃饭睡觉呀。"

"吃饭嘛,你们有口吃的,给我留一口就行。睡觉嘛,这么大年纪了,还能睡上几天?困了,找个席子窝一会儿就行了,啥时候睡不醒了,就一了百了。"

"那不行呀,我联系了个好地方,您愿意去不?"

张小姐也不问是什么地方、要怎么去,只说:"行,听你的。"

转过天来是个周六,赵先生和张家表哥一起把张小姐安置好,从医院再出来时,心里这块放了八年的巨石,终于算暂时落下来。

张家表哥见赵先生默默不语,怕他憋得难受,就主动说:"妹夫,要不,咱俩去喝点?"

赵先生沉默了几秒,答:"算了吧,据说现在这病毒闹得挺凶,都说尽量减少聚餐呢,你也注意点。"

"也是,我临走时,领导让我买好回程车票,特别交代我在春节前赶回去,说是这次要打大仗,要像非典那年一样做准备了。"

"嗯,正事要紧。只是……"赵先生说,"哥,你觉得我狠心吗?"

张家表哥:"早该这样啊,谈什么狠心不狠心?"

"连个年都没计她在家过。"

张家表哥拍了拍赵先生:"兄弟,别想了,你这些年够意思了,你是这个。"说着冲赵先生比了个大拇指。

"我这胸口啊,就像堵了个铁疙瘩,喘不上来气。"

"你得想开,你要为孩子多想想啊。今天早晨出门的时候,我见他躺在床上没起来,我以为他睡着了。我上前看了看,你说这小家伙,人小鬼大,一个背着我们,在那偷偷抹眼泪呢。"

"嗯,他从小就这样,懂事得太早了。"

张家表哥:"他见我在看他,就问我,大舅,妈妈走了,还会回来吗？我说咋能不回来呢？妈妈就是生个病，治好了就回来了。他问我们能去看他吗，我说能啊……"

"以后再说吧。"赵先生打断张家表哥说："你买好回程的票了吗？"

"买好了，下午两点。"

"哥，我不送你了，让我自己待着，消化消化吧。"

于是张家表哥便不再多言，简单地跟赵先生作别，匆匆回即墨去了。

赵先生一个人走在路上，才细细回味起张家表哥刚才说起小赵先生的细节来。张小姐在家的时候，兜兜转转五年整，小赵先生从早产儿变成了幼儿园大班的小朋友。这五年，他从来没细想过小赵先生对她是一种什么感情，他只记得闫姐说，小赵先生在幼儿园里给小朋友们分享时，说我的妈妈是一只狐狸，她白天都是在睡觉，晚上才起来吃饭……她牺牲了自己，保护了我和爸爸，真是一个好妈妈。

日常里，小赵先生跟张小姐的话也不多，他每天下午放学回家，正是张小姐刚起床的时间，两人一打照面，小赵先生喊一声"妈妈"，张小姐有时候应，有时候不应。应的时候，她就起身帮着大姨做饭收拾碗筷，吃饭的时候还不忘嘘寒问暖，给小赵先生许了很多空头承诺；不应的时候，她就把自己关在房间里不出门，小赵先生敲门进去叫"妈妈"，她要么瞪大双眼看着小赵先生，问他："你怕不怕？"小赵先生说不怕，她就又问："你爸爸是不是出轨了？"小赵先生："出轨是什么呀？"她也不解释，拿起她那老旧的手机丢给小赵先生。

小赵先生接过手机便如获至宝，转身投入他的《我的世界》大业当中了。关于给孩子玩不玩手机这件事，赵先生曾经趁着张小姐稍稍清醒的时候跟她沟通过，按照赵先生的想法，小孩子是不可以

233

玩手机的，成瘾、坏眼睛，还会过早地看到世界的暗。没想到张小姐却不置可否，她煞有介事地说："黑暗都是成年人阻挡小孩成长的借口，既落江湖内，便是薄命人，早摔跟头，总比起不来强。"

赵先生害怕说多了又变成一场闹剧，于是便不再回应，只能默许。因此小赵先生和张小姐之间，从表面上看就是《我的世界》玩家和硬件制造商的关系，就像没身份证的孩子和网吧老板。小赵先生在《我的世界》游戏里把那只狐狸关进了巨大的笼子里，直到赵先生终于拖着沉重的脚步回到家，却发现小赵先生，不见了。

2

从下午一点多从精神病院回到家，发现小赵先生失踪，到下午五点瘫坐在人潮中，他盲目地在街上的行人中间乱撞，把自己家小区、幼儿园，甚至漛闻路都转了个遍，却连小赵先生的影子都没看见，他担心小赵先生自己回了家，又打了车折返回家。上午送张小姐去精神病院时，赵先生为了不把情绪渲染得太重，特意嘱咐大家，除了自己和张家表哥，谁都不要去。大家都明白赵先生的意思，于是都各自去忙，甚至连在群里问询的话也没敢说。此时赵先生坐在车里，终于意识到靠自己一个人不行了，才在群里跟大家说了小赵先生走失的事情。

"四个小时了，你怎么到现在才说啊！"闫姐抱怨道。

大刘跟着干着急："幼儿园、小区周边，都找了吗？"

赵先生："找了，没有。漛闻路也去了，也没有。"

"有没有可能他只是去周边转一转，你们正好错过了？"

"我也怕，我现在正在回家的路上。"

下了车，从楼下到进门不过五分钟的车程，赵先生脚步沉重。

他不知道张小姐在精神病院能住多久，目前看来，遥遥无期，等于失去了半个张小姐。跟张家表哥分别的时候，他说，自己心里就像堵了个铁疙瘩，可此时小赵先生的失踪，让这铁疙瘩变成了一把利刃，扎得他心疼，他不能再失去小赵先生了。他打开门，看了看卧室，没有；厨房、卫生间，没有；衣柜、床底下，都没有。他绝望地坐在地上，一手握着手机，一手攥着拳头，身体开始哆嗦起来，那感觉就像当年在青海湖日暮客栈的后院里，从雪地上抱起张小姐，明知道还有一线希望，却极度害怕意外发生。正犹豫间，群里张家表哥忽然发来信息："我走的时候跟你说了一半，被你拦住了，我们出门的时候，孩子还问了我医院的地址，他不是自己跑去找他妈妈了吧！"

赵先生顾不上多言，只在群里回了句："好，我这就去。"于是下楼打车准备去医院，可是此时外面的人流越来越多，不知道是因为回家奔命的人太多，导致打车订单激增，还是因为出租车司机也加入回家奔命的大军当中，十五分钟过去，一辆车都没打到。三十秒后，他果断关了手机跑回楼下，骑上当年他载了无数次张小姐的那辆自行车，一溜烟朝张小姐所在的精神病院赶去。

这辆自行车很多年没有骑过，放在小区里经历了数年的风吹雨打，车身锈迹斑斑，零件松松垮垮，车胎也没气了，干瘪得活像一张蝉蜕。可此时赵先生哪管得了那么多，他的双脚在车上奋力蹬着，左边的脚蹬子掉了，也顾不上捡起来。

天色渐渐暗下来，仿佛一场漫长而黑暗的梦即将醒来。他不自觉地抬头望向天空，太阳和月亮一同悬挂在天上，积雨的云朵在它们中间穿梭。太阳渐渐隐没，云层越来越厚，天空淅淅沥沥地下起雨来，或者更确切地说，是雨夹雪。数九寒天，这种气候在北京本来就不多见，再加上赵先生心急如焚，那雨夹雪打在身上，让他感觉就像老天爷吐了一口痰，令人恶心生厌。他低下头，继续卖力地蹬着那辆老旧的自行车。气温骤降，终于把这恶心的雨夹雪变成了大片的雪花，天色完全暗下来，上午来过的精神病院又一次出现在他的面前，不同于上午来时的心情，此刻的赵先生身体僵硬，抬头注视着医院的主楼，才发现它摇摇晃晃地戳在那里，大雪笼罩。

2019年是赵先生用螺旋心理剧为张小姐治疗的第四年，那年小赵先生四岁。赵先生记得，故事演到一半，赶上了小赵先生的儿童节演出，看完演出回到家，赵先生打开小赵先生在手机上建造的《我的世界》，那个世界里就有一座巴别塔，那是一座倒过来的，高耸入云的螺旋巨塔，塔身上每隔几米的距离，就有一座拱形的门，通体下来，差不多有几百座门，像是有几百双眼睛审视着芸芸众生，又像是无数深不可测的黑洞，试图用尽全部的力量吞噬掉它身边的一切。

赵先生走到医院的门口，问门卫今天有没有见到一个五岁左右的小孩在附近出现，门卫回答没有。他又给医院里负责张小姐的医生打电话，询问有没有小孩来过，医生也说没有。可能是因为眼前的医院太过熟悉，可能是因为这一路的风尘仆仆，还可能是因为夜幕沉沉，大片的雪花覆盖在地上，白茫茫一片让人觉得安静，赵先生觉得太累了。他叹了口气坐下来，雪片便盛开成一朵朵皎白的花，在空中翻飞一阵，又落在他的眉毛、脸颊、发梢上，他一动不动，把自己变成了一尊雕像。这时再远远望着那精神病院的主楼，才发现它摇摇晃晃地戳在那里，大雪笼罩，像极了小赵先生游戏里那座"巴别塔"，而塔里关着的，不是游戏里的狐狸，却是自己亲自送进去的张小姐。

于是他索性躺下来。他睁大眼睛，看着天空，看着医院各处的建筑，然后就听见耳边发出咯吱咯吱的声响，循声望去，一双小脚丫踩出一长串稚嫩却充满力量的脚印。

赵先生坐起来:"你来啦?"

"嗯。"

"这么远的路,你是怎么找到这里的呀?见到你妈妈了吗?"

"还没有,爸爸,你可以带我去见她吗?"

"行,不过……"

"我知道,我不管她叫妈妈,我管她叫奶奶好了。"

赵先生听了,一把搂住小赵先生,在冰天雪地的寒夜里号啕大哭起来。

3

三年后的今天,赵先生通过自己的碎碎念博得了外卖小哥的怜悯,获得了珍贵的黄桃罐头一瓶。他被撞那一下,不重也不轻,一半个小时之内走起路来还得踮着脚尖。回到家,他强撑着疼痛硬踱了几步坐下,把罐头放在餐桌上打开,小赵先生就对他投来崇拜的目光。他从厨房拿出一只碗,把黄桃罐头倒出一半,又把剩下的原封不动地盖起来,然后开始尽情享受起这来之不易的美味。

赵先生很开心,问:"好吃吗?"

小赵先生用叉子叉起一块塞到赵先生的嘴里:"你尝尝。"

赵先生一边细嚼慢咽,一边说:"你还别说,平常时节,真没觉得黄桃罐头这么好吃过。"

"所以说爸爸你还真是个厉害的爸爸。"小赵先生说完站起身来收拾了碗筷,又拿起剩下那半瓶罐头说:"我去给闫阿姨他们送过去吧,刘子玉也生病了,前几天她还给我们送了两颗土豆、一个胡萝卜,还有一个洋葱。"

"去吧。"

于是小赵先生戴了口罩,兴奋地一溜烟冲出楼道,隔壁大刘的闺女刘子玉似乎早就知道小赵先生要过去,他敲门不过隔了一秒,刘子玉就把门打开,二人戴着口罩,露出两双小眼睛,窃窃私语了好一会儿才分开,看着这种稚子间毫无来由的相互托付,赵先生会心一笑,再想起和张小姐,他们初识时也未尝不是如此。在精神病院的这三年,赵先生和张小姐见面的次数屈指可数,而且几乎每次去,都是由小赵先生先提出来。去之前,他还要做很多准备工作,有时候是花很长的时间画一幅画,有时候又大包小包的,收拾一些稀奇古怪的玩意儿,赵先生想看看他都画了什么,小赵先生就一副神神秘秘的样子,捂着不让看。父子二人生病的这些天,小赵先生又开始写写画画、收拾东西,赵先生知道,他一定是想妈妈了。

隔了几天,赵先生父子的病情和周边的大多数人一样,逐渐好转,再到痊愈。人们都像经历了一场短暂的冬眠一般,又都活过来。街上渐渐恢复了往日的光景,外面的餐厅、超市又变得摩肩接踵。赵先生回过头看小赵先生,画了好几幅画,书包也塞得像一座小山了。

"儿子,咱们去看看妈妈吧。"

小赵先生笑了:"好呀。"

"不过得晚一天,这一阵儿家里全是病毒,得彻底打扫一次。"

"好呀,那我帮你吧。"

"不用,你去跟刘子玉玩儿一天吧,晚上回来就行。"

"也行。"

等小赵先生走了,赵先生定了定神,他站起身望了一下四周,开始收拾起来。这么多年过去,赵先生还是不怎么会收拾屋子。他所谓的收拾,不过是把在此处堆积如山的东西扒拉开,该洗的洗一洗，该扔的扔一扔，剩下的，再换个地方堆成另一座小山。何况他拖着一条还没完全恢复的腿，因此刚收拾了一上午，清理好一个屋子，就已经累得气喘吁吁。他从冰箱里拿出一瓶啤酒，席地而坐，一边喝着解乏，一面打量着这所房子，不知不觉间，自己已经在这里住了八年。

有时候大刘夫妇来劝他，让他搬家，免得触景生情，他却说："她住精神病院，又不是不回来了嘛，搬了家，万一她哪天好了，回来了找不到人，怎么办？"

大刘夫妇劝说无果，只好放弃。一年半以后，两人攒够了钱，买了赵先生对门的房子，大刘口上说的是"好兄弟住在一起，相互间有个照应"。但实际上赵先生知道，大刘只是怕张小姐的走，让自己经受不住打击，再旧病复发而已。

对兄弟的感激是一回事，记在心里就行了，可对张小姐，赵先生还是害怕触景生情的。自从张小姐走了，他就把她住的那个房间锁了起来，一锁就是三年。若不是因为他和小赵先生前后脚生病，必须分开住，这个房间恐怕到现在还锁着。小赵先生病在赵先生前面，起初几天，他只是在外面给他做好三顿饭送进去，再后来自己也生病了，他就又把小赵先生的挪出来，对那个房间，也没做过多的停留。

如今终于有机会好好看看这个房间，屋子里一张书桌，一个高低床，外加衣柜。书桌上的书码放得整整齐齐，上面落了一层灰；高低床的上铺，很多被褥叠在上面，五颜六色一层压着一层；打开衣柜，里面是小赵先生一到五岁的衣服，衣服分类明晰，上衣、裤子甚至口水巾、没用完的纸尿裤都各有一方天地。衣柜的正中间是一个抽屉，抽屉上原有的嵌入式柜锁坏掉，不知道什么时候，上面加钉了一套旧式的、绿色的栓子，一把将军锁扣在上面，牢固无比。

赵先生看着这锁，脑袋忽然疼起来，也或许是因为喝了两瓶啤酒的缘故，不光疼，眼前还觉得天旋地转。他从柜子的侧面摸了一通，没摸到钥匙，于是干脆使蛮力拽锁头，仿佛那锁不单单是一把锁，更是命运的结，不砸开它，自己、张小姐乃至小赵先生的命运就会被它牢牢锁死，永远不能解脱。他又一次皱着眉头，咬紧后槽牙，两只手死死向外拽那把锁，接着便听到"轰隆"一声，抽屉上的栓子应声断裂，那抽屉像个顽皮的孩子一样打着滚儿蹦出来，一抽屉的稿纸，飘飘洒洒散了一地。

赵先生捡起一张稿纸，见上面密密麻麻，写满了隽秀的小字。他坐下来把稿纸整理好，一页一页地翻看。等他抬起头时，窗外已然一片暮色苍茫。

4

第二天早晨六点多钟，小赵先生就醒了，每次去看张小姐，他都是这么兴奋。转头看赵先生还睡着，他也不打扰，起了床自己洗漱了，再把要带的东西收好，然后从柜子里找到一件牛仔上衣穿上，站在镜子面前晃来晃去。

赵先生被小赵先生窸窸窣窣的声音吵醒，睁开眼睛看了他好一会儿说："这件衣服，太小啦。"

小赵先生看着镜子里的自己，衣服袖子缩到了小臂，衣襟褪到肚子上，他费了很大的劲把扣子扣上，然后就笑起来："感觉确实是有点小了。"

"我给你买件一样的吧，大号的。"

"不用，反正这是最后一次穿了。"

"爸爸，你还记得咱们第一次去看妈妈的时候吗？"

"记得呀,那天下了很大的雪,我以为你走丢了,骑着个自行车,像个疯子似的找。"

"嗯。"

"我到现在都奇怪,你那时候才不到五岁,你是怎么找到那里的?"

"我就找啊找,然后走啊走,就走到了。"

"好吧。"

"你起床吧爸爸,我们早点过去。"

"好。"

一个半小时后,赵先生和小赵先生手拉着手,站在一幢像巴别塔一样的巨大建筑物前。早晨八九点钟,一切都是新的。建筑物的院墙上,覆盖着一层薄薄的雪,两只麻雀叽叽喳喳地叫着落在上面,兴奋地踩下一串串爪印。太阳升起来了,它挂在天边三丈高的地方发出温和而含蓄的光,只给人温暖,不散播焦灼。

五分钟后,大门缓缓开启,张小姐迈着轻盈的步子从门后走出来,精神焕发。赵先生望着久违的张小姐,长长地呼出一口气,这场漫长的白日梦,终于醒了。

第二十章　最后的真相

1

2038年初夏，时间落在小满。这天也是赵先生和张小姐三十周年纪念日。不过与其说是三十周年，不如说是十五周年，张小姐从精神病院出来前，赵先生只跟她求过婚，两人从来没结婚。那些年赵先生四处奔波为张小姐治病，顾不上关注这些，就连小赵先生上学，户口也是挂在大刘家的。等到了张小姐终于好转，小赵先生已经八岁，两人才想起结婚的事儿来，他们俩翻着日历选日子。

赵先生翻到十月份说："求婚那天？11月11日。"

"不好，那天之后没多久我们就去了青海湖。"

赵先生又翻到正月："除夕？一元复始，万象更新呢？"

"也不好。"

两人沉默不语，张小姐又继续翻，翻过惊蛰，翻过春分，翻过清明，翻过谷雨立夏，终于来到小满。张小姐说："就它吧，小满，听起来就有点幸福的样子。"

"小满者，满而不损，满而不盈也，最好。"

"日子也好，五月二十到五月二十二，也怪符合时下流行的。"

于是两人说定了，在2023年小满这天去领了结婚证，日子正是5月21日。如今又十五年过去，小满节气走过了十五个轮回，两人三十年的感情，也变得平淡如水，赵先生说那不是水，是茶，"看着波澜不惊，其实有滋有味的"。

张小姐问道："我们是不是应该纪念纪念？我上网查了查，三十周年，叫珍珠婚呢。"

"好呀，你说怎么纪念？"

"我们出去旅行吧，再去一趟青海湖，怎么样？"

"你不怕啦？"

"早就不怕啦。"

时间过得飞快，就像疾驰的高铁。张小姐倚靠在赵先生的肩膀上望着车窗外，两人虽然一路无言，但是看起来并不显得冷漠，窗外的阳光洒落进来，反而给他们的身上增添了几分"夕阳无限好"的味道。他们的邻座上，小赵先生打开电脑端端正正坐着，在键盘上敲敲打打。

赵先生转过头看着他："还写呢？"

"嗯。"

"那些稿纸，都是我和你妈年轻的时候，一些不切实际的幻想，陈年旧事，你又把它翻出来。"

小赵先生笑了："爸，有意思。"

赵先生又回过头对张小姐说："我做了半辈子作家梦，成全在你儿子身上了。"

"他愿意折腾，就让他写呗，何况他学那心理学，也没啥前途，毕业了不好就业。"

"心理学，你还记得当年咱们俩瞎折腾的时候，大刘的那个实习生小刘吗？"

"怎么不记得，后来我还说谢谢人家呢，一直也没见到。"

"你看你儿子，跟小刘长得像不像？"

"有点，尤其是那双眼睛。"

两人你一言我一语地讨论着这些过往,邻座的小赵先生却全神贯注,对他们的话充耳不闻。此时此刻,他正沉浸在另一个世界里。

2

大刘的工作室内,小赵先生摘掉眼罩从沙发上坐起来。他的外貌,和小刘一模一样,或者确切地说,小赵先生,就是小刘。一只银色的电子手环戴在他的腕上,手环上不断闪出白光,手环末端,镶嵌着一个狐狸形状的标志。

"孩子,这么多年过去了,为什么你又开始研究起这件事呢?"大刘皱着眉头,从旁边的电子屏幕转过身来,小心翼翼地问道。

"二爸,也不单纯是我想研究。"小赵先生回答:"你还记得我爸从监狱出来那天吗?"

"记得,有十五年了吧,那时候你才八岁。"

"我不记得了。"

"是吗?"

"我只记得去接我爸,你开车,带着我和我姥姥。还记得监狱的工作人员塞了一堆药给我,叮嘱我提醒爸爸按时吃药。可是我爸为什么坐牢,我妈又是怎么死的,我全都忘记了。"

"可是法院的判决书和事故鉴定……"

"我知道,二爸"小赵先生打断大刘:"可是法律解决的,是现实的事情,我现在要解决的,是情感上的事情。"

"所以你就用这个",大刘指了指小赵先生的腕上的手环,"又给他造了一场梦,还把自己变成小刘,也穿插进梦中?"

"对。"小赵先生转过头,看了看还躺在沙发上的赵先生。他已两鬓斑白,脸上爬满皱纹,比同样年纪的大刘显得苍老了许多。他的手腕上，也戴着一只手环，和小赵先生的那只一模一样。

"对于我爸来说，我妈的死，是他的心结。"小赵先生接着说："不然他也不会在潜意识里编造出把我妈送进精神病院，又在十八年后带着我们俩再去西海的故事。"

"是，在你爸的精神世界里，那些潜意识可能已经转化为真正的意识，成为他记忆的一部分了。"

"可是对我而言，我妈的死，我爸的坐牢，乃至这件事的所有细节，也是我的心结"，小赵先生的表情有些痛苦："从我五岁，从2020年到现在，过去十八年，那些记忆的碎片不止一次地在我梦境里出现，在梦里，我想拼命抓住它们，可是每次我一睁眼，所有的一切又化为乌有。这也是我选择心理学的原因。我只是想用这样的方法，把那些碎片抓住，以此来证明，我，就是我。"

大刘叹了口气，拍了拍小赵先生的肩膀，眼神中露出一丝心疼。

小赵先生抬起手腕，手指在那手环上轻轻划了一下，又重新戴上眼罩。

3

张小姐死的那年三十二岁，小赵先生五岁，在他的记忆里，那晚夜色沉沉，辽远的天边挂着一弯惨淡的新月，没有乌云也没有风，一切尽皆静谧，乃至世界无物。赵先生在次卧抽烟、喝酒、写小说，时而站在窗前，望着北五环外浓重的夜色发呆，他那台厚重的游戏电脑因为不堪重负，发出低沉的声音，就像一只报丧的猫。

那天白天，赵先生和张小姐消失了一整天，直到晚上快十点才回来，而小赵先生就像往常一样，跟着在他家帮忙的奶奶待了一整天。晚上赵先生和张小姐回到家，像往常一样和小赵先生热情地打招呼，然后分别进了自己屋子里。他们家有两个卧室，是门对着门的，小赵先生站在两门中间，把他们之间的距离隔开了三米远，赵先生说，那三米不是三米，是十万八千里。

小赵先生问："爸爸，你有没有去看病？"

"去了。"

"你有没有好好听医生的话？"

"听了。"

"医生都跟你说什么了，给我讲讲呗。"

赵先生皱起了眉头不说话。

小赵先生有些生气，就去找到张小姐给他的手机，看《我的世界》的游戏直播。

远远的，他看见赵先生在次卧举起双手，在脸上一揉搓，那痛苦的表情就没有了，取而代之的，是一副笑盈盈的模样。

他走出来趴在门框上，对张小姐说："我想写一部小说，小说的名字就叫做《狠心的张小姐》。"

张小姐的眼睛眯成一条缝："我哪里就狠心了？"

赵先生："你误会了，我不是要写你，写你应该叫《狠心的张大姐》，或者叫《狠心的张阿姨》。"

小赵先生把眼睛睁开，露出大块的眼白："滚！"

半小时后，直播结束，小赵先生把手机收起来，拿出他的各种积木在地上排开。他想要在《我的世界》里，建一座巴别塔，但并不清楚怎么建，所以拿着积木在地上摆一摆。这件事对他来说太重要了，所以他把所有的积木都找出来，塑料的、木头的、软的、硬的各种堆积在一起，也不管能不能拼接在一起，先把他们统统倒在地上再说。赵先生看见了,就走出来,陪他一起摆。

小赵先生问:"爸爸,人们为什么要建一座巴别塔呢?"

"人们觉得自己很厉害,要传扬他们的名声,要让他们的后代不至于分散各地。"

"人们是用什么建的巴别塔呢?"

"砖头做石头,石漆做泥灰。"

"上帝为什么要混乱他们的语言,不让他们建巴别塔呢?"小赵先生又问。

"因为他们违背了上帝的誓言,上帝怕他们团结一致,不把上帝放在眼里吧。"

小赵先生越发感觉到好奇,于是又问:"那么巴别塔里,究竟有些什么呀?"

赵先生沉默了一阵儿,想了想又说,"爸爸也没进去过,不过,咱们可以猜猜。"

"我猜那里面有比萨汉堡、斑马驯鹿。"

"我猜那里面还有鲜花草地,游乐场。"

"有好多小朋友和爸爸妈妈在一起玩,爸爸妈妈从来不吵架。"

问完这句,赵先生就又不说话了,他伸直脖子僵在那里,就像囫囵吞了个馒头,噎得喘不过气来,于是小赵先生不再追问,只专心地拼积木。不一会儿,积木高高的塔身建起来,摇摇欲坠,好像那里面藏着的不是什么塔,也没有他们俩刚才说的比萨汉堡、斑马驯鹿,而是一只巨大的,看不清全貌的怪物,虽然难以想象那只怪物到底是什么,但小赵先生却掩不住内心的兴奋似的,把那塔身堆积得越来越高。只是这么拼着拼着,他忽然觉得肚子有些发紧,他想跟爸爸讲一下,但看他还在那里噎着,好像是在想着一些什么,就没再多说,忍着。可他的肚子不听话,它一阵紧似一阵,好像马上得拉粑粑了,不得已,他站起身转向爸爸,一句"我想拉粑粑"还没说出口,却忽然甩出一个大屁来。

赵先生被小赵先生的屁声震醒,回过神来望着他,一秒两秒三秒,他们都笑了。

"儿子,你着凉了。"于是站起身来去了里屋,好一通折腾。远远的,小赵先生听见爸爸对妈妈说:"那块毯子呢?"

"哪块?"

"就是我们从青海带回来的那块,上面绣着吉祥八宝的图案。"

"扔了。"

"为什么?"

"留着它干啥,都快发霉了。"

赵先生听她这么说,就急了,他说:"毯子发霉了,人也发霉了是吗?"

"你什么意思?"

"什么我什么意思,你是不是喝多了?"

"我没喝多,是你喝多了。"

"回来之前,你怎么跟我说的?"

"那块毯子对你来说就那么重要吗?"

"我问你,回来之前,你怎么跟我说的?"

"我忘了。"

"你说你再也不想那些有的没的,你不会再质问我有没有出轨,不会再说自己杀了人,也不会不承认自己有病。"

"你不是说我喝多了吗?喝多了说的话,不作数了。"

"我就知道。"

"你让我怎么回应你,明明一切都是真的,你却把它都当成假的。"

"所以你还是觉得自己杀了人?"

"不是我觉得，这是事实啊。"

她说这话时，忽然意识到小赵先生在门外，于是压低了声音。但其实这一点作用都没有，小赵先生说自己有特异功能，"从我懂得说话起，我爸妈就开始吵架，从他们吵架开始，不论他们的声音有多低，我都能听得清他们说的每一句话。"他似乎领会了张小姐的意思，于是故意打开电视，随便调了一个频道，把声音开到最大，不过尽管这样，他们之间的对话，他依然能听得一清二楚。

他听到妈妈压低了声音说："你还记得你跟我求婚之后，我跟你讲过的我在上海的过往吗？"

赵先生叹了口气："记得。"

"那之后我逃到北京，在双井的那个酒吧第一次遇见你。"

"我也记得，十九天后我们就在一起了。"

"你知道的是十九天后我们就在一起了，还有你不知道的。"

"你又开始了，你要说那天晚上你之所以拉着行李箱跟我搭话，是因为你看到了一那对黑白的影子，对吗？"

赵先生曾经跟小赵先生说："每当妈妈说到黑影子的时候，就是她的病情加重的时候。她的病情一加重，就会跟爸爸没完没了地吵闹。"

小赵先生不想看到接下来发生的事情，于是把电视机的声音又开得大了一点。电视里在播着一则新闻，说的是在青海湖旁边的一个旅游景点的墙壁里挖出一具尸体，说是尸体也算不上尸体，挖出来的时候，这尸体已经在墙壁里埋了十来年了，变成一具枯骨。他仔细看着，见一队警察在那具枯骨的周围拉开了警戒线，他们井然有序，拍照的、还原尸骨的、维持秩序的各司其职。

五岁的小赵先生，看到这些画面忍不住害怕起来，他朝着屋里喊："爸爸，妈妈。"可是爸爸妈妈还沉浸在他们的争论中，并没有听到他叫喊。他起身关了电视，走到门口，隔着门缝观看里面的光景，见妈妈左手拿着一沓稿纸,右手拿着个点火器站在那里,而爸爸则跪在妈妈的面前,他跪着的那个地方,地砖已经碎裂,这是之前他们俩吵架的时候,张小姐砸坏的。赵先生跪在那里,地板甚至被他压得翘起来一个角,他的膝盖上,渗出斑斑血迹。

"我想去自首。"

赵先生跪在那里:"你又没杀人,何来自首一说?"

"我……"她的语气又软下来,"亲爱的,杀人就要偿命,不管什么时候杀的,不管过去了多少年,也不管被杀的人曾经有过什么过错,杀了就是杀了。杀人就要偿命。"

赵先生迟疑了很久:"可是如果你去自首,我和孩子怎么办?"

"我不知道。"

她沉默了一会儿,又说:"我从2008年认识你,只过了不到三年的安稳日子。2011年你开始犯病,我把自己打扮成一个导演,带着你回即墨,去青海,兜兜转转整三年。"

"我记得。"

"可是你知不知道,我们怀上第一个孩子那年,我第一次流产的时候,有多痛苦?我走在潼闻路的街道上,给孩子念你当年给我写的诗。我一边给孩子读一边哭,我感觉自己的身后始终有那对影子,他们就像黑白无常,在跟我争夺孩子的生命。然而现在想来,哪里关什么影子的事儿,是因为我不可能一边照顾孩子,一边照顾生病的你。"

赵先生的眼泪流下来:"那都是什么时候的事了,你别说了。"

张小姐接着说:"我不知道接下来的生活怎么面对,只能闭上眼睛,疯狂地奔跑。我边跑边哭,我说孩子呀,妈妈好像坚持不住了,你快喊爸爸,爸爸一定能救我们,孩子似乎也听懂了,在我的肚子里拼命地挣扎。一下、两下、三下……我又说,孩子呀,妈妈好像坚持不住了,你别喊爸爸,我们得救爸爸,孩子又听懂了,在我的肚子里挣扎得更厉害,四下、五下、六下……到第四下时,我直挺挺地摔在了地上。当时我以为,我跑一跑,跳一跳,孩子就自然掉了,可是当我起来查看自己身下的血迹时,却发现我的双手死死箍在自己的肚子上。我有一双恶魔的手,它在青藏高原上杀了人,回到北京,又亲手终结了自己的孩子!"

"别再说了!"赵先生泣不成声,"都是我的错,不是你杀的!那个人,是我杀的……"

赵先生和小赵先生躺在沙发上,都是眉头紧皱,额上也渗出许多细密的汗珠。大刘见状,从桌上抽出一张纸帮他们擦,可是没想到二人却同时侧了个身,梦境就继续下去。

赵先生和张小姐最后一次来青海湖,是2014年的11月份。那时候张小姐为了给赵先生治疗精神抑郁,用所谓的"螺旋心理剧"的方式,演了三年。三年之后,赵先生真的好了,张小姐反倒陷入了深度抑郁的困扰。与此同时,她意外怀孕,也是第二次怀孕,所以某种程度上说,小赵先生生命的起源,也是在青海湖。不过这么多年过去,青海湖已经不复当初,整个景区的环境也有所变化。

"虽说是有了自然气,但没了烟火气。"赵先生有些遗憾地说。

"是啊,"张小姐说,"总感觉这地方忽然间变得陌生得很,好像我们从没来过一样。"

"不过游客还是不少的,再走走看看吧。"小赵先生说。

一家三口就这么在西海边上溜达,四围的环境安静淡然,海浪声声拍着海岸,这片海域就像见证了几千年里成千上万个故事的旁观者,浪花掀起又落下,故事开始又终结。然后远远地,海岸线上就走来一人,那人身穿一身标准的藏袍,头戴一顶藏式金花帽,正擦着远处金黄色的油菜花田，不疾不徐地一路走来。

张小姐一眼就认出他来，她兴奋地拽着赵先生的胳膊说："你快看，你快看，那个人是娘先加！"

赵先生瞪大眼睛仔细辨认着，果然是他。

张小姐远远地喊起来："娘先加，娘先加！"

娘先加走近了，一脸惊诧地看着眼前的三人："你们是谁呀？"

"娘先加，你不认识我们啦？"

娘先加皱着眉头想了半天，还是没想起来。

"索巴大叔还好吗？卓玛大婶呢，尕吉玛现在去了哪里啊？"

娘先加听他问到自己的父母和姐姐，于是放心下来，又仔细想了半天说，你们是从北京来的吧。

"对对对，来过好多次啦。"

娘先加笑了："好像是，想起来啦。"

小赵先生在一旁陪着，赵先生和张小姐跟娘先加在海边坐下来。他听他们提起往事，二十几年过去，这些人有的故去了，有的还依然留着一份热忱，在这个世界上忙忙碌碌。聊了约有二十分钟，娘先加从怀里掏出个老式怀表，看了看时间说："你们还没吃饭吧，我带你们去吃饭。"

赵先生指着旁边的无人酒店说："这不都是自动化了嘛，虽然看起来冷冰冰，但倒是挺方便。"

娘先加又笑了："我带你们去，去我那里。"

三人跟着娘先加，一路穿过油菜花田，又穿过草地房舍，兜兜转转再停下来，便见一个用石头砌就的招牌立在那里，上面写着：日暮客栈。等他们越过招牌，再进到里面，那股浓浓的、熟悉的烟火气息又一次扑面而来。

几人从日暮客栈的一进院子进到二进院子，再进到第三进，院子里每间房间的陈设也都保持着几十年前的模样，还是一样的青杨木桄杆的经幡、格桑花彩绘的炕桌、牛骨制的烟盅、酥油壶、酥油桶、糌粑袋、金银秤……还有那把叉叉枪和编织着吉祥八宝图案的地毯，全都没有变。

娘先加端过酒菜来，还是老三样，牦牛骨头、青稞酒、一大盘子椒盐，外加一大碗糌粑，熟悉得不得了。

赵先生一边喝酒一边说："真的是一点都没变。"

张小姐感叹："是啊，日暮客栈的名字，还是你喝醉了给起的，你记得吗？"

"记得呀，那天我烂醉如泥，后来又发生了什么，就不记得了。"

娘先加说："其实也有变化。"

"怎么？"

"这个地方不是原来的地方了，原来的那个大坑，早就被填平了。我阿爸觉得怪可惜的，就让我把那些房子的材料呀、家具呀都拆除出来，又在离海岸线近的地方重新盖起来。所以我们现在坐着的地方，并不是原来的地方，只是复刻了原来的大坑而已。"

"这样呀，怪不得这里被你改成了露天饭店。"张小姐说道。

"这边离海岸线近，逛累了，想吃饭的，比想射箭的多。"

赵先生问："这么多东西原封不动地搬过来，也是个挺大的工程吧？"

娘先加回忆道："可不是嘛，当年拆这面山墙的时候，还出了个事故呢。"

赵先生皱着眉头，正想询问是什么事故，娘先加的手机却响起来。他掏出来对着听筒说了一长串藏语，然后挂了电话说："新到了一批藏服，都是好料子，你们要不要试试呀。"

赵先生望向张小姐。张小姐回答："好呀，试试就试试。"

4

小赵先生摘下眼罩。

大刘把纸巾递给他,又抽了两张,边给深度睡眠的赵先生擦汗边问:"所以那天晚上,2020年1月24日的晚上,电视里的新闻,应该就是当年那具尸体吧。"

"应该是,而且在我爸潜意识的梦境里,他带着我们再去西海,娘先加说的他们拆山墙时遇到的事故,应该也是同一件事。"

"那么可以断定,埋尸的就是你爸了。"

小赵先生喝了口水,又戴上眼罩:"还是让我爸说吧。"

5

张小姐说,她在青海湖杀了人,回到北京后,又杀了自己的孩子。赵先生从痛哭中挣扎出来告诉她,青海湖杀人的,不是她,是自己。

彼时,小赵先生正站在门口,通过门缝见证了两个"杀人犯"的诞生。可是只有五岁的他,哪里分得清生死的概念和游戏里的差别呢,所以也不懂得害怕,他就那么徐徐听着,听爸爸妈妈继续聊着青海湖的那桩旧事。

两个人平静了好一会儿,情绪才慢慢缓和过来。

赵先生问:"你还记得那天晚上我们在索巴大叔家吃牦牛肉、喝青稞酒,喝多了的事吗?"

"我只记得你回到客栈以后,站在窗户跟前,然后我就梦见了那只巨大的蜘蛛。"

"你是说，一直尾随着我们的那个人吧。"

"是的，他从我离开上海就追着我，追到双井我们第一次见面的那间酒吧，追到老家即墨，又一路追到青海湖。他就像一只幽灵一样无孔不入，甚至他不出现的时候，我还能在梦里梦到他。"

"梦到那只巨大的蜘蛛。"

"嗯。"

"对不起，亲爱的，那天晚上除了把你从冰天雪地里抱回来，我还做了另外一件事。"

"杀人？"

"嗯，那天晚上，我终于找到了你。我把那块编织着吉祥八宝图案的毯子拿起来，盖在你的身上，然后转过身看着旁边那具半死不活的尸体。我看清了他的脸，他从来都不是我以为的那个模样——不是豹头环眼，也没有一捧大胡子，更不显得凶神恶煞。他只是一味的黑，黑色的面孔浸润在青藏高原黑色的夜里，他的五官扭曲，互相挤压在一起，看上去一副极其痛苦的模样。我再顺着他的脸往下看，就见到一把刀插在他的肋骨上，刀子插得不深，有半截露在外面。他还没死透，因为可以感受到微弱的呼吸。"

"你决定放过他？"

赵先生哆嗦着双手，从兜里掏出一支烟，点上，深吸了一口，烟雾缭绕，笼罩在他和张小姐的面前。

"有那么一瞬间，我是这么想的。"他说，"我甚至掏出手机，准备报案。"

"可是手机上一格信号都没有，而且由于气温太低的缘故，手机屏幕的显示也不太正常，各种花花绿绿的颜色附着在上面，甚至连时间都看不清楚。我合上手机时，才反应过来，彼时彼刻，救你才是最要紧的事。我想我真的顾不上那么多了，我转过身，用尽最后的力气把你抱起来，疯狂地冲回客栈的房间。后来……"

张小姐有些犹疑地叹了口气："后来的事情，我都知道了。"

"对。但是再后来的事情，你就不知道了。"

张小姐似乎早就做好了准备，她也从赵先生的烟盒里抽出一支烟点上，两团烟雾相互缠绕。

赵先生继续说："把你放回房间，和老潘、柴林、高峰他们折腾了半宿，又叫了救护车。在等待救护车的时间里，我有些心不在焉，甚至坐不住，所有的被子都捂在你的身上，我失了魂，在四面透风的房间里来回踱步。我想那时候老潘他们一定认为我只是在担心你，可他们不知道的是，我更多的心思是在后院山墙下，那有一具半死不活的尸体。老潘劝我不要太担心。我还开玩笑说我老婆命大。可是说这话时，我脑袋里却是你站在风雪中，被那个黑衣人逼到墙角的画面。老潘又说，最多三个小时，救护车就能到了。我说，我知道，我知道，可是我闭上眼睛，又看见你举起手里的那把藏刀，把它插进了那人的胸前。我甚至有些幻听，明明救护车还没到，我却感觉我听到了警笛的声音。我慌张地掏出手机，一遍一遍地翻动着通话记录，以确定我当时没有报警。这声音越来越刺耳，我的心也跟着激烈地跳动，当时我的脑海里只有一句话，那句话是我不能就这样失去你……"

梦里的画面再次切换，回到2011年那个杀人的雪夜。

赵先生直奔后院，他又一次看到那个黑面人时，他已经爬行了快十米的距离，在他的身后划出的一条雪道。雪道中间，又点缀着斑斑血迹，只是由于是深夜，那血迹不是红色，而是褐色，褐色的血与白色的雪相互缠绕、点缀，就像深邃宇宙中散落着的无数陨星，这些陨星散发出它们最后的引力，送到赵先生面前的，却是一个可悲的囚徒。

赵先生在黑面人的面前停下来，黑面人也抬起头，看着赵先生。

他的眼神暗淡，说不清是愤怒还是哀求。风雪大起来，天光也逐渐变得明亮，赵先生知道，他不能再犹豫了，因为他只要稍做犹豫，他与张小姐所憧憬的未来，就会化为烟尘，永不复生。

他弯下腰，抓起黑面人的胳膊在雪地上拖行。那条由雪和血组成的印记，因此变得更深。

黑面人的双脚无力地蹬着，试图从赵先生的束缚中挣扎出来，可是很显然，他这么做是徒劳的，他这么做，只是为自己将死的结局，平添了一份更深的绝望而已。

赵先生的眼睛中布满殷红的血丝，他就这么一刻不停地拖着那黑面人，一直拖到那堵山墙的跟前，山墙上的六字真言光芒四射，光芒中包含着无上的大能力、大智慧、大慈悲，而赵先生，一个手无缚鸡之力的书生，要在这无上的大能力、大智慧、大慈悲中，杀一个人。

他在无边的黑暗和寒冷之中伸出双手，开始拆掉山墙上的石头。雪虐风饕，气温极低，他的十指瞬间被冻得麻木起来。

他疯狂地徒手拆墙，石头一片片从墙壁上剥落下来，十指磨出了血泡。继而，血泡裂开，又洒出鲜血。对赵先生而言，那感觉不像是拆墙，反倒像是在揭掉他，乃至张小姐身上，沉积已久的脓疮。石头每掉落一片，脓疮就钻心地疼一次，内心也跟着粉碎一次。那种疼痛和粉碎催生着他心底的决绝，不一会儿，就在墙壁上幻化出一个黑洞。

他转头看着眼前这个人，他的眼睛更加暗淡，只有一张嘴在微微翕动。

赵先生捡起一块碎石，想要把他的嘴堵上，可是犹豫间，风雪已经灌进了他的喉咙，越积越多，令他再也说不出什么话来。

赵先生又拖起他的身体，不顾一切地把他塞进了这个由我一手打造的"黑洞"中。然而由于时间过于紧迫，洞口挖得太小，导致塞他进去的时候，他的头部抵在洞口的深处，一双脚却搭在外面，怎么都进不去。

冰天雪地里，赵先生的汗水就像泉水一样，从身体里冒出来。

然而他顾不上这些，他举起他的双腿，竭尽全力，只听到'嗵'的一声，黑面人终于掉了进去。

等赵先生把墙壁重新砌好，最后一次眼神与黑面人交会时，天光已经渐渐明朗。

他转过身，闭上眼睛。

身后墙壁里，黑面人残存的意识控制着自己的手臂，在石头上无力地捶打，那捶打声绝望而绵长，似乎将时间拉伸延展，在过了犹如九年的九分钟后，终于被一百五十一公里以外疾驰而来的救护车的鸣笛声，逐渐淹没……

第二十一章　杀人者死

1

2020年1月24日，是旧历的腊月二十七。赵先生拉着张小姐的手，从北五环的一角走到另一角，回到漤闻路小区20栋2单元0124房间。

"孩子一个人在家没事吧？"张小姐问道。

"没事的，这些年，这样的深夜漫步不知道有多少回，他已经习惯了，只不过以前是你在前我在后，今天终于并排了。"

二人进到屋内，这个熟悉得不能再熟悉的地方，它不过五平方米，一床一桌，一把吉他。吉他的琴弦绕得整齐，桌子上的鼠标线缠在一起。

赵先生把书包放下，掏出所有的酒一字排开，问张小姐："你饿吗？"

"有泡面吗？"

赵先生伸手朝床下摸了摸，摸出一个电磁炉和一只锅来，锅里居然真的有泡面，还有鸡蛋。他插上电磁炉，熟练地倒水，煮面，不一会儿就热气腾腾。

张小姐盯着锅里的鸡蛋，它们像两个顽童似的在面饼组成的金黄麦浪中滚来滚去，觉得恍如隔世。"十二年了。"她说。

赵先生帮她把酒倒上："是啊。"

"十二年前的记忆都历历在目,为什么单单那一段能忘掉呢?"

"大刘之前跟我说,这叫选择性失忆。"

他一边帮张小姐盛了一碗面,一边把酒打开、倒上,"我去查过关于选择性失忆的资料,上面说,这在心理学里面,是个防御机制,说是假如人遇到一个强大的刺激,这个刺激让这人无法接受,潜意识就会让他选择忘掉这件事情。"

"选择性失忆,精神抑郁,两个同病相怜的人,一起活到现在也算不容易。"

赵先生举起酒杯:"可不是嘛,为了不易。"

两人一饮而尽,又伤感起来,只是都噙着泪,克制着不流下来。

"我记得你生病的那几年,我跟大刘和闫姐常常去北新桥那家小酒馆喝酒,把他们都喝醉了,送走了他们,我再返回酒馆二层的露台,抱着一瓶酒蹲在墙角,边喝边哭,我一边哭还一边咒骂你呢。"

"都骂什么了?"

"我说你这个王八蛋啊,这个世界上除了你,谁还能把我害得这么苦呢?"

赵先生苦笑。

"其实我心里还有后半句没讲出来。"

"什么?"

"我想说,为什么生病的那个人不是我呢,我想代替你,哪怕做一具行尸。"

赵先生听了这些,眼泪终于夺眶而出:"对不起呀,都是我害了你。"

"可是我有个疑问。"

"你说。"

"你说那天晚上,你把我抱进房间,然后自己去外面藏尸。可是你跟我说的时候，我怎么觉得好像我真的亲眼看到你那样做了似的。"

"是吗？"

"是，包括你说什么洞口挖得太小，人放不进去之类的细节，还有……"

"是幻觉吧。"赵先生打断她。

"不知道，只是觉得熟悉，历历在目。"

"我们刚才出来的时候，不是说好了吗？亲爱的，我去自首，刀是我扎的，尸体也是我埋的，其他的都不要想了。"

张小姐哭了："接下来我该怎么办？"

赵先生想了想："你呀，不需要特别做什么，找个简单的工作，照顾咱们的儿子。如果能遇到个好人，对你好，对孩子好，你就跟他在一起。如果一直遇不到，我又凑巧没被判死刑的话，你想等，就等等我，我在监狱里，一定好好表现，争取早点出来，到时候我们一个老头，一个老太太，还在一起……"

张小姐站起来扑进赵先生的怀里，浑身战栗："亲爱的，所以今晚，很可能是我们最后的团聚了，对吗？"

赵先生不知道该怎么回答，他只是把张小姐抱紧，越抱越紧。

2

"清晰了。"大刘说。

"嗯。"小赵先生有些伤感。

"你妈妈杀了人，你爸爸埋了尸。"

小赵先生叹了口气："他们太可怜了。那个黑色的影子，折磨了他们整整九年。"

"是惨不忍睹的九年。你爸爸因为埋尸,心理受到巨大的刺激,得了抑郁症。你妈为了治疗他,发动一切可能的力量。没想到的是,等你爸爸想起来的那天,才是终极绝望的开始。"

"二爸,换了你,你会怎么做?"小赵先生问。

"我不知道,以前,我劝过你爸爸亡羊补牢,可是或许……",大刘点了支烟,"或许我遇到同样的情况,也会像你爸爸一样,选择自首吧。既然是共同杀人,总要留一个人照顾你呀。"

"不过我想确定的是,"大刘接着说:"那个黑影,就是当年你妈在上海的时候,差点让那个自闭症孩子强奸了她的杂货铺老板吧。"

小赵先生点头:"是。"

"那么之前梦境里的那个白影呢?他是谁?是你爸爸?"

"也许是吧,不知道。"

3

凌晨六点,天色渐明。

赵先生和张小姐踩着猫步回到家,放轻脚步、掏出钥匙,轻轻开门、关门。小赵先生依旧躺在床上,被子蹬开,鼾声正浓。赵先生走到床边帮他重新盖了被子,又让张小姐坐下,扶着她的肩膀说:"我去找大刘他们处理一些善后的事情,等我回来以后,咱们好好吃个午饭,我就去自首。"

张小姐的咽喉动了几下,声音像刚出生的小猫似的,回了句:"嗯。"然后再很配合地躺下,等到赵先生洗漱了,转过身出去,却又坐起来。她走到窗户旁向楼下望去,见赵先生已经出了单元门。

张小姐回到床边,端详着眼前的小赵先生。他的枕头旁边,扔着一部手机,正是张小姐和他共用的那部。

她拿起手机，翻看着里面自己零零碎碎的记录，又点开那个叫《我的世界》的游戏。

这世界不是现实的世界，不是赵先生和张小姐的世界，而是小赵先生的世界。同后来的赵先生一样，张小姐操作着游戏里面的角色，从晴日到雨夜再到雪冬，从草地到泥泞再到迷雾丛生的高塔。高塔顶部，一只狐狸奄奄一息地趴在地上。狐狸的皮毛本是充满光泽，异常耀眼，可此时的它却狼狈不堪，它的四肢陷入泥泞沼泽之中，头侧在一边，就连那条最为惊艳的蒲扇形火红尾巴，也在迷雾和泥泞的双重腐蚀下，仿若一片枯叶。它试着动了动自己的后腿，但沼泽却忽然沸腾，冒出许多黑色的泡泡，泡泡越来越多，越冒越大，变成无数个黑洞将狐狸吞噬殆尽。从尾巴到身体，只剩下一颗沉重而倔强的头颅。它没有别的办法，只能大口喘气。张小姐不忍看到这一幕，胡乱点着屏幕，想要把它救出来。那狐狸见状也配合着挣扎起来，一双眼睛充满了渴望，呼吸变得更加急促。手机里，游戏角色举着一把斧头疯狂地挥舞，像素块跟着四处飞溅，溢满了整个屏幕。有那么一瞬间，她觉得这只被困的狐狸就是自己，同样是陷入泥潭之中不能自拔，也同样把渺茫的希望寄托在无力的反抗之上。

不过好在经过一番盲目的操作之后，狐狸总算得救了。可是当张小姐放下手机抬起头来，却发现那狐狸不知道什么时候从手机里蹦了出来。光天化日之下，它就那么蹦了出来，背靠着八九点钟的晨光，注视着张小姐。张小姐以为自己产生了幻觉，揉了揉眼睛，再看，那狐狸依然在。随着阳光照射进来，它的轮廓变得更加明显，皮毛也恢复了些许的光泽，最特别的是那双眼睛，狭长的眼眶里缀着一对红色的珠子。张小姐认识这双眼睛，那是小刘的眼睛。

张小姐问："你是谁？"

狐狸不答话，它抖动了一下身体，适才在沼泽里沾染的那些污浊和泥泞就掉落下来。

"我知道了，你是来告诉我怎么做的，对吗？我真的不知道该怎么办了。昨天晚上，所有的事情我都想起来了。"

狐狸依然不说话，它索性直接在张小姐的面前卧下来，伸出前爪，把脑袋搭在上面，喘气的声音不似之前那么急躁，而是均匀有力，一条尾巴耷拉在身后，时不时摇动几下，像是在默许张小姐说下去。

"其实我早该想起来，在我看到青海湖挖出尸体的新闻时，我就该想起来。那天晚上，我用尽最后的力气，把藏刀扎进那人胸前，可是由于刀没有开刃，刀上也没有血槽，插进去容易，再拔出来就难了。那人倒在地上动弹不了，我双手抓住刀柄拼命往外拔，顾不上害怕，我看见那刀子缓慢地往外移动，大概移动了五毫米，'砰'的一声，血浆喷出来，溅了我一脸。

"我瘫坐在地上，全身就像被绳子绑住了一般，一点力气都使不出来。他还没有死，就在雪夜里看着我，眼神充满乞求，就像索巴大叔家杀掉的那只牦牛。雪越来越大，我光着脚坐在毯子上，感觉不到任何温暖。如果就照这样下去的话，我们两个都得死。我其实已经不怕死了，同归于尽，无疑是一种解脱，可是……

"可是我的赵先生，还是出现了。"

狐狸听到这里，又站起身来，它伸出前爪在地上抓了几下，然后又侧过身，望了一眼窗外。

"所以我苟活到现在，是不应该的。对吗？"张小姐问。

狐狸侧过身子，给张小姐让出一条道路。

"可是你要去自首。"张小姐对着空气，仿佛赵先生就在眼前："你跟我说，那人是你杀的，你是在撒谎！人已经死了，我亲眼看着他把那具尸体埋进墙壁，你是想一个人把所有的罪都背负了，对吗？这么多年过去，我才知道那一黑一白的两个影子究竟是什么，黑的，是一直笼罩在我身上，挥散不去的噩梦，那白的，居然是你！而我居然一直把他当成了那个小孩的影子，我躲避着它，却原来都是在躲避你的爱。那个洞，那个本来属于我的万丈深渊，却因为我的愚蠢，变成了你的万丈深渊……亲爱的，对不起，可是你太傻了，你忘了那把藏刀，那刀子上面，只有我的指纹，没有你的指纹呀。"

张小姐走到窗台前，趴在上面一阵干呕。

那狐狸见了也跟着走过来，双爪搭在窗台上，陪张小姐望向窗外。

张小姐喃喃自语："在上海，那个自闭症的弟弟因为救治不及时，死了；在青海，我又杀了他的爸爸；回到即墨，我爸爸自杀，我奶奶也跟着去了。我妈……回过头来看这一切，好像都是我造成的，也许我生在这个世界上就不应该，我是唯一的麻烦制造者，连累了所有人。这个世界上，我只有你们俩了，对不起，赵先生，我承受不了失去的痛苦，只能选择让你们失去我，只有失去我……"，她幻想着这没有黑暗的世界，眉头终于舒展开来，缓缓抬起头，爬上窗台，伸出一只脚……

4

"妈妈，你在干吗？"小赵先生醒过来。

张小姐转过头，汗水从脸颊淌下来，"没什么，你……睡醒啦？"

小赵先生揉了揉眼睛："我饿了，饿醒了。"

张小姐从窗台上下来："那妈妈做饭去，你想吃什么？"

"爸爸说你煮的泡面最好吃了，等你病好了就给我做，妈妈，你好了吗?"

"好,你穿衣服,妈妈去做。"

多年不下厨房,张小姐对里面的一切都变得陌生,锅碗瓢盆放在哪里浑然不知,费了半天劲好不容易准备齐全了,又被燃气灶难住。那燃气灶早就坏掉了,点火开关响了七八次,却不见一丁点火苗出来。张小姐有些慌乱,她环顾了厨房一周,猛然发现赵先生买的那把点火枪,捡起来,来来回回折腾了好几分钟,才算把火点着。可是燃气灶点着了,点火枪又出了毛病,开关回弹的弹簧坏掉了,它导管里的火焰怎么都灭不了,张小姐手指使劲扣在开关上,又试图拔掉导火管,哪知道由于燃烧得太久,导管的温度早上了两三百度,她刚伸出手触碰,瞬间感觉像被针扎了。

小赵先生在里屋问:"妈妈,面煮好了吗?"

张小姐盛了一碗水把点火枪浇灭,"快好了……"然后放调料、下面饼、卧鸡蛋。

"妈妈,我去外面吃还是在里屋吃?"

"都行。"

"那在里屋吃吧,晒着太阳吃面,真是太香啦。"

"好。"

两分钟后,面煮好,张小姐关上燃气灶,端起面走进里屋。

她的身后,那支点火枪的火苗腾地一下又冒出来,左摇右摆,闪烁不定。

"好吃吗?"张小姐问小赵先生。

"好吃,可是爸爸不让我多吃。"

"为什么?"

"爸爸说,泡面在你们小时候,都是垃圾食品,吃多了对身体不好。"

"你爸说得对。"

"爸爸还说,假如有一天他不在我们身边了,让我不要挑食,你做什么我就吃什么。"

张小姐的眼角又湿了。

"妈妈,你怎么哭啦?"

张小姐擦了擦眼睛:"没事,爸爸瞎说的,妈妈现在病好了,咱们一家人在一起,永远都不分开。"

"妈妈,你有没有闻到一点奇怪的味道呀?"

张小姐闻了闻:"没有呀。"

"有点像臭鸡蛋,你闻闻,仔细闻闻。"说完他不等张小姐动作,放下碗筷站起身来顺着那味道一路嗅过去。

张小姐在后面皱着眉头跟着,见小赵先生走到厨房门口,他指着厨房的燃气灶:"妈妈,就是这里。"他转过身,像发现了新大陆一样惊喜地望着张小姐笑。张小姐像是忽然意识到了什么,她一个箭步冲出去,拉住小赵先生把他甩到一边,紧接着身后忽然发出一声巨响,一股热浪从厨房冲出来……

黑色的烟尘、灰色的迷雾、红色的火焰,在2020年的除夕这天,随着一声巨响拉开序幕,却不知道在什么时候才能终结。窗外,节日的烟花已经开始绽放,烟花在它生命的顶点处炸开、绚烂、过完一生,张小姐在她人生的低谷时清醒、绝望、终结一切。恍惚中,她仿佛觉得这场大火就是上天刻意为自己准备的,它让她在最难以抉择的时候找到借口,可是令她没想到的是,这精心的准备不仅要吞噬她,还要吞噬掉她的孩子。

屋子里火势越来越大,火蛇一样从厨房爬出来,小赵先生跪在张小姐的面前,一遍一遍地喊着妈妈,喊几声喊不应,就站起身来,一边哭着,一边背诵幼儿园里教的消防知识的口诀,好像是在对张小姐说，也好像是在对自己说。

他说，突发火灾先自救，立即拨打119。说着他就去找手机，可是他翻遍了抽屉、床铺甚至自己的玩具箱，都找不到。就在半个小时以前，手机上还出现过一只邪魅的狐狸，那狐狸一路引导着张小姐踏入虚空，倘若不是小赵先生忽然醒来，那一刻，一切就已经结束了，然而现在，狐狸不见了，手机也不见了。

小赵先生找不到手机，又折返回去问妈妈，他抱着张小姐的头说，妈妈，你醒醒，手机在哪里？你告诉我手机在哪里，我要报警，妈妈，你快醒醒吧。可是张小姐却没有半点反应，她的头侧在一旁，脸色惨白。小赵先生吓得哭起来，边哭边背诵，燃气泄漏莫惊慌，关紧阀门速开窗。背完了，他又吃力地推动着凳子，凳子摩擦地板，发出刺耳的响声。他踩着凳子把窗户打开，那滚滚的浓烟随之冲出窗外，路过小赵先生的时候，它们毫不留情地钻进他的眼耳口鼻中，呛得他直咳嗽。小赵先生忍住咳嗽，他从床上把被子抽出来盖在张小姐的身上，又去卫生间用脸盆盛水。可是他才五岁，一盆水，尤其是此时此刻的一盆水，对他来说犹如千钧。他的双手紧紧抠着盆子的两端，由于力量不够，又以肚子作为支撑，上身就跟着微微前倾，重心也随之失去，脚步就跟着跟跄起来。

盆子里的水左摇右晃，泼溅到地上。等到了张小姐的身前，满满的一盆水已经剩下个盆底子，杯水车薪，在这个末日将至的除夕，这场大火踩蹭着这对母子，就像一个从天而降的巨人踩死两只蚂蚁那样简单。

可是小赵先生还是没有放弃，虽然杯水车薪，但他还是一盆盆的去接水，只是来回路上，水洒得越来越多，他光着小脚丫踩在冰凉而潮湿的地板上，终于脚下打滑，一个趔趄栽倒在张小姐的身边，水也倾盆而出，浇了她一脸。

张小姐缓缓睁开眼，小赵先生说："妈妈对不起，我没有好好听老师的话，我不敢进厨房，也不知道燃气的阀门是什么……"

张小姐挣扎着想坐起来，可是经过刚才热浪冲击和冷水浇头的双重折磨，她的胳膊沉得就像灌了铅，费了半天劲，却只挪动了几公分。

"妈妈，我们快逃跑吧。"

"嗯，逃跑，儿子，你去开门，你跑出去喊救命，喊人来救妈妈。"

小赵先生跑到门口，又转过头："可是我爸爸说，我和你单独在一起的时候，要看好你，一步都不能离开你。"

"那是在妈妈生病的时候，现在妈妈好了，快去。"

"好。"他抓住门把手，小小的手掌握在上面，用尽全身的力气，门却纹丝不动。他又哭起来，"我打不开，我太笨了妈妈，怎么办呀？"

张小姐来不及安慰他，又说："儿子，你去把床单抽出来，给妈妈。"

小赵先生又跑回卧室去拿床单。

或许是刚才的那声爆炸惊动了邻居，也或许是小赵先生打开窗子，滚滚的浓烟被路人看见，窗外开始响起消防车的警笛声。

小赵先生小跑着，拿出床单递到张小姐的手上，"妈妈，有警报声。"

"嗯，别害怕，消防员叔叔来救我们啦。"她把床单的一角挽了个扣，递给小赵先生，"儿子，你把这个扣挂在门把手上，然后待在门口不要动，等妈妈过去。"

小赵先生照做了，站在门口，火光和烟尘裹挟着焦急与恐惧，使他原本柔嫩的脸蒙上一层阴影。

"妈妈，好像有水的声音，一定是消防员叔叔在灭火，你听见了吗？"

"妈妈,我好像听见爸爸的声音了,他一定是来救我们了。"

"妈妈,我还活着,你死了吗?"

"妈妈有点累,让妈妈睡一会儿吧,乖。"张小姐闭上了眼睛。

十分钟后,消防员进来,破窗、灭火,把张小姐和小赵先生放在云梯上。路过窗户时,把张小姐的稿纸带飞,稿纸从十二楼的窗户飘飘摇摇,落在赵先生的脚下,他俯身拾起,字斟句酌,见上面写着——我们终究会在没有黑暗的地方再相见,所以我,必须死。

第二十二章　小满

1

　　小赵先生在这梦魇的裹挟之下，双手伸向空中，不停地抽搐起来，一如多年前他高热惊厥的模样。大刘见状，赶紧跑过去拼命摇晃他的身体，等他终于醒过来，深蓝色的眼罩已经被泪水打湿，变成黑色，而他身上的汗水，也像他小时玩《我的世界》时，画面里那些无情的雨水一般，刹那间覆盖了全身。他大口喘着气，这是他十八年来，从来不敢触碰的过往。

　　大刘倒了杯水递给他，又坐下来搂着他的肩膀："儿子，别害怕，一切都过去了。"

　　小赵先生握着水杯，眼神茫然，一句话都不说。

　　"二爸知道，这些事折磨了你很多年。如果不是你一直坚持……"

　　"没事。"

　　"不过你也别担心，想起来了，自然也就有希望让它过去了。二爸研究了一辈子心理学，到最后才发现，好多事情解决，没什么好办法，拿起来，再放下，就这六个字。"

　　"我知道。"

　　"还有……"

　　大刘还想说什么，小赵先生却打断他说："二爸，你先回家吧，我想一个人在这里静静。

大刘:"可以,但是你得答应我,不要再把这个梦做下去了。"
"好。"

大刘走后,小赵先生靠在沙发上,面对着赵先生蜷缩成一团。十八年前,赵先生因为杀人证据不足,埋尸事实清楚,又因为重度抑郁复发,被判了监禁三年,关在专门收容精神病患的新康监狱。三年后,他刑满释放,人自由了,病却没好。

白日里,赵先生一日三餐按部就班,跟正常人没什么两样。可是一到晚上,他就关上房门,坐在电脑前,编织自己潜意识里的梦境。他的梦一重又一重,在他的梦境里,张小姐没有死,而是被他送进了精神病院。在精神病院的三年里,他和小赵先生相依为命,甚至还因为一瓶黄桃罐头,跟一个快递小哥打了一架。这样的梦,几乎每天都在重复,半夜里,赵先生有时因为梦见小赵先生的走失而号啕大哭,有时又因为梦见和张小姐的重逢而开心得大笑。

不过在这些不正常中,唯有一件正常,那就是每天下午五点,赵先生都会去接小赵先生放学,无论冬夏,风雨无阻。在接孩子的人群中,穿戴整齐的赵先生拉着小赵先生的手,父子二人相视一笑,看不出与别人有什么不同。

倏忽十五载过去,梦没醒,他自己却老了。小赵先生摘下赵先生的眼罩,抚摸着他花白的头发和满脸的皱纹,觉得他不像知命之年,倒像个耄耋老人。可是这老人虽然经历了无数次生死轮回,却自始至终都没有放下……

时间一分一秒过去,天色渐渐暗下来。小赵先生蜷缩在赵先生身边,拉着赵先生的手,又戴上眼罩,重启最后的梦境。梦里,他觉得爸爸是自己在这世界上唯一的依靠,就像2020年1月24日那晚,张小姐刚刚去世时一样。

2

我生于2015年5月21日，阴历四月初四，二十四节气中的小满。又因我是早产，我爸不想我在这世上像他一样辛苦，就给我起名叫"小满"，取"小满胜万全"的意思。可是我今年二十三岁，活了二十三年。二十三年来，没有小满，更谈不上万全。从我生下来的那天就是这样，我妈死的时候是这样，后来我爸疯的时候依旧这样。

2020年1月24日我妈去世，1月27日是她死去的第三天。按照我从未踏足过的故乡的讲究，人死后第三天的夜里，会回魂。所以我妈在床上躺了三天。这三天里，除了我和我爸，没有别人陪着她。没有人陪着她，不是我爸妈人缘不好，没人来奔丧，而是我爸不让。那天我爸把我妈的尸体从消防云梯上抱下来，带着我回到家那一刻，就把门重重地关上，反锁。外面我大舅、刘爸爸、闫妈妈，还有一众警察和邻居疯狂地砸门，我爸爸坐在地上，用背抵住门，默默流泪。

大约三个小时过去，敲门的声音逐渐停止，我爸也哭完了。他抱着我妈，迈着沉重的步子朝床边走去。我妈的头发垂下来，正好挡住了她苍白而肿胀的面容，让我觉得没那么害怕。

我光着脚踩在冰凉的地板上，跟在我爸的身后问他，爸爸，妈妈怎么啦？

我爸说，妈妈太困，她睡着了。

"她是不是已经死了？"

我爸把我妈放在床上，又用被子盖了她的全身："没有，让她先睡会儿吧。"又问，"你饿吗？爸爸给你做饭吃。"

"不饿，冰箱里有面包，刚才我吃了半个。"

我爸说好。然后他起身去关窗帘，主卧的、次卧的、客厅的，他拉上了所有的窗帘，卫生间和厨房没有窗帘，他就从抽屉里拿了一沓稿纸，一张一张地把它们贴在窗户上，贴完了，我家就从白天变成了黑夜。

我拿出妈妈的手机。虽然经历了一场大火，但这部手机却依旧完好无损，安静地放在我的枕头下面。我打开我最喜欢的游戏——《我的世界》。

我的世界不同于外面的世界，外面有四季，我只有两季。在我的世界里，太阳和月亮一起悬挂在天上。我要继续建我的巴别塔。我在动画片里听到巴别塔这个名字，动画片的名字我不懂，只记得里面的人也和我一样，建了一座倒悬着的巴别塔，他们说为了保护人类，就要建造一座巴别塔，把人类的希望封存在塔底。

我也有希望呀，我希望幼儿园里的秋千能宽一点，这样我跟刘子玉就能一起坐上去荡秋千，不用分开排队；我希望麦当劳的每份薯条的分量能增加一些，这样就不用吃完一份，眼巴巴地看着爸爸，乞求他再给我买一份；我还希望爸爸妈妈不要没完没了地争吵，因为每次争吵过后，我家都会出点事情，比如昨天的大火。所以，我得赶紧把这座巴别塔建好，建好以后，就可以把那些不好的、让我不开心的东西统统封印在塔底，永远都不再出现。

可是当我打开游戏，却发现在建好的高塔的顶部，除了狐狸，什么都没有。狐狸很可怜，它一会儿跑到南，一会儿跑到北，一会儿低下头在这荒芜的土地上闻来闻去寻找食物，一会儿又躺在地上，绝望地一动不动。它太可怜啦，我想我得救一下他吧。该怎么救呢？让我想想。对了，我要把它像宠物一样养起来，养宠物，就得首先造个笼子，于是我开始造笼子。我一连造了三天，狐狸趴在荒原上，等了我三天,而我爸就在外屋坐了三天。我说我饿了,他就去给我做饭,我说我困了,他就让我陪着我妈睡觉。到了第三天,我的笼子终于造好,那只狐狸也已经奄奄一息,趴在地上动弹不得。

我走到狐狸面前,轻轻驱赶它。它很乖,颤颤巍巍地起身,慢吞吞地前进,偶尔回过头看我一眼,再前进,直到进入笼子中。关上笼子门的那一刻,我终于舒服了,心想,我就这么豢养着它,让它再也没有忧愁。没想到那狐狸看见我关上了门,却忽地变了脸色,它伸出爪子,狠狠地插进地上。

我害怕极了,把手机扔在一旁,从被窝里探出头,仔细观察着外面的动静,见我爸摸黑在客厅来回踱步,点了一支烟坐在沙发上。由于没开灯,黑暗中只看到一点红色的荧光在他的手口之间来回穿梭。我说,爸爸,我有点害怕。

我爸把烟掐了,转身到卧室里来,蹲在我身边帮我把被子盖好,一边轻轻地拍着我一边说:"怎么啦?"

"爸爸,你还是不要抽烟了。"

"怎么啦?"

我本来想说火苗像狐狸的眼睛,可是话到嘴边又改了主意,我说:"像游戏里的红石怪,很可怕。"

爸爸也不好奇红石怪是什么,只说:"好的,爸爸记住了,以后不抽了。"

"你要是实在想抽,就把灯打开,或者等我睡着的时候再抽。"

"好,爸爸听你的。"

我想,我该睡觉了吧,睡着了,就不害怕了。于是我就说服自己睡着。我爸见我呼吸均匀,没了动静,才蹑手蹑脚地起身到客厅去。

其实我并没睡着。爸爸不听我的话,他坐在沙发上,又抽出一支烟，他拿起打火机"咔哒咔哒"响了好几下，一点火光也没有，估计又想起刚才我说的红石怪来，于是把打火机扔在一旁，背靠着沙发躺下，长长地呼出一口气。

如此静默了一会儿，他又把窗帘拉开。外面已是午夜，月上中天，是一弯新月。月亮闪着寒光把夜空戳出一个镰刀一样的洞，我爸伸出手在空中抓了抓，又缩回来。感觉上是他的手掌被那镰刀一样的新月划破了，生出阵阵刺痛。如此反复了几次，他终于不再犹豫，站起身来，穿上衣服，打开门走进了夜色中。

第二天一早，我恍恍惚惚看见家里就来了好多人影，人影晃动着把我妈妈抬走，只留大舅和我在家里。等我完全醒来了，我就问大舅，我说大舅，妈妈走了，还会回来吗？大舅说，咋能不回来呢？妈妈就是生个病，治好了就回来了。我说那我能去看他吗？他说，能啊。我说，你把妈妈的地址告诉我吧。我大舅就蒙了，他想了好久，问我，你能认识字吗？我说能，能认识好多。我大舅就站起来，去找了纸笔，写了一个地址给我。他说你收好，等爸爸回来了，就带你去。

可是我爸爸从昨晚出去，却一直没有回来。下午大舅又有事要走，把我放到刘子玉家里。吃饭的时候，我问刘子玉的妈妈，我说闫妈妈，我爸和我妈什么时候回来呀。闫妈妈说，她说你别担心，他们很快就回来了。我说，很快，是多长时间？闫妈妈就开始擦眼泪，一边擦，一边让我们先吃饭。吃完饭，她让我和刘子玉把门锁上，谁来了都不许开，然后自己出了门。

我给刘子玉看我的游戏，看我在《我的世界》里建的巴别塔和牢笼，这时候那狐狸已经乖了很多，它温顺地躺在笼子里，我也不害怕它了。不光我不害怕，刘子玉也不怕，她开心地拍着手说，你好厉害呀，我妈妈都不让我玩儿游戏。

我说，我爸妈倒是让我玩儿，可是他们现在却不见了，我有点担心他们。

刘子玉说，要听我妈妈的话，她说你爸和你妈很快就能回来，他们就很快会回来的。

然后又跟我一起看游戏，可是我这时候满脑子里想的都是我爸妈，哪还有心思给她看游戏。我说我想去找他们，找我爸妈。刘子玉问，你怎么找？我说，我大舅给我写了个地址，我想顺着这个地址去找。我掏出大舅给的小纸条，却发现纸条上画着个建筑物，红色的砖墙黑色的大门，小小的房子，大大的烟囱，烟囱里还冒着烟，只是上面一个字都没有。

刘子玉问，你去过这里吗？我说没去过。刘子玉说，看着像咱们幼儿园后面的锅炉房。我说，那我去。刘子玉说，不行，我妈妈说了，让咱俩待在家里锁上门，谁来了都不给开门。我反问，可是你妈没说咱们不能出去呀。刘子玉说，没说也不行，外面有坏人。

我说这样吧，你在家里待着，我自己出去，我出去以后，你再锁上门。

刘子玉说，这样是可以的吗？

我说，可以呀，你妈妈是不是说让你待在家里哪里都不要去。

刘子玉说，是的呀。

我说，那你出去了吗？刘子玉说，没有。

我说，你妈妈又让你谁敲门都不给开，对不对呀。

刘子玉说，对呀。

我说，那你把我放出去，我也不敲门。

刘子玉想了想说，没问题。

然后她帮我打开门放我出去，到门口的时候，她把她的一个毛绒公仔递给我说，它是我最爱的《小王子》里的小狐狸，让它代替我，陪着你去吧。

又是狐狸啊，我对这只狐狸的感情，一夜之间变了三次，先是害怕，再是不怕，到现在看见这个毛茸茸的小东西，反而有些喜欢它了。

我带着小狐狸融入沉沉的夜色中。说实话我当时并不知道该去哪里，也并不认为大舅给我留的那张纸条上，画的是幼儿园后面的锅炉房。可是我得出来，也必须得出来。在我的心里，我的爸爸妈妈，就像两个走丢了、找不到回家路的孩子，我是他们唯一的亲人，我得把他们接回来呀。

我走到小区门口，发现那里熙熙攘攘聚集了很多的人。他们好像是由于什么原因，凑在一起，被保安拦着不让进门。他们好可怜呀，我猜他们像我一样，也是着急去找自己没回家的孩子吧。不过他们的情况要比我好，他们是大人，有手机，可以打电话，但是我什么都没有，我只有一双穿着拖鞋的脚。

想到这里，我觉得我的时间很紧迫，得赶紧出去。正好，小区大门的栅栏的宽度和我的身体差不多，我趁着他们不注意，轻轻松松地穿过栅栏，鼓足勇气向马路上飞快地奔跑。

路口的红灯变绿，绿灯又变红。以前在家帮着照顾我的奶奶、闫妈妈和刘子玉都教过我，过马路时，要看红绿灯。红灯亮了，不能走，绿灯亮了，才能行。可是我看见路口的红灯变绿，绿灯又变红，没有一辆车有停下来的意思。

我心想，顾不上那么多了，无论如何我得过去。我左右看了看，趁着车子们不注意，憋足一口气冲了过去。虽然我听到身后有车子急刹的声音，但我一点事儿都没有，继续迈开大步往前赶。不过我迈大步，也不单单是因为自己会过马路了，感到兴奋，还有一点，天又黑了。

我攥紧刘子玉给我的狐狸迈开大步，每一步都结结实实砸在地上，发出响声，这样我才不会那么害怕。路灯一个接着一个，街上的车也越来越多。到处都在堵车，他们很着急，不停地按着喇叭。不过这喇叭声，反而给我壮胆子了。

奇怪的是，我越往外面走，街上的车子、行人，反而越来越少了。我再过马路，等红绿灯，也就没那么危险，只是有一点，我穿的是那种半截的棉布拖鞋，刚出来的时候不觉得，走了这么半个多钟头，脚后跟就有点硬邦邦，冰冰凉，过了一会儿又疼起来。

不过我管不了那么多，我走到我们幼儿园后面的锅炉房。我认识那个地方，以前下课的时候，我和刘子玉还偷偷去过锅炉房，我们原本想把它发展成我们的秘密基地来着，后来烧锅炉的老爷爷给了我俩一人一块糖，并且让我们保证以后再也不许到这个地方来，我们的计划就泡汤了。

对不起呀老爷爷，我今天要说话不算话啦。我站在锅炉房的门口，又拿出大舅给我的那张小纸条对着看，锅炉房的墙是红色的，锅炉房的烟囱也是红色，烟囱也冒着烟，但是锅炉房却没有黑色的大门，而是绿色的。我想可能是我大舅记错了，不管他，不管黑色还是绿色，我先进去再说。

我是第一次进到锅炉房，这里面除了有黑黑的煤块和热热的锅炉，就剩下一张小板凳，连个人影儿都没有。

我看见炉子里的火，就在小板凳上坐下来，把拖鞋脱掉，放在热热的锅炉旁边，然后又去搬了一大块煤，放在靠近炉火的地方，把双脚放了上去。

炉灶里的红色的火苗一闪一闪，不一会儿，我的袜子上就跟着冒了热气。这些热气从我的双脚开始，像一条虫子似的一步一步往上爬，一直爬到我的脑门上，浑身都暖暖的，感觉真舒服。

我贪恋这点舒服，于是跟我爸妈说，爸爸妈妈，我有点瞌睡啦，我先睡一会儿，你们乖乖的，我一会儿醒来就去找你们。也等不到他们同意，我就抱着那块黑煤球，在锅炉房里睡着了。

我睡得好香呀，连个梦都没做，等我醒来时，外面天已经黑透了。锅炉房里面还是没一个人回来，炉子里的火苗也没有了，变成了暗红色的炭。房门没有关紧，一阵风吹进来，炉子里的炭就跟着一闪一闪，亮一下，灭一下，好像六月里的萤火虫。

说真的，那会儿我是有点害怕的，如果接下来还是我一个人，我真的会很害怕。不过很快我就不害怕了，因为我的身边多了一只小狐狸，正是刘子玉给我的那只，它居然活过来啦！

小狐狸拖着一条长长的尾巴，像一把芭蕉扇似的盖在自己的身上，呼噜呼噜地打着鼾。它听见我醒来了，自己也就醒来，两只眼睛眯成一条缝，像看自己的孩子一样看着我。

我想，它也是像我一样可怜的吧，它肯定也是出来找自己的孩子了，找不到，又冷，就像我一样蜷缩在这锅炉房里取暖。

我问它，我说小狐狸，你也是出来找爸妈的吗？

小狐狸看着我，不说话。

我说小狐狸，你有没有看见我爸妈？

小狐狸还是看着我，还是不说话。

我把我大舅给我的那张纸条掏出来给它看，我说你看，这就是我爸妈在的地方，你认识这里吗？你能不能帮帮我？

小狐狸低下头，闻了闻我手上的纸，然后就转过身走了。走到门口，它又回过头，看着我。

我懂了，它一定知道，它是让我跟着他走。我开心得不得了，赶紧穿上鞋，跟着小狐狸走出去。

我们两个就这样一前一后，在空寂无人的大街上走着。我跋拉着拖鞋，没有小狐狸走得快，于是它走一段，就停下来回过头等着我。

不知道走了多久，我对小狐狸说，小狐狸呀，我有点累了，咱们歇一歇吧。小狐狸听懂了，我们俩就在路边坐了下来。

我抬头看看天，发现出来的时候天上弯弯的月亮已经不见，乌云密布，像床厚厚的被子一样盖在大地上，接着零零星星的雪花就飘下来。我说小狐狸呀，我的脚有点冷。小狐狸又听懂了，它把蒲扇一样的尾巴盖在我的脚上，不一会儿就暖和了好多。

我们就这样走走歇歇，走半个小时，歇十分钟，来来回回反复了三四趟。等到了我大舅在纸条上画的那个地方的时候，地上的雪已经积了厚厚的一层。我停下来，掏出纸条对照着看，没错，红的砖墙黑色的大门，高高的烟囱上面冒着烟。

我说小狐狸，谢谢你，我们到啦。可是我转过头，却不见了小狐狸，回看来路，只有一串梅花一样的脚印，印在雪地里，小狐狸已经不见了。

不知道为什么，一路走来，有小狐狸陪着我，虽然也很累，也很冷，尽管离我爸爸和妈妈还很远，但是我心里却是安稳的。可是走到地方，爸爸妈妈近在眼前，我反而感到害怕了，然而爸爸妈妈近在眼前，我不能再迟疑了。

我又折返回那个红色砖墙的院子，走到紧闭着的黑色大门口，伸手推了一下，两扇大门裂开一条缝，又迅速地关上。

大门的中间有个方形的洞，我想，里面一定是这个大门的门闩，打开门闩，门一定就开了。只是门闩太高了，比五岁的我高出了两个头，我伸手够了几下，够不着，就环顾四周，想找块石头垫在脚下。可是我看了一圈，哪里有石头的影子，就算一颗小石子，甚至一片树叶也是看不见的。除了这座院子，外面的环境全都是光

281

秃秃的,地面光秃秃,路灯光秃秃,整个世界白茫茫一片,也是光秃秃。

我转头看了看大门旁边的门房,里面黑漆漆的,比大门还黑,比夜还黑。所以我就开始怀疑,我大舅是不是骗我呢,我爸妈到底在不在里面呀?可是我来都来了,总不能再空着手返回去吧,如果我爸爸妈妈真的在里面,那他们一定等着急了。说不定他们两个人被关在哪个房间里,正急得团团转,也说不定因为这件事儿,因为等不到我,他们又吵了起来……

真的不能等了,我脱下自己的上衣,把拉锁拉上,袖子挽上,然后一捧一捧地抓着雪往衣服里面灌,不一会儿,衣服就变成一个自制的小雪包。踩在小雪包上面,我终于可以够到门闩的地方。

我兴奋极了,把手伸进那个方形的小洞里,来回摸索,果然,不一会儿就摸到了门闩。这下好了,我抓住门闩,使劲地往外拉,可是那门闩太紧啦,我怎么拉都拉不动。我急得冒出汗来,但也没有别的办法,只能继续拉,拉呀拉,拉呀拉,门闩松动了些,再拉呀拉,我听到"砰"的一声,门闩拉开了,可我的手却挤在了里面。

它挤着我,就像一只大螃蟹伸出它大大的钳子夹住我,钻心般疼。

我要受不了啦,眼泪流出来。手疼,脚后跟也跟着疼,然后肚子也疼,脸也疼,心也疼,我终于忍不住,另一只手用尽最后的力气,拍着大门号啕大哭起来,我哭呀、喊呀,爸爸妈妈你们快出来呀,我来找你们回家啦!爸爸妈妈,我好疼啊,你们快来救救我!爸爸妈妈,你们到底在哪里呀,你们是不是不要我啦……

3

2038年夏，西海边。

一盏茶的工夫过去，赵先生穿着藏服回来了。

小赵先生看着他，开心地笑着，竖起大拇指："哎呀，我爸可真精神。"

赵先生坐下来："都是你妈妈，走到哪都爱美一美，自己美不够，还要拽上我。"

"妈妈呢？"

"还在里面试着衣服呢。"

"那咱爷儿俩再喝点？"

"再喝点就再喝点。"

小赵先生端起酒杯，牛饮下去。

"你小子，对这青稞酒倒是不陌生。"

又问，"儿子，爸爸问你个事儿。"

"您说。"

"你最近在电脑上噼里啪啦，本子上也写写画画的，写点啥呀？"

"我不是跟您说过吗？就是你跟我妈的一些陈年往事，我觉得挺有意思的。"

"能给爸看看不。"

"那怎么不能呢，不过要等我写完了才能看。"

"陈年故事，都不值得一提啦。眼前事，才是要紧事。"

"您说得对，不过……"

"不过什么？"

"不过眼前事，也未必就一定是眼前事。"

桌上的手机屏幕变亮,来电显示的名字是"大舅"。

小赵先生摘下眼罩,拿起手机。

"大舅。"他说。

电话那头正是张家表哥:"小满吗?"

"大舅,我能听见,您说。"

"小满呀,你得抽空回来一趟。村子里动迁了,过去的旧坟都得挖出来,火化了再统一放进陵园里,这事儿咱家得带头,所以你姥和你姥爷的坟我就做主了。"

"大舅,您做主就行。"

"只是给你姥爷迁坟时,棺椁里有一样东西,舅左思右想,你还是要回来看看。"

"啥东西?"

"等你回来再说吧。"张家表哥挂了电话,瞟了一眼身边。桌上摆着个骨灰盒,骨灰盒旁边,一把精美的藏刀躺在那里,即使经过多年露淹尘封,但煞人的寒光依旧不减。

不远处,张小姐换好了藏服走出来,赵先生父子二人远远望去,张小姐虽然已经五十岁了,但穿上这袍子,再稍施粉黛,颜色灿烂奔放,笑容热情洋溢,便如出水芙蓉般娇艳,仿佛又回到了年轻的时候,一时竟把他们看呆了。

张小姐挥着手说:"发什么呆呀,快来一起拍照。"

赵先生笑了,对小赵先生说:"看把你妈心急的,快走,拍照。"

小赵先生合上本子站起来,从包里掏出相机:"好嘞。"

图书在版编目（CIP）数据

西海 / 陈长腰著. -- 北京：中译出版社，2025.
6. -- ISBN 978-7-5001-8265-8

Ⅰ. I247.5

中国国家版本馆CIP数据核字第2025JW8259号

西海
XIHAI

出版发行：中译出版社	
地　　址：北京市丰台区右外西路2号院中国国际出版交流中心3号楼10层	
电　　话：（010）68359827；68359303（发行部）；68359725（编辑部）	
传　　真：（010）68357870	电子邮箱：book@ctph.com.cn
邮　　编：100069	网　　址：http://www.ctph.com.cn
出 版 人：刘永淳	出版统筹：杨光捷
总 策 划：范　伟	策划编辑：刘瑞莲　杨佳特
责任编辑：杨佳特	封面设计：朱晓艳

排　　版：北京中文天地文化艺术有限公司	
印　　刷：三河市国英印务有限公司	
经　　销：新华书店	
规　　格：880 mm×1230 mm　1/32	
字　　数：182千字	版　次：2025年6月第1版
印　　张：9.125	印　次：2025年6月第1次

ISBN 978-7-5001-8265-8　　定价：58.00元

版权所有　侵权必究

中译出版社